JN014681

シェフ

ゴーティエ・バティステッラ
田中裕子［訳］

東京創元社

シェフ

人間は高みに立とうと必死になり、働きすぎて死ぬ。
だが、死んで地中に入ったらもう決して高みには立てない。
——ルイ・ウーティエ（一九三〇—二〇二一年）
ラ・ナプールの〈ロアジス〉（一九六九—八八年まで三つ星）のシェフ

神々がひとりの人間を亡き者にしようとする時は、その者の願いをすべて叶える。
——オスカー・ワイルド

大地よ、太陽よ、谷よ、美しくやさしい自然よ
わたしが自らの墓前で涙するのはきみたちのせいだ
大気はこんなにも芳しく、光はこんなにも澄んでいる！
死にゆく者の目に、太陽はなんと美しく映るのだろう！

——アルフォンス・ド・ラマルティーヌ「秋」

もしも文化の優劣を、基本的には不要とされるものを作り出して慈しむ能力で測るとしたら、フランス文化は間違いなく、もっとも優れた、もっとも洗練されたものの一つに数えられるだろう。この物語は、こうした文化に陰ながら貢献するアーティスト、料理人たちに捧げるささやかなオマージュである。

登場人物

ポール・ルノワール……………………〈レ・プロメス〉のオーナーシェフ、三つ星シェフ
イヴォンヌ・ルノワール………………ポールの祖母、〈シェ・イヴォンヌ〉のシェフ
マルセル・ルノワール…………………ポールの祖父
アンドレ・ルノワール…………………ポールの父
ナタリア・ルノワール…………………ポールの妻
クレマンス………………………………ポールとナタリアの娘
ベティ〈マリー＝オディール〉・パンソン……ポールの元妻
マティアス………………………………ポールとベティの息子
クリストフ・バロン……………………〈レ・プロメス〉のスーシェフ
ディエゴ・モレナ………………………同肉料理担当シェフ、スペイン人
ジル・サン・クロワ・ド・ヴィ………同魚料理担当シェフ
ヤン・メルシエ…………………………同支配人（ディレクトゥール）
ユミ・タケダ……………………………同製菓担当シェフ（シェフ・パティシエール）、日本人
アロンゾ…………………………………同皿洗い（プロンジェール）、メキシコ人

エンリケ・カバリエロ・フィゲロア……ポール・ルノワールの修業時代の友人。狩猟時の勢子
ウジェニー・ブラジエ……女性ではじめて『ル・ギッド』の三つ星を獲得した料理人
ボビー……ネットフリックスの取材スタッフのチーフ
ジャン・カステーニュ……〈ル・トゥル・ガスコン〉のオーナー・シェフ
フィルマン……〈ポール・ルノワール〉のスーシェフ、元〈ル・トゥル・ガスコン〉のスーシェフ
ロドルフ……〈ポール・ルノワール〉の肉料理担当シェフ
エヴァ・トランシャン……〈ポール・ルノワール〉の第二スーシェフ
ジャック・タルデュー……ポール・ルノワールの海軍時代の友人。ヘリ空母巡洋艦の元料理長
ジェラール・ルグラ……ガストロノミー関連雑誌の記者
マリアンヌ・ド・クールヴィル……『ル・ギッド』の編集長

本書は、アンスティチュ・フランセ・パリ本部の
翻訳出版助成プログラムの助成を受けています。

Cet ouvrage a bénéficié du soutien des Programmes
d'aide à la publication de l'Institut français.

第一章

朝方は、誰もが青白い顔をしている。喉がいがらっぽく、気管はぜいぜいと音を立てる。朝七時なんて、ほとんど夜明けのようなものだ。だが、十時になればだいぶましになる。お腹は調子を取り戻し、喉も渇きをおぼえる。男も女もワインを飲みはじめる。子供だって例外ではない。そう、人間のからだはワインで作られるのだ。正午ともなれば食べる準備はもう万端だ。さあ、みんな食事だよ！　誰もが嬉々としてテーブルにつく。当然、興奮する者も現れる。アルコールのせいで気分がたかぶるからだ。喧嘩の片をつけようと、店の裏手に集まる連中もいる。そういう時にイヴォンヌが要求するのはただ一つ。本気の殴り合いはしないこと。あんたたちを信用してるからね。あたしはこの店を回してかなきゃいけないんだ。実際、イヴォンヌはうまくやっていた。月曜を除く毎日が戦争だ。だが、レストランに本当の意味での休みなどない。一九五〇年代末のこの時期、主婦の仕事を楽にするという工業製品（アイロン、粉せっけん、最先端のキッチン用品など）が数多く発明され、行商人があちこちを駆け巡って売りさばいていた。そうした行商人のひとりが、フランス南西部のジェール県にやって来て道に迷い、日が暮れてから店の呼び鈴を鳴らす。すると、イヴォンヌは部屋着のままランプを手に外に出て、パン、ソーセージ、ピッチャー入りの安ワインをふるまう。深夜だったり、相手が寝泊まりできる場所を探していたりしたら、店の上階にある従業員用の小部屋を開放する。しかも当たり前のように、前金も保証金も要求しない。イヴォンヌはぼくの祖母だ。近頃は、シェフを自称する者なら誰でも、丸顔の祖母が自家製リンゴのタルトを窓辺に置いて冷ました思い出を語ろうとする。目新しい話ではないが、イメージアップには効果的だ。もしそういう祖母がいなければ、適当にでっち上げればいい。ジェルトリュードお祖母ちゃん、ジェルメーヌお祖母ちゃんなどと名づければ、それらしく聞こえるだろう。だがぼくにはそんな創作は不要だ。幼少時代の思い出は父方の祖母で占められている。祖母は、食いしん坊、荒くれ者、ソース担当シェフ（ソーシエ）、焼きもの担当シェフ（ロティスール）、パン担当シェフ（ペトリスール）たちを従えて君臨する女帝だった。

　イヴォンヌは、一九一〇年二月の夜、フランス南西部ガスコーニュ地方のジェール県北部にある、カステラ＝レクトゥロワ町近郊のレクトゥール村で生まれた。健康な赤ん坊だった。この地方の田舎（いなか）は十九世紀末からほとんど変わらない。電気は通っていたが、大半の家ではまだオイルランプを使っていた。やがて、祖母が言うところの《一回目》が起きた。当時の戦争について話をする時、祖母は何の感情も示さなかった。台風や感染症と同じように、避けられない出来事であるかのように話した。健康な男たちがいなくなり、畑が放置され、夏になるとイバラやツタが納屋の内側まで勢力を広げた。幼いイヴォンヌは、小さな裏庭の手入れをしたり、悪知恵の働く男の子たちと一緒にマスの密漁をしたりした。戦争は商売のチャンスでもあった。イヴォンヌの父のアンドレは、寡黙でちょっと変わった男で、刃物を研（と）いだり、水脈の位置を占ったりして生計を立てていた。わざと片目を失明させて、「これでは要塞のあるアルデンヌの森は歩けない」と主張して徴兵を免れたのだという。故郷に残ったアンドレは、ただ同然で農場を手に入れた。トウモロコシ粒ひと握り分ほどの金額を支払っただけで、十五ヘクタールの土地の所有者になったのだ。アンドレは菜園と果樹園を作り、コルドバ出身の妻のマリアはニワトリ数羽とブタ一頭の世話をした。マリアは料理上手と評判だった。戦争の終盤になると、サンティアゴ巡礼者、近所の住民、野次馬たちからいくばくかの代金をもらい、手作りの大きな木製テーブル（ぼくが子供の頃は父親が作業台として使っていた）に座らせ、ジャガイモのタルトや砂糖がけベニエを腹いっぱい食べさせたという。前線から帰ってきた兵士たちには、無償で料理をふるまった。幼少時代のイヴォンヌの写真が一枚だけ残っている。伍長の膝の上に座り、まるで神話に出てくる英雄を見るような目で膝の主を見つめている。

　フォッシュ元帥が休戦交渉会議で怒り狂っていた頃、八歳になったイヴォンヌはレクトゥール小学校に通っていた。勉強は苦手だった。セギュール夫人の童話『ちっちゃな淑女たち　カミーユとマドレーヌの愛の物語』なんて、退屈でしかたがなかった。イヴォンヌが好んだのは、厨房の喧騒、焼けた肉の匂い、油がパチパチはねる音だった。食欲旺盛なイヴォンヌは、調理中の鍋から直接すくって料理を食べた。おいしいものを自分で選ぶのが好きだった。やがて、厨房の仕事を覚えはじめた。野ウサギの捌き方、ニワトリの絞め方、カモの肥育のし方を学び、ソラマメやグリンピースのさやを剥いたり、地元名産ピンクニンニクの茎を編んだりした。乾燥インゲンマメを茹でる時は、鍋のそばでマメが膨らんでいくのを眺めながら、今日一日の出来事を鍋に向かって話した。数十年後、イヴォンヌ自身がぼくに教えてくれたことだ。

　イヴォンヌの母のマリアの料理は、何にでもチョリソーを入れるという奇妙な癖がありながらも、次第に高い評価を得るようになった。近隣の丘の上の集落に住む人々が、日曜のミサに出たあとで食事にやって来る。当時は、高級レストランより、良心的な家庭料理を出す店のほうがずっと人気が高かった。暖炉があって、簡素なスツールがいくつか置かれ、ポテ（具だくさんの煮込み料理）をふるまうような店だ。マリアのポテには、タルブ産白インゲンマメ、鴨脂、ニンニク、豚皮入りソーセージ、そしてもちろんチョリソーが入っていた。一九三〇年代初め、イヴォンヌはふくよかになり、ブリオッシュのように頬がふっくらして、婚約者探しにうってつけの年頃になった。両親は娘のために、内気でまじめな教師志望の若者を見つけ出した。隣村に住んでいるマルセル・ルノワールという青年だ。ジェール県では、婚約をした男性が、相手の女性の家族の前でローストチキンを切り分ける習慣がある。マルセルも見事にその儀式をやり遂げたはずだ。ふたりはその翌年に結婚したのだから。ぼくが子供の頃、レストランの入口に一枚の写真が——額に入れられていたのはこれだけだった——飾られていた。若い夫婦の結婚式を撮ったもので、電柱のようにしゃちほこばったマルセルと、明るい笑顔のイヴォンヌが並んでいる。背後に垣間見(かいまみ)える農場では、家の窓辺に花が飾られ、屋外の日向にテーブルが置かれて、白いクロスの上にごちそうが並んでいた。

　一族の言い伝えによると、マルセルは一週間かけて必死に鶏肉の切り分け方を学んだという。イヴォンヌを好きでたまらなかったのだろう。ぼくが知っている祖父は、ブドウの木のように背中が曲がっていた。乾いた粘土のようにひびだらけの皮膚をしており、気温が三十五度を超えても水を飲まないでいると、水をかけてあげようかと心配したくなるほどだった。近所の子供たちのために、よく木彫りの動物を作っていた。ぼくには、後ろ足で立って牙を剥き出しにしたグリズリーを作ってくれた。それ以外の時間は、玄関の段差の前に置いたわら編みの椅子に座って、ハチミツの香りがする黄色種タバコを吸いながら、動き回るイヴォンヌの姿を眺めていた。夫婦の間には息子がいた。ぼくの父、アンドレだ。亡くなったばかりのイヴォンヌの父と同じ名前がつけられた。イヴォンヌの母のマリアは、夫が埋葬されて、自分自身の葬儀費用の支払いを済ませてから、数週間後に亡くなった。うちの家系の人間はむかしから責任感が強く、しかも節約家だった。

両親の死後、イヴォンヌは農場を相続した。ウシ十五頭、ブタ三頭、ニワトリとカモ五十羽ほども手に入れた。彼女は心の中である考えをずっとあたためていた。そして、幼いアンドレの面倒を見たり、ルバーブのタルトを作ったりしながら、機が熟すのを待っていた。夫婦は大家族を夢見ていた。ところが、一九三九年になってすべてが変わった。マルセルは伍長としてブルターニュ地方に送られ、そこで奇襲を受けて捕らえられた。抑留中に、仲間の兵士から木彫りの技術を教わった。マルセルは代わりに詩の書き方を教えた。ふたりは連れ立って逃亡し、道が二手に分かれたところで別々の道を行った。それから二度と会わなかった。祖父は、戦争の終盤はレジスタンス運動に夢中になったと、ことば少なに語っていた。イヴォンヌは農場から離れなかった。「戦争はあたしから家畜を奪った。フランス憲兵が、自分たち——というか、生き残った者たちの食料にするために徴発していったんだ。あたしは家畜たちが気の毒でしかたがなかった。運がよければ、憲兵なんかじゃなく将校に食べてもらえたのに！　連中が残していったのは、年老いた乳牛一頭だけだった。家畜がいなくなったその日から、我が家の貧困の日々が始まった」一方、息子のアンドレにとって、当時のことはよい思い出になっていた。目はしのきく少年にとって、戦争は幸運でしかなかった。これ以上、無理やり暗記をさせられたり、定規で手を叩かれたりせずに済む。いや、それどころか、もう学校に行かなくてかまわないのだ。水を得た魚のように、ものをくすねたり、人を騙したり、物々交換をしたりしながら過ごした。困窮を強いられた者は、やりたいことをとことん追求するようになる。これ以上時間を無駄にしたくないからだ。イヴォンヌはレストランを出すことにした。丘の上の小さな集落からだけでなく、地域の町や村からも食べに来てほしい。レクトゥール村だけでなく、近郊のフルランス村からも足を延ばしてもらえる店にしたかった。母マリアの料理は、滋養はあっても繊細さに欠けていた。骨つき豚肉、ジャガイモ、インゲンマメの料理では、空腹は満たせても、心まで豊かにはできない。ある日、イヴォンヌはマルセルに語った。いつかきっとイヴォンヌ・ルノワールの名前が、あの遠くてえたいの知れないパリという町で話題になる日が来る、と。マルセルは信じなかったが、それでも妻のことばにじっと耳を傾けた。そして自分は、妻のためにぎこちない詩を創作しながらも、決して披露しようとしなかった。

　しかし、家畜小屋が空っぽで、地域全体が人手不足の状況では、レストラン営業は難しい。戦争がすべてを奪ってしまった。そこでイヴォンヌは、ニワトリ数羽とブタ一頭を新たに買い、菜園を作りなおし、果樹の手入れをした。鋤（すき）を振るって働きながら、忍耐強く待ちつづけた。やがて少しずつ作物が実り、ようやくスープが作れるまでになった。残すは人手の確保だ。結局、地元で〝悪党〟と呼ばれる者たちを雇い入れた。とは言っても、ぼく自身も知っているが、決して人格に問題がある人たちではない。ただ単に、お腹が空きすぎて畑から作物を盗んだせいで、憲兵から追われる身になっただけのことだ。レクトゥール村の司祭であるジャン神父は、こうした〝悪党〟たちに次々と洗礼を施した。全員を善良なカトリック教徒に仕立て上げることで、憲兵が〝神の子〟を逮捕しにくくなるように仕向けたのだ。「神父さま、もうまずい料理は食べないでください。ラグー（シチュー）を火にかけてお待ちしてます」イヴォンヌはそう囁いた。人手が欲しかったイヴォンヌは、教会の前庭で待ち伏せをして、成り立てほやほやのカトリック教徒たちをスカウトした。前掛け（タブリエ）を無理やり握らせれば、さあ、あとはこっちのものだ。以来、イヴォンヌはジャン神父のために欠かさず食事を提供した。田舎風パテや豚肉の角切りの脂煮（グラトン）をふるまい、ミサ用のワインとしてガヤックの地ワインを持たせた。高級ではないが意外とおいしいワインだ。少なくとも助祭たちのお気に入りだった。一方、マルセルは、建物の改装に取りかかった。かつては農場の納屋として使われていたが、長年放置されてコウモリとクモの巣窟になっていた。イヴォンヌは、改装を終えた部屋に十台ほどのテーブルを置き、陶器の皿を並べ、壁に大きな黒板を掲げた。そして丁寧な字で「シェ・イヴォンヌ　何でもおいしい」と書いた。

ぼくの名前はポール・ルノワール。料理人。これはぼくの物語だ。

第二章

〈シェ・イヴォンヌ〉？　聞いたことねえな。そのオステリアかなんかは、星がついていたのか？　ディエゴは、映像編集者の肩越しにラッシュ映像を見ながらつぶやいた。端がぼろぼろになっている古い写真に、カメラがズームインする。幸せそうに手をつなぐ男女。マルセルとイヴォンヌ。ディエゴはひとりしか祖母を知らない。日に当たりすぎて肌がかさかさに乾燥しているばあさん。一日じゅうテレビのクイズ番組に釘づけで、宝くじ（ロト）を買いに行く時にしか外に出やしない。料理といえば、魚のパン粉焼きしか作れない。今度は、ポール・ルノワールの顔が画面いっぱいに映し出された。カメラ目線。軽く揺れる頭の後ろに丘が広がり、遠くに教会の鐘楼が見える。オークル色の光の中で長く伸びる影。ツバメが巣に帰り、コオロギが鳴く夜。ポールがそっと一匹のミツバチを追い払う。

『ミツバチはぼくたちと一緒だ。働きすぎて死んでしまうこともある。本能的なものなんだ』

「ディエゴ、アー・ユー・レディ？」

　撮影スタッフが、厨房を三百六十度見渡せるガラス張りのカプセルの中でスタンバイしていた。通常は、有名人や政治家ご用達（ようたし）の〈レ・プロメス〉のＶＩＰルームとして使われる部屋だ。カメラマンとエンジニアたちがモニターを凝視する。ガラスの向こうでは、副料理長（スーシェフ）のクリストフがスタッフに指示を与えている。音は聞こえない。クリストフはマスコミが苦手だった。記者たちは、いつもこちらの発言を曲解し、何でもひと言でまとめようとするからだ。ネットフリックスの取材があるとシェフのポールに言われた時も、クリストフは不信感を露わにした。ところが「もう決めたんだ」とシェフは言う。「これはぼくの遺言状になるだろう」

ディエゴ・モレナ：肉料理担当シェフ、身長百六十九センチ、髪は茶色、がっしりした体型、
　　なまりが強い、二十八歳。

ディエゴは神経を集中させた。馬鹿なことを言わないようにしないと。撮影スタッフに、自分をメインにした映像を撮ってほしいと書いたメモを渡すつもりだった。ところが、クリストフがずっと近くをうろうろしてる。あいつにはうんざりする。ポール・シェフとはまた別の意味でだ。クリストフのほうが陰険だ。たとえばこの間も、アラヴィ高原にハーブと花を摘みに行くよう命じられた。ったくここじゃあ、どこへ行くにも坂を登らなきゃならねえ。山岳地帯のこのアヌシー地区では、たった二メートル歩いただけで二倍の高低差があるのがふつうだ。ディエゴはスペインのジョラ出身だ。ジローナ郊外の小さな村で、泣きたくなるほどさびれていて、まるで環状交差点のように趣のない村だけど、少なくとも減速帯（スピードバンプ）以外の場所は平坦だ。しかも、摘んでこいと言われたクマニラとルートチャービルとやらが、どんなものかわからない。まるで中世の病気の名前みたいだ。それに、オオエゾデンダとやらは見た目はふつうのシダ植物なのに、どうしてわざわざアルプス山脈の上まで取りに行かなきゃならねえんだ？　前にいた店では、冷蔵庫に入っているハーブを使っ

ても文句を言うやつはひとりもいなかった。こんなことで目くじら立てる客なんているはずがない。クリストフが朝の六時に自分に山登りを命じたのは、ユミのことがあったからに決まってる。冷静沈着に見えて、実は嫉妬深いんだ。少なくともポール・シェフに対しては、どうふるまえばいいかはわかる。シェフはその日の気分が顔に表れる。だから雲行きが怪しい時だけ、とばっちりを食わないよう立ち回ればいい。持ち場に立って頭を低くし、複雑な構造の肉を解体するのに専念する。そしてよそに落ちた雷をやり過ごす。だが、雷が決して当たらない人間がふたりいる。ひとりはシェフ秘蔵っ子のユミ、そしてもうひとりはジル閣下。ジルは魚料理担当シェフで、外科医みたいに高びしゃな男だ。「カット、ヴェリー・グッド」と書かれた野球帽を被(かぶ)っている。とりあえずジルは、ディエゴの才能を認めてくれている。だが少なくともディエゴの目下の問題は、自分が何を話したかまったく覚えていないことだった。

撮影スタッフが近づいてくる。ポールは、生き残った最後の兵士が自死しないよう包囲されている気分だった。プロデューサーが言う。「あなたの人生はまるで小説です。この番組は叙事詩になるでしょう」確かにそうかもしれない。今のこの栄光は過去と結びついている。つい先頃、世界じゅうの料理人たちの投票によって世界最優秀シェフ賞に選出されたばかりだった。あとは引退して死ぬだけだ。きっと引退後は、未来のマスコミが生んだモンスターから晩年賞のメダルを授与されるだろう。ネットフリックスの密着取材を受けはじめて三か月が経った。取材班はあらゆることを知りたがった。求めに応じて、むかしの写真を引っ張り出したり、幼少時代の思い出を語ったりした。かつて〈シェ・イヴォンヌ〉があった土地も訪れた。ポールが涙を流すと、プロデューサーは喜んだ。最後の取材場所は〈レ・プロメス〉の厨房だ。スタッフが通常どおりの仕事をしている間に、いくつかのショットを撮影する予定だった。そしてポールの準備が整うまでの間、ブリガード（調理スタッフ一同）の主要メンバーがインタビューを受けることになっていた。インタビュアーは、ボウリングのボウルのようなスキンヘッドに『レミーのおいしいレストラン』の野球帽を被ったボビーという男だ。

ジル・サン・クロワ・ド・ヴィ：魚料理担当シェフ、身長百七十三センチ、髪はブロンド、目の色は青、二十九歳。

ジルはまばたきをした。眩(まぶ)しい光は苦手だ。罠にかけられた気分になる。半裸の状態で警察に逮捕された時のことを思い出す。自分がファスナーを下ろしてやったばかりの青年と一緒だった。警察署の留置場で、ホームレスに囲まれて一夜を過ごした。酔っぱらった彼らは寝ながらズボンを汚していた。朝早く、父親がベンツに乗って迎えに来た。車内では何も話さなかった。母親が抱きしめてくれたが、心がこもっているようには思えなかった。客観的に見ると、ジルの幼少時代は穏やかだったと言えるだろう。ブルゴーニュ地方の秋のオークル色の光に照らされた、安穏な暮らしだった。ブドウの収穫期になると、親族一同がクリュニーの邸宅に集合する。ある夜、ジルはいとこの男の子の口内に舌を突っ込み、喉の奥まで滑り込ませた。悲鳴。ドアの音。ジル、何してるんだ、という父親の声。ジルは家族に復讐をするために、そして自分自身を罰するために、十六歳で見習い調理師(アプランティ)になった。魚の内臓で手を汚しながら、ウロコ取りに四苦八苦した。見るからにひ弱そうな少年を、ポール・ルノワールは温かく迎え入れてくれた。ジルはポールと一緒に、コルシカ島へ行ってクロマグロを釣ったり、シチリア島でメカジキを捕獲したりした。「活け締め」という特殊な処理方法や、エラに人差し指を引っかけて小魚を捌くやり方も教えてもらった。すべてポールのおかげだった。仕事も、自信も、この世界における居場所も、何もかもポールのおかげで手に入れられた。それにしても、当のポール・シェフはどこにいったんだろう？

「チーフ・ルノワール、ノー・ニュース？」

「はい、まだ何も」クリストフが答える。

ボビーは肩をすくめた。しかたがない、インタビューを続けよう。きみ、そこに座って。

ネットフリックスが来るのをあらかじめ知っていたのは、クリストフだけだった（みんなの気持ちを乱してはいけないと思って、誰にも言わなかった）。だが、インタビューの準備はしていなかった。ボビーが矢継ぎ早に質問を浴びせてくる。ポール・ルノワールとの関係は？　良好です。子供時代は？　むかしすぎて忘れました。ボビーは眉をひそめて、できれば思い出してほしい、と言う。どうして料理人になろうと？　たまたまです。自分で育てた野菜を販売していたらポールに出会って、雇ってもらうことになりました。いや、本当に〈レ・プロメス〉に来るまでの人生なんて、たいしたことないんですよ。そういう質問なら、むしろ向こうにいる女性にしてください。優秀なパティシエールなんです。え？　自分の店を持ちたいかって？　何を言うんですか、〈レ・プロメス〉こそがわたしの居場所です！

クリストフ・バロン：スーシェフ、アマチュア・ボクサー、身長百八十三センチ、三十七歳。

「わたしたちにとっては、ここが自分の家みたいなものなんです」

その声は澄んでいた。コックコート姿は、ブリガードの中で一番洗練されている。クリストフは敵の攻撃を巧みにかわした。エンジニアたちは忙しそうに立ち働いている。そして、次の相手はどうやら話好きのようだった。

「ネーム・アンド・ポジション、サー?」

ヤン・メルシエ：支配人（ディレクトゥール）、身長百八十八センチ、髪は明るい栗色、三十三歳。

満面の笑みが、美しい顔立ちの数少ない欠点を完全にカバーしていた。今では自慢の容姿だが、かつてはコンプレックスの源だった。ナタリア・オルロフに出会った頃のヤンは、まだかなり太っていた。ヤンの潜在能力を見極め、磨けば光る原石だと信じてくれたのは、のちにこの店のマダムとなった彼女だ。そして実際に能力を引き出してくれたのが、彼女の夫となったポール・ルノワールだ。以来、ヤン・メルシエはスマートな好青年になった。この業界には珍しく、酒はたしなむ程度で、タバコも吸わない。さらに言えば、キャビアや高級ワインを富裕なゲストに注文させる手腕において、彼の右に出るものはいない。シェフについて尋ねられたら、ヤンはいくらでも賛辞のことばを並べられる。だがそんな時、心に浮かぶのはナタリアの姿だった。もし彼女に会っていなければ、ヤンは空疎で衝動的な人間になっていただろう。ナタリア・ルノワール。いつかきっと、自分はこの秘めた思いに苦しめられることになる。それにしても、彼女はあんなところで何をしているんだ?　どうしてこっちに来ないのだろう?　顔色がよくない。「エクスキューズ・ミー」ヤンは急に我に返った。インタビューを中断させたのはユミだった。
「マダムがクリストフを呼んでいます。クリストフひとりで来てほしいのだそうです」

ユミ・タケダ：製菓担当シェフ（シェフ・パティシエール）、日本人、身長百六十八センチ、二十四歳。

ユミは大阪生まれだ。これまで一度たりとも、自分が他人から注目されるような人間だと思ったことはない。まさかそんな自分が、師匠に関して意見を求められることになるなんて。ユミは顔を赤らめ、手をせわしなく動かし、椅子の上で身をよじらせた。そしてカメラを前にしながら、ようやく口を開いて話しはじめた。今からおよそ八年前、東京でポール・ルノワールと出会った。ホテルチェーンのニッコー・ホテルズのレストランメニュー監修の契約を交わすために、日本に招待されていたのだ。来日初日の夜、ポールは出席者三百人の食事会の料理を一任された。補佐として集められた日本人の料理人たちは、誰もが緊張でがちがちになっていた。厨房で、ポールは冷前菜の皿の上にうっかりパセリを一本落とした。その直後、携帯電話が鳴ってその場を離れた。ポールが五分後に厨房に戻ると、すでに三百枚の皿のまったく同じ位置にパセリが一本ずつのっていた。ポールはそのミスを訂正しなかったが、代わりに通訳を依頼した。フランス語が少しだけわかるユミが名乗り出た。ポールからこっそり事情を聞いたユミは、自分も皿の上にパセリをのせたひとりとは言い出せなかった。

当初の予定から二時間も遅れている。ボビーは不安だった。禁煙して五年も経つというのに、急にタバコが吸いたくなった。この三か月の密着取材で、ポール・ルノワールが約束を守る人間ということはわかっていた。早朝に準備を整えると言っていた。レストランでのラストシーンがどれほど重要か、本人もよくわかっているはずだ。ボビーは、ポールと交わした最後の会話を何度も思い出していた。

「ボーイズたちが〈レ・プロメス〉に入ってきたら、カメラの前で声を荒らげてほしいんですよ。ああ、決して意地悪っぽくはなく、軽く怒ってもらえたらアメージングです」ボビーはそう言うと、親指を立てた。ポールは快く了承してくれて、ちょっとしたサプライズをしかけると言ってくれた。

*

前夜、ポールは深夜零時少し前にアヌシーに帰ってきた。着替えもせず、長い道のりをひたすら車を走らせた。夜露に濡れた服はすでに乾いていたが、からだが冷えきっている。レストランの駐車場に停めたポルシェの運転席で、ハンドルをつかんだままじっとしていた。心の一部は森にとどまっている。葉の生い茂る木々の下で、地面に寝そべる。頭の下で大地の音がし、腐葉土の匂いが鼻腔をくすぐる。ポールは目を閉じた。再び目を開けると、山を背に立つ巨大な建造物が敵意を露わにこちらを見ていた。見る者を圧倒する醜い建物だ。巨大な岩から誤って生まれた、冷たい石の伽藍(がらん)。誰もがこれを〈ル・シャトー〉と呼ぶ。城塞だ。上から見る眺めが素晴らしいと言われる。だが、ポールはそう思わなかった。見下ろすとめまいがする。車の外で、キャンバス地のバッグを背負った。中には猟銃が入っている。自分のイニシャルが刻印されたバーニーキャロン。射撃ベストと弾薬も入っている。それから、帝国の入口まで音を立てずに歩いた。五つ星のホテル・レストラン。九つの客室のうち五つがスイートで、全室レイクビュー。地下には広さ千平米のスパがある。

ロシア人の顧客を喜ばせるために、ナタリアの発案で作られた。ロシア人は嫌いじゃない。オー・ブリオンを、グレナデンシロップのようにがぶ飲みするのはどうかと思うが。最悪なのは湾岸諸国のやつらだ。二十人ほどでどやどやとやって来て、ティーポットにコニャックを入れろと命じる。少なくともスラヴ人たちは、酔ったふりをして威張りちらしたりしない。

このホテルの一番の目玉は、二階にあるレストランだ。銀色に光るアヌシー湖の真上に浮かんでいる。店内からは、標高千百四十七メートルのラ・フォルクラ峠を望む、息を呑むようなパノラマを堪能できる。この店の九つのテーブルのいずれかにつくために、デリー、シンガポール、ラスベガス、ソウルからゲストが訪れる。ポール・ルノワールの〈レ・プロメス〉は、三年連続で世界最優秀レストランに輝き、主要レストランガイドの評価で二十点中平均十九・二点を獲得し、五年前からずっと三つ星を維持している。静寂、湖、山に囲まれた、空中に浮かぶ最高級のシャボン玉だ。

ポールは、がらんとしたレストランのホールを歩いた。一枚のサービスプレートの位置がずれていたので元に戻し、よれたクロスの端をぴんと伸ばす。それからゆっくりとエレベーターへ向かった。最上階の五階に上る。周囲は柔らかい闇に包まれていた。広さ二百平米のこの階を、ポールとナタリアは半分に分けて使っている。長い廊下を挟んだ両サイドを片側ずつ。娘のクレマンスの部屋は母親の寝室の隣にある。だが、ポールが築いたこの宮殿に生活の気配はなかった。壁に家族写真は一枚も飾られていない。御影石(みかげいし)の台座の上に〝アート作品〟が置かれ、幾何学模様の絵画がいくつか掛けられているだけだ。こうした絵画には破格の値段がついているのだろうが、娘が幼稚園の時に作った貼り絵とたいして変わらないように見える。

すべてが高価で、これ見よがしだった。見せびらかすのが目的なのだ。しかしナタリアは、そんなことはないと反論する。彼女には審美眼がある。そしてそれ以上に金がある。節制するよう言い聞かせたほうがいいのだろうが、それだけの度胸がなかった。シャネル仕様のオースティン・ミニを買い与えてからは、嬉々としてあちこちをドライブしている。ポールは心配した。険しい道を猛スピードで走るからだ。それでも苦言を呈しはしなかった。常にやさしく接しつづけた。祖母のイヴォンヌはかつて言っていた。ポール、きれいな女と一緒にいてもつらいだけだよ、おまえに必要なのは、この村の娘たちのように分別と良識を具えた子だ、と。ナタリアには分別も良識もない。彼女にとっては、くだらないことこそが重要だった。いや、ポール自身にだってささやかながら馬鹿げた望みはある。だからこそ、アパルトマンの中央に巨大なキッチンを作り、ガラス張りの肉用冷凍・冷蔵室を設置した。シルバーライン社のブラスト加工ステンレス製アイランド型センターフード、湯水二つの蛇口がついたシンク、ガスと電気の計十二個の火口（オーブン、グリル、中華鍋用火口も含む）、そしてクレマンスの好物がヨーグルトとフライドポテトなのでフライヤーも置いた。子供時代の夢を叶(かな)えるため、そして足りない愛情を補うために作ったはずだった。だが結局、目玉焼きや牛ロース肉を焼くくらいにしか使っていない。もともとは、湖の向こう岸に声が届くほど、賑やかで盛大なパーティーを催すつもりだった。だが、自分には店のスタッフ以外に知り合いがいないと気づくのが遅かった。

　ポールはクレマンスの部屋のドアを細く開けた。暗闇の中、細いからだが横たわるのが見える。ぬいぐるみを抱えて、丸くなって寝ていた。ずいぶんと大きくなった。近頃はさみしそうにしている。明日、話をしてみよう。ナタリアの寝室のドアの下から、黄色い光が漏れている。帰ってきたことを知らせようかと思ったその時、長靴を脱ぎ忘れていたことに気づいた。秋の色と匂いを引きずっていた。ワックスがかけられた床の上に、泥だらけの足跡がついている。生気のない家に忍び込んだ泥棒。だが盗みたいものは何もない。思い出すらない。ポールは長靴を脱ぎ、裸足のまま自分の寝室に入った。猟銃をカバーから取り出し、壁に立てかける。ドアのすぐそばだ。ガラスケースには明日しまおう。カーキ色のバッグを部屋の隅に放り投げる。ベッドに入り、ひんやりした毛布を鼻まで被る。からだを震わせ、眠りにつく。

アヌシーのル・パロン家領地に移り住んで以来、ポールは毎日モンマン教会より早く朝を迎えてきた。この十年間ずっと、ひとりで目覚めてきた。目が覚めても横たわったままでいて、教会の鐘が六回鳴ったらベッドから下りる。この小さなルーティンは、ポールにとって大事な時間だった。この数分間で、その日すべきことを頭の中で並べ上げ、優先順位を決める。太陽が空に上る前に、ほとんどのことを決定してしまう。ポールは想定外のことが起こるのが嫌いだった。農民のＤＮＡのせいだろう。心の中で、その日の出来事を想定する。翌日以降のこともすでに想定している。要するに、これから死ぬまでの間にいつ何をするか、かなり細かく想定しているのだ。

朝、目覚めたら八時十五分だった。こんなに寝坊したのは生まれて初めてだ。ベッドの端に座って、正面の鏡を眺める。青白い両脚は、まるでアルデッシュ県産アスパラガスのようだった。いや、それは季節はずれだな、とひとり苦笑する。ずいぶんと痩せた。壮年期の料理人はもっと太っていていいはずだ。腹回りの豊かさは才能の証だ。足元に目をやる。なんて醜いんだろう。とくに親指にできた硬くて大きなタコ。風呂から出た直後でさえ取れなくなった。近頃は、からだじゅうあちこちが不調を訴えている。料理を盛りつける時に右手が震えるようになり、目も見えにくくなった。平衡感覚が狂ってきたのを医者が心配している。わかりました、近々数日間の休みを取ります、約束します。「まずはこの薬を飲んでみてください」ポールはナイトテーブルに手を伸ばし、青くて四角い、仕切りつきのピルケースをつかんだ。錠剤を飲み下す。天井にカメムシがいるのに気づく。ありえない。二日前、厨房で十二匹ほど駆除したばかりなのに。手帳に書き込みをする。その時、ドアが開いて美しい顔が現れた。ナタリアの美貌には今でもハッとさせられる。

「もう遅いわよ」

　ポールは返事をしなかった。喉が渇いていた。いつもなら、半開きにされたドアの向こうから生活音が入り込んでくる。朝食中であることがわかる、食器がカチャカチャと触れ合う音。地下の厨房で一般調理師（コミ）が野菜の皮を剝く気配。階段で客室係の女性たちがおしゃべりをする声。しかし、今日はしんと静まりかえっていた。レストランは休業中だ。娘は学校へ行っている。ナタリアは低い声で話をしていた。ポールはベッドの端に座ったままだった。トランクス姿で、ぼさぼさの髪で、渇いた喉のまま妻と向き合っている。すでに一日の終わりのようにからだが重い。妻が言う。「会計士が来ているの。話し合う必要があるわ」それから、壁に立てかけてあった猟銃に気づいた。「怪我をしないよう、このおもちゃを片づけてちょうだい」ナタリアがドアを閉めると、はずみで銃がベッドの足元に倒れた。ポールはそれを拾い上げた。

第三章

巨大な銅鍋の上に身を乗り出して、大きな木じゃくしで中身をかき混ぜている姿を、今でもよく覚えている。幻想的な影が天井まで長く伸び、鼓膜が破れんばかりの大声で指示を出していた。厨房は、彼女のねぐらで、洞穴だった。その中央に、店の守護神、百リットルの銅鍋が鎮座していた。すべてはこの鍋から始まり、やがてこの鍋で終わることになる。祖母の母が、その祖母から受け継いだものだ。ぼくの祖母であるイヴォンヌの母、マリアは、宴会、結婚式、聖体拝領などの機会に、この鍋を使って「みんなで分け合う料理」を作ったという。たとえば、カスレ（白インゲンマメと肉の煮込み）、あるいはサルスエラ（カタルーニャ風ブイヤベース）、そして得意料理のイカとチョリソー入りポトフ・ガリシア風。だが、娘のイヴォンヌは大鍋ではなく、より扱いやすい片手鍋を使って調理をした。大鍋には、鶏ガラ、魚の骨、硬くなったパン、屑肉、油脂、熟れすぎたトマトなどの食材屑を放り込んだ。食料不足だった戦時中の記憶から、どんなものでも捨てずに活用したいと思ったのだろう。大鍋は文句一つ言わず、加熱できるあらゆるものを受け入れた。鍋の下部に小さな蛇口がついていて、ひねればとろりとした濃い色の液体が出てくる。ことばの魔法とほんのわずかな不誠実さから、この液体は臆面もなく〝ソース〟と呼ばれていた。ある日、かまどの上に吊るされた大鍋を布巾（トーション）で磨いていたイヴォンヌが、ぼくに向かって手招きをした。鶏ガラをぼくに手渡し、鍋の中に入れてみろと言う。ほら、やってごらん。ところが、木靴を履いた足で一生懸命つま先立っても、鍋まで手が届かなかった。とうとう祖母がぼくのからだを抱えて持ち上げてくれた。心配しなくていいよ、この鍋はおまえが大きくなるのを待っていてくれるから。

ぼくは一九五八年四月六日、農場で生まれた。第五共和政が誕生し、ポール・ボキューズが初めて星を取ったのと同じ年だ。イヴォンヌにとっては幸運の年だった。まず、孫であるぼくが家族に加わった。心配する母親が後ろでおろおろするなか、祖母は箱詰めのジャガイモのようにぼくをあちこち引きずり回したらしい。さらに喜ばしいことに、アルジェリア動乱を経て、ド・ゴール将軍が政治の世界に帰ってきた。イヴォンヌはド・ゴールの大ファンだった。巨大な海鳥のような足取り、母音を長く伸ばす詩的な話し方、何があっても必ず復活する強運。イヴォンヌが調理中に厨房を離れたのは、生涯を通じて「大好きな将軍」が演説をしている時だけだった。一階に置いてあった大きなテレビから、わずか数センチのところに陣取っていたという。少し耳が遠いせいで音量を最大にしていたので、ケピ帽姿で告げられたご神託が、司祭のミサの説教のように農場じゅうに響きわたった。中継放送が終わると、イヴォンヌは見るからにしょんぼりして立ち上がり、料理のソースのところへ渋々戻っていった。祖父のマルセル（もちろん左派だった）は妻の恋心に困惑し、「もしあの元軍人に出会ったら、怒鳴りつけてやる」と、パイプをくわえながら不平をもらしたという。加えてこの一九五八年は、レストランにとっても大きな転機となった。開業以来初めて、〈シェ・イヴォンヌ〉が年間を通して連日満席になったのだ。

料理に対するイヴォンヌの野心は、次第にジェール県の人々の食習慣とは相反するようになった。仔牛のレバーのこんがり焼き・ペコロス添え・ビネガーソースはまあいいとしても、アーティチョークのファルシ・セップ茸と鶏レバー詰めや、マスの燻製のイラクサ（ネトル）ソースは、地元の人には馴染みがなさすぎた。彼女がどれほど高尚な料理を創造しても、客たちは見向きもしない。だがイヴォンヌは、誰もが知っていたようにひどく頑固だった。一旦やると決めたらとことんやりつづけた。農民たちを満足させるには根気が必要と覚悟を決めて、新しい味を模索しつづけた。祖母は、経済的に余裕がない中でも、上手に工夫しながら最良の料理を提供した。日持ちのしない食材は、木製の氷室に入れて、氷の塊（かたまり）の間に挟んで保存した。木工職人に冷蔵庫を作らせると、莫大な費用がかかってしまう。そこで祖父のマルセルが、無垢のオーク材を使って容量五百キロの手作り冷蔵庫を完成させた。イヴォンヌは肉を切るのにクルミ材のまな板を使っていた。しばらく使いつづけて汚れてくると、ぼくの父が鉋（かんな）をかけて、こびりついた肉の繊維や脂の層を取りのぞいた。経済的に余裕がある料理人たちは、石材のまな板を使っていた。アヌシー周辺では、樹脂の層で覆った青御影石がよく使われた。〈ル・ネグレスコ〉などコート・ダジュールの一流店では、イタリア産大理石が使われた。石のまな板は確かに見た目はいいが、実はあまり衛生的ではない。肉汁などの液体が多孔質な石の内側に染み込んで、細菌が繁殖してしまうからだ。やがて、腐食したり錆びたりしにくい合金鋼が開発され、医療、外科治療、航空機産業、造船業などに革命をもたらした。そう、ステンレスが発明されたのだ。ステンレスのおかげで料理界も進化した。しかし、料理人たちの労働条件は変わらなかった。当時、厨房は建物の地下にあるのが一般的で、とんでもなく蒸し暑かった。料理人たちは脂っぽい煙を吸い込み、黒い汗を流した。目がちくちくと痛み、肺が焼けるようにひりひりした。炭鉱労働者からクレームがつきそうだが、当時の厨房の労働環境は炭坑と似たり寄ったりだったと思う。鉱石を採掘するのも、かまどの火と格闘するのも、どちらも地獄だったのだ。祖母の皮膚には、グリルした牛リブロースの匂いがこびりついていた。いつもつきっきりで、とろ火でじっくりと肉を焼いていたからだ。

ぼくが物心つく頃、レストランは創業十三周年を迎えた。レクトゥール村だけでなく、ジェール県最大の町のオーシュからも客が訪れ、イヴォンヌ・シェフの名前が広く知られはじめた。イヴォンヌは、少人数ながらも忠実なブリガードを率いていた。テオフィル・ゴーティエの『キャピテン・フラカス』のように、それぞれの能力を持ち、それぞれの事情を抱えた、種々雑多な人間の集まりだった。店では毎日メニューが更新された。まず、イヴォンヌが〝口上人〟のカルーゾに小声でメニューを伝え、今度はカルーゾがそのメニューを「r」を巻き舌で発音しながら、初めに厨房、次にホールで大声で発表する。苦役を引き受けるのは〝ブーシュ・ノワール（黒い口の意）〟だ。地獄のような高温に耐えられる唯一のスタッフで、イヴォンヌの留守中に火を操ることができるのは彼だけだった。〝ブーシュ・ノワール〟は、かつては熊の見世物と火吹きをする旅芸人だった。熊がいなくなり、火だけが彼のもとに残ったのだ。〝アーティスト〟と呼ばれたスタッフは、もともとは彫刻家だったが、日銭稼ぎのためにしかたがなくパン作りを始めた。だがこの地域で、彼ほど腕のいいペトリスールはいなかった。戦争で片脚を失った〝海賊〟は、一日じゅう椅子に座って野菜を洗ったり、ジャガイモの皮を剝いたりしていた。ぼくは一度も彼の声を聞いたことがないが、太くてこもった音がする咳をしていたのを覚えている。〝何でも屋〟のベベールは他人を横目で窺い見る癖があった。今でもイシビラメを捌くたびに彼のことを思い出す。そうそう、リネン交換係のロザリーを忘れてはいけない。ぼくはいつも彼女と一緒に洗濯場に出かけた。やさしくて、ラベンダーの匂いがする人だった。

父も祖母のブリガードのひとりだった。食材供給、ソースの準備、魚の解体、菜園の手入れなどをはじめ、数えきれないほどたくさんの雑用を任されていた。祖母は、ほかの誰に対するより、父に一番厳しく接した。祖母はすべての仕事にくまなく目を配っていた。たくさんのことを同時にこなす才能があった。ついさっき厨房にいたかと思えば、いつの間にかホールで給仕をしており、パスティス・ガスコン（ガスコーニュ地方名物のパイ菓子）にアルマニャックをフランベして客たちをあっと言わせたり、サービスワゴンの上で肉の切り分け（デクパージュ）をしたりした。ぼくは、母や先生たちの目を盗んで、しょっちゅう店の厨房を訪れた。ぼくがうろうろしていても、たいていは見のがしてもらえた。人なつっこい犬をあしらうようにして厨房から追い出された時は、帳場の上によじのぼってみんなが働く様子を眺めた。イヴォンヌはまるで布のようにパイ生地を扱い、ナイフの先端でぎざぎざ模様の細工を施した。農場の娘らしい短い指だったが、細密画家のように正確に動いた。近所の大食いたちが何も考えずにがつがつと食べ尽くしてしまう料理に対して、どうしてそこまで神経を使うのか、当時のぼくにはわからなかった。それこそが偉大なるシェフの証（あかし）だと気づいたのは、ずいぶんあとになってからだった。イヴォンヌはすべての料理に全身全霊で取り組んだ。ゲストに満足してもらうためには、決して妥協しなかった。変にアレンジしたり、ケチケチしたりもしなかった。モリエールの『町人貴族』に出てくるジュルダン氏が、知らないうちに散文を作っていたように、イヴォンヌも気づかないうちに芸術作品を作っていたのだ。馬鹿だね、何言ってるんだい！　ぼくがそう言っても、彼女はきっと大声で笑いとばして、決して信じてくれなかっただろう。

　十一月十一日の聖マルティヌスの日には、カステラ・ヴェルデュザンからミラドゥーまで、そしてカステルノー・ダルビューからサント＝メールまで、ジェール県じゅうで同じ儀式が行なわれる。

収穫シーズンの終わりを記念する《豚祭り》で、ブタが生贄（いけにえ）にされるのだ。ぼくは、その前日はいつも期待と不安であまり眠れなかった。生贄にされるブタは、ひと晩じゅうキーキーと高い声で鳴いていて、まるで迷子が泣いているみたいだった。仲間のブタたちは、泥の上に横たわってじっとしていた。黙ったまま、鼻づら一つ動かさなかった。イヴォンヌは、決して自分ではブタを手にかけなかった。一頭ずつに名前をつけて、それぞれの食習慣や好みを把握し、店のゲストに対するのと同じように大事に育てていたからだ。

　当日は、山から隠者が下りてくる。人狼や魔法使いのような男で、誰も名前を知らなかった。尋ねようとする者もいなかった。道の向こうに隠者の姿が現れると、ブタはぴたりと鳴きやんだ。隠者のナイフはあらかじめ研がれていた。普通の食肉処理業者とは大違いだ。彼らは恐れおののく家畜たちの目の前で、これ見よがしにナイフを研ぐ。仕事を終えた隠者は、納屋に入って横になり、そのまま翌朝まで出てこない。カラスや野良ネコの肉体の構造を研究しているのかな、と当時のぼくは思った。会食には参加しなかったが、報酬としてさまざまな豚の部位を粗塩で包んで持ち帰った。その後数日間は、近所に隠者がまだいるような気がして、子供たちは日没後は外に出たがらなかった。ブタを生贄にしたあとは、近所の人たちや、モンターニュ・ノワールやペリゴール在住の親族たちが、二日続けて店にやって来る。手が空いている人には、わらの束や薪（たきぎ）を運んでもらった。〝ブーシュ・ノワール〟が豚肉をグリルやローストにしている間、カルーゾと父は湯を張った大きなたらいで豚の腸を洗う。ソーセージや豚の血と脂の腸詰め（ブーダン・ノワール）に使うためだ。豚の血は大鍋に入れて沸騰させ、凝固しないようにぼくがゆっくりとかき混ぜつづける。手間ひまがかかるパテやサラミは女性陣が担当した。当日に提供される料理は、猪肉（いのししにく）の赤ワイン煮込み、ローストチキン、灰焼きジャガイモ（熱い灰の中で蒸し焼きにしたジャガイモ）、厚切りハムだ。ハムは一年前に仕込まれたもので、この機会に初めて提供される。そして全員が帰宅時に、豚すね肉のハム、クレピネット（網脂で包んだハンバーグ）、ガランティーヌ（豚ひき肉の蒸した冷菜）、リエット（豚肉のペースト）を持ち帰る。

祖母のこだわりは徐々に実を結んできた。イヴォンヌのところの料理はよそよりおいしい。食べたあとも胃もたれしないし、気分がすっきりしてる。小さなピッチャーに入って出される冷えた赤ワインも、飲んでも頭が痛くならない――そういう噂があちこちで囁かれるようになった。イヴォンヌの店で食事をするために、トゥールーズ、ベルジュラック、モン＝ド＝マルサンからも客が訪れた。食事のあとは、せっかくなので田舎を満喫する。子供たちは、わらの下にあるニワトリの卵を集めたり、カモのあとを追ってよちよち歩いたりした。その間、おとなたちは大きなカシの木の下でブランデー入りコーヒーを飲みながら、ツール・ド・フランスの感想を言い合ったり、国際問題について話し合ったりした。初めの頃、ぼくは気おくれして、子供たちの仲間に入れなかった。みんな半ズボンをはいて、体にぴったりの半袖シャツを着て、絵本の『マルティーヌ』に出てくる子たちのように小ぎれいでいい匂いがしたからだ。でも一日が終わる頃には、ぼくたちはすっかり世界一の親友になっていた。彼らは、この土地をよく知るぼくのあとを素直についてきた。ぼくは彼らに、動物の名前を教えたり、秘密の隠れ家に連れていったりした。夜になって別れの時が来ると、涙が出そうになるのを歯を食いしばってこらえた。新しくできた友人たちは高級車に乗って帰っていき、ぼくは柵の上に馬乗りになって、しょんぼりしながら夜の匂いを嗅いだ。

イヴォンヌは賭（かけ）に勝った。隣の町が外国のように思われていた時代に、たくさんの人たちを店に呼ぶことができたのだ。当時、人々が家の外に出るのは、日曜の朝に教会へ行く時と、村の共同粉挽き小屋に行く時くらいだった。中世からの名残で、農民たちにとっての粉挽き小屋は、集まって井戸端会議をする場所だった。水車で穀物を粉に挽きながら、その週の出来事についておしゃべりをする。たくさんの縁談もここでまとまった。固い握手を交わせば結婚成立だ。マルグリートはピエールと結婚して、ヒツジたちを飼育しつづけるんだってさ。もしあの日、運命の呼び鈴が鳴らなければ、こうした状況がそのまま何年も続いていただろう。それは、店の営業が終わる直前だった。若い男性が運転する車から、年配の女性が降りてきた。白髪を頭の上でお団子にし、ゆったりしたワンピースを着ていた。ぼくが教えてもらったのは、その女性はリヨンからアンドラへ行く道すがら立ち寄ったということだけだった。〈シェ・イヴォンヌ〉の噂を聞いて、ふと行ってみようと思いたったのだ。祖母はその女性とふたりきりで厨房にこもり、そのまま一夜を明かした。夜中、好奇心に駆られたぼくは、ベッドから抜け出して鍵穴から厨房内を覗いた。二つの影が揺れていた。低い声で話をしていて、まるで世紀の悪事を企んでいるように見えた。翌日の朝食前、祖母は女性を見送るために外に出た。ふたりはむかしからの友人のように、車の前でハグしていた。車が見えなくなると、ぼくは祖母のタブリエを引っ張った。

「誰だったの?」

「妖精だよ。空から落ちてきたんだ」

「妖精? へえ、妖精ってもっとスタイルがいいのかと思ってた」

「あの妖精はウジェニーっていう名前なんだよ。ウジェニー・ブラジエ」

第四章

クリストフは厨房の真ん中に立ちすくんでいた。口を真一文字に結び、胸の前で両腕を組んで、黙ったままでいる。まるでクリント・イーストウッドのようだった。スタッフは全員そろっていた。ユミ、ジル、ディエゴ、給仕長(メートル・ドテル)のムッシュ・ヘンリー、ディレクトゥール補佐のカサンドル、コミたち、皿洗い担当(プロンジュール)たち、ホテルの客室係の女性たち……みんな厨房の青白い蛍光灯の下に集まって、緊張に顔をこわばらせている。マダムはどこだ、と囁く声。するとその時、ヤンと一緒にナタリアが現れた。ゆっくりとみんなの顔を見回す。ヤンは少し離れたところで、床に視線を落としていた。両手が震えている。ナタリアは凛(りん)としていた。徹夜明けのように疲れた顔をしていたが、堂堂と前を向いている。「今朝、ポールが自室で息を引き取りました」メキシコ人プロンジュールのアロンゾが、「聖母マリアよ!(マードレ・デ・ディオス)」とつぶやき、十字架のネックレスに口づけてから十字を切った。ディエゴもぎくしゃくと同じ動作をする。ユミはからだをふらつかせた。「今、上に救急隊が来ています。もうすぐ検屍の人たちも来るはず。車は裏口に停めてもらうように言ってあります」シェフがどうやって亡くなったかは説明しなかった。ナタリアの声が天井に反響する。「取り調べがあるけれど、それは単に手続きの一環らしいの。それ以上のことはわたしにもわからない。こんなこと、経験したことないし……」ナタリアはそこで口をつぐんだ。カサンドルがそばに駆け寄ろうとしたが、ナタリアはすぐに顔を上げて再び話しはじめた。「このことは決して他言しないでください。情報を外に流してはいけません」その時、ムッシュ・ヘンリーが息を切らしてやって来た。

「ネットフリックスの人たちが戻ってきました。ボビーが今すぐシェフと話をしたいと言ってます」

＊

クリストフは、上院議員のような落ち着いた口調でボビーに嘘をついた。家族の火急の問題で遅れていて、いつになるかわからないんです。ウィー・アー・ヴェリー・ソーリー。ボビーは顔をしかめた。翌日の夜の便でカリフォルニアに帰るつもりだったのだ。ヤンは、ポールのポルシェを見えないところに隠した。ディエゴは、ネットフリックスのスタッフがあちこち歩き回らないよう気を配った。カサンドルがクリストフに耳打ちをする。大丈夫です、遺体はすでに搬送されました。クリストフは以前からカサンドルに好印象を抱いていた。この子はこれからもっと伸びるだろう。だがクリストフ以外は、このほっそりした女の子が店にとってこれほど重要な存在になるとは、思ってもみなかったようだ。たとえいつかヤンが店から出ていっても、彼女がいれば大丈夫だろう。

「これからどうする？」ディエゴが尋ねた。

「みんなを呼んでくれ」

　こいつ、怖え（こえ）……。ディエゴは思った。クリストフは、ポールから料理に関するすべてを教わっている。本当なら、床につっぷして泣いていてもおかしくない。ところが、顔色一つ変えやしない。まあ、いつも青白い顔をしてるから、見分けがつかないだけかもしれないけれど……。ディエゴが声を上げてみんなを集めた。クリストフが近くに寄るよう命じる。

「みんな、おれは話し下手だけど、これだけは確信している。シェフは、アメリカ人たちの度肝(どぎも)を抜きたいと思っていたはずだ。今日のコース料理は、デシャップ台（調理スタッフが完成した料理を出す場所）の上に貼り出してある。みんな、自分がすべきことはわかってるはずだ。静かに仕事をしよう。無駄口は叩かず、行動で示せ」

「ウイ、シェフ！」

ディエゴがクリストフの腕を引っ張った。

「なあ、あいつら、ポールのために来てるんだぜ。やつらの仕事ぶりを見たか？　プロだぞ。こっちがバタバタしてるのなんか、すぐにバレちまう」

「たぶんな。でもしかたがない。あいつらはここの撮影が終わるまでは帰らないだろうから、やれることをやるしかないさ。さあ、すぐに動こう。おまえがいないと困る。今すぐ、肉料理担当シェフとして動きはじめてくれ。タブリエをつけて、鳩と仔牛の準備をするんだ」

クリストフは、もたもたしているスタッフを見つけて、手をパンパンと叩いた。

「何をしてる？　あと十分でアミューズ＝ブーシュが出るぞ！」

ユミは、真綿にくるまれたドームの中にいる気分だった。みんなのやり取りを他人事のように観察する。スーシェフの声がくぐもって聞こえる。世の中が突然慌ただしくなった一方で、すべてがゆっくりと動いていた。今日は、誇りと喜びに浸る日になるはずだったのに。この三か月間、新作デザートをポールに見せるために頑張ってきた。「何か新しいものを作って、ぼくを驚かせてくれ」と言われていたのだ。何百というスケッチを描きながら、寝る間も惜しんで試行錯誤してきた。自分自身は酸味を生かすのが好きだったが、シェフからは苦味を探求するよう言われた。クリーム、甘味、味のバランスについても研究を重ねた。フランス菓子の長い伝統を尊重しつつ、女性の繊細さと日本の心を表現するにはどうしたらいいか、何度も繰り返し考えた。そうやってようやく完成したというのに、もうポールには見てもらえないのだ。

「自殺の場合でも、死ぬ間際に人生が走馬灯のように見えるのかな?」オーブンの前でしゃがんでいた、ひとりのコミが言った。「さあな」隣にいた別のコミが肩をすくめる。「そいつの人生によるんじゃねえの? まあ、おまえの場合、たとえ見たとしてもあっという間に終わりそうだけどな」

そう言って笑った時に、ディエゴがそばにやって来た。「おまえら、もう黙れ。でなきゃ、外に出ろ」ふたりは口をつぐんだ。ようやく厨房が静かになった。さあ、ショーの始まりだ。

「ガイズ、ルック・アップ」

ネットフリックス取材班の五人が顔を上げた。ガラス張りの部屋の向こうで、水槽のような静寂の中、十人の調理スタッフが、精密機械のように無駄のない動作できびきびと働いている。背中を触れ合わせ、手を交差させながら、繊細に、正確に、何度も同じしぐさを繰り返しつつ、踊るようにからだを動かしていた。

「ゼイ・アー・ダンシング!」誰かが叫んだ。ボビーが椅子から勢いよく立ち上がる。

「アイ・ウォント・ザット、ナウ、ナウ!」カメラマンに向かって、叫びながら指を鳴らす。

カメラマンたちがドアを開けると、調理器具のかすかな金属音と、排気ダクトの音がした。調理スタッフのタブリエにピンマイクが仕込まれ、鍋の上にマイクアームの先端がぶら下げられる。あちこちへと動き回り、からだを回転させながらも、誰ひとりぶつかる者がいない。そのアクロバットのような動作に、カメラはついていくのがやっとだった。マクロレンズが、額の汗、まつげの動き、澄ましバターのざらついた表面などのディテールを追いかける。

「クリストフ、どんな感じ?」

ナタリアは急に歳を取った、とクリストフは思った。高級香水の匂いはすでにどこかに飛んでいた。今のところどうにかなってます、と小声で答える。今朝から平気なふりをしていたが、背中は凍るように冷たく、こめかみは燃えるように熱かった。

「ポールは、ネットフリックスのことをわたしには教えてくれなかったの」

「スタッフをパニックにさせたくなかったんですよ」クリストフはそう答えながら、鳩の残毛をバーナーで炙(あぶ)って除去しているコミの手先が、どことなくおぼつかないことに気を取られていた。

カメラが、勢いよく燃える青い炎に近づく。研究室のような緻密さが求められるこの厨房で働く者たちは、見事なまでに器用にキャビアの粒に触れたり、ピンセットでエディブルフラワーを持ち上げたりしていた。

「わたしはポールのスタッフじゃないわ」ナタリアは棘々(とげとげ)しい口調で言った。「あなたがわたしに教えてくれればよかったのに」

クリストフは返事をしなかった。自分は約束を守っただけだ。

「馬鹿野郎、火を止めろ! 肉まで焼けちまうじゃないか! 仕上げはピンセットを使うんだ!」

クリストフが次に振り返ると、ナタリアがいたはずの場所に、野球帽を被ったボビーがいた。蛇のような目つきでクリストフの顔をじろじろと眺めている。そして、テキサスなまりのフランス語で非難するようにこう言った。

「ヤングマン、あんた、おれに何か隠してるな？」

ネットフリックス取材班は、午後五時に帰っていった。店内のほか、外の菜園、ホテルの客室、地域の山々や湖、パラグライダーの群れ、冷蔵庫や野菜保存棚なども撮影していた。最後に、ボビーはきっぱりとした口調でこう言った。「われわれはシェフを取材しに来たんだ。明日こそは、ここにいてもらわないと困る。でないと、契約不履行で訴えるぞ。契約書をよく読んでおいてくれ。ところで、このあたりに、まともなハンバーガーを食べさせる店はないかな？」

翌朝九時にまた来るという。疲れ果てたスタッフたちは、まかないのスパゲッティ・ボロネーゼを黙々と口に運んでいた。作った料理はあとでまた撮影するため、冷蔵庫に保存してある。ユミは自分の皿に手をつけなかった。ディエゴは、リラックスするために大きなジョイントが欲しいと思った。ヤンは小さなグラスでアルマニャックを飲んだ。ほかのスタッフたちは、店の裏手のコンポストのそばでタバコを分け合いながら吸っていた。家で自分たちを待っているのはソファだけ、よくてネコが一匹いるだけだ。ほとんどのスタッフがひとり暮らしをしていた。だが、彼らがもっとも恐れていたのは——誰も口にはしなかったが——これから先のことだった。アプランティからスーシェフまで、スタッフは誰もがポール・ルノワールを介してこの店とつながっている。ポールがいなくなってしまった今、自分たちはいったいどうなるのだろう。誰も見当がつかなかった。

午後六時になり、日が傾きはじめると、スタッフたちは厨房の清掃を始めた。その時、フロントの電話が鳴った。続けて、シェフのオフィスからも電話の音がした。やがて、その場のスタッフ全員の携帯電話が一斉に振動しはじめた。ディエゴが電話に出たが、すぐに切った。「おい、みんなもう知ってるぞ」クリストフは、流しのシンクに溜まっていた脂っぽい水の中に、使っていたカップを勢いよく投げ入れた。ナタリアは、すぐに対策を考えざるをえなくなった。

第五章

父によると、若い頃の母、ジョゼット・マンサールの美貌は、ピレネー山脈の向こうまで知れわたっていたという。ふたりは村のダンスパーティーで知り合った。初めは心から愛し合っていたようだ。少なくとも、当時において可能な限りは。壮大なロマンや狂おしい激情はなかったが、同じ価値観を共有し、死がふたりを分かつまで人生を共に歩いていくと決めたのだ。それだけでもたいしたものだ。母はアートギャラリーを構えるのが夢だった。絵画が好きで、パリ、とりわけアリスティッド・ブリュアンやトゥールーズ゠ロートレックが活躍していたモンマルトルに憧れた。場所と時代を間違えて生まれてきたのだ。フリーマーケットで本を何ケース分も購入し、家じゅうのあちこちにしまい込んだ。だがすぐに置き場所が足りなくなって、祖父のマルセルに書棚を作ってもらった。レストランのホールや家畜小屋も本だらけになった。そのおかげでぼくは、フレデリック・ダールの推理小説、『アルセーヌ・リュパン』シリーズ、アレクサンドル・デュマの『三銃士』を知った。春になると、母は庭に小さなイーゼルを出して絵を描いた。通りかかったゴム長靴を履いた男たちは、貴婦人に対するようなお辞儀をした。母はその大げさな気づかいを喜んだ。男たちのほうも、母のすらりとした脚を見られて嬉しかっただろう。母はいつも夢見るような遠い目をしていた。村には気晴らしになるものは何一つなかった。雌ドリたちが足元にやって来て、餌をついばんでも無関心だった。母は田んぼ、東洋の仏塔、金色の神殿、赤い花などを描いた。ピラ＝シュル＝メール（レクトゥール村から二百キロほどの海辺の町）より遠くへ行ったことがなかった。夏の初め、母はインゲンマメやエンドウマメの収穫の手伝いをした。お姫さま、そのきれいな靴を汚さないよう気をつけな、と祖母はからかった。母とぼくがふたりきりになることはめったになかったが、そういうまれな機会には、言いたいことを言えないまま自殺する人のような、悲しげな目でぼくを見た。実際は、ぼくといるのに退屈していただけだろう。こんなはずじゃなかった、と思っていたのだ。自分の母親が息子のぼくに失望していたと、子供の頃は認めたくなかった。だが、ぼくが何を言っても何をしても母は無関心だった。父といるのは楽だった。基本的に、ふたりでいても何もしゃべらない。何時間でも黙ったまま、隣同士に座ってエシャロットを剝いたり、アスパラガスの硬い部分を取ったりした。父のアンドレは、話し好きでも子供好きでもなかった。それでも月に一度ほど、午後に見本市、古道具店、村の映画館などへ連れていってくれた。ブールヴィルやルイ・ド・フュネスの新作コメディ映画は父と一緒に見た。父が笑うと、まるで風にあおられたレタスの葉のように二つの耳が揺れた。

　両親と顔を合わせる機会はあまり多くなかった。どちらも自分のことで手一杯だったからだ。この時期の子供は、おとなにとっては現実の一端にすぎない。服を着せて、食事を与えて、あとは学校に任せきりだ。田舎の子供は、生まれ持ったものを抱えたまま成長していく。同じ学年には、農民の子も地元の名士の子もいた。大規模農場の経営者には、村長や医師よりずっと裕福な生活をしている者もいた。そして学校での子供の地位には、社会におけるその家の地位がそのまま反映されていた。教室では、貧乏人は前列に、金持ちは後列に座った。まるで、前線で殺されていく歩兵たちと、安全な後方でそれを見ている将軍たちのようだった。ぼくは学校に不満はなかった。冬は温かく、四月になって窓を開ければ暖かい風が入り込んでくる。だが、その風に狂おしい誘惑を感じた。それはあまりに大きすぎる魅力で、どう受けとめたらいいかわからなかったが、震えるほどの不安と後悔にとらわれた。先生たちは、すぐにぼくを落ちこぼれとみなした。教壇に立って話す時はいつも口ごもり、そのせいでクラスメートに笑われると萎縮する。話をうまく組み立てられず、ことばをうまく操れない。みんなと同じようになりたいと願いながらも、なるべく目立たないよう努めた。みんなに溶け込むのが夢だった。だが、ルノワールというぼくの苗字には、気取っていて、女性的で、ちゃらちゃらしたイメージがつきまとう。まわりは、体罰を受けながらたくましく育ち、ブランデーをあおって人を殴りつけるような、マッチョなイメージの名前に溢れていた。たとえば、モンタニャック、カルスナック、ルスタル、ルムグー。当時、イヴォンヌはメール・ブラジエの話ばかりしていた。ブラジエ――まるで火を吹く大道芸人のような苗字だ！　ボキューズやトロワグロだってそうだ。テロワール（郷土の気象、土壌、地形のこと）、労働、ヤマウズラの重たい腹のイメージ。実に料理人らしい名前だ。それに比べてルノワールときたら、なんて退屈な名前だろう。夜みたいで（ノワール＝黒や闇の意）、その奥には何の物語性もない。誰にも覚えてもらえない。

　同級生たちが学校から帰って遊びはじめる頃、ぼくは農場で仕事を始める。働いているぼくのまわりを、彼らは真新しい自転車に乗って走りまわる。ぼく自身は、祖父のマルセルのぼろぼろの自転車を自分で修理して乗っていた。重さ十五キロもする頑丈な車体の荷台に木箱をくくりつけ、袋入りのジャガイモ、ニンジン、タマネギなどを積んであちこちへ配達に出かけた。同級生たちも自転車でついてくる。ぼくはからだが大きくて、九歳なのにすでに十二歳くらいに見えたので、みんなすぐそばには近寄らない。だが、遠巻きにしながらスズメバチのようにぼくを攻撃した。ルノワールの手は真っ黒だ！　ルノワールの手は真っ黒だ！　歌いながら、ぼくの後ろを走りつづけた。ひどいことを言う、と思った。毎晩、血が出るほどしつこく爪を洗っていたのに。こんな目に遭うのは父さんのせいだ。ぼくは父に責任をなすりつけた。だが、本当はそうではなかった。ぼくの手は、生まれつき土で汚れていたのだ。今では都会の人たちも、靴の裏に多少の土がついていることをむしろ自慢しようとする。土がトレンドになったのだ。土がついている人は、人間性に深みがあると思われる。しかし、もし今自分が子供だったら、農場で働いたりはしないだろう。農民はずっと働きづめで、土の下に入ってからでないと休みが取れないからだ。

　夏休みは、静かで単調な長い廊下のようだった。地域の村々から人の姿が消えて、変わり者、運が悪い者、装蹄師の息子、樽職人の息子、そしてぼくのような果実泥棒だけが取り残された。ちびのトーサックでさえ、キャンプをしに一週間出かけた。農場は、ぼくの王国であると同時に牢獄だった。気分にまかせてあちこちをうろついて、雌ドリのナポレオンの激しい攻撃を受けながら鶏小屋で生卵を丸呑みした。それ以来、鶏小屋に行くたびにナポレオンにくちばしでつつかれた。昼寝用に古いマットレスを敷いておいた家畜小屋まで、しつこく追いかけられることもあった。余暇のほとんどの時間を、ぼくは何もせずに過ごした。呼吸さえあまりせず、草の上や小舟に寝ころがって空を眺めた。小舟が浮かんでいたのは小さな池だったが、ぼくには大海原に思えた。時折、カモのいる島に接岸した。祖父に作ってもらったセイヨウミザクラの木剣を携えて群れの中に分け入ると、カモたちはよちよちと逃げていった。こうして退屈を紛らわせながら、ぼくはオーレリアの来訪を待った。

オーレリアは母の異母妹だった。毎年夏になると、渡り鳥のようにフランス北西部のレンヌ——ほとんど別の国だ——からやって来る。三つ歳上で、ぼくを「ちっちゃなポール」と呼んだ。七月末になると、ぼくは菜園のまわりに巡らされた柵にもたれて、叔母の到着を今か今かと待った。〝前哨〟に選んだこの場所からは、農場から続く一本道を隅々まで見渡すことができる。オーレリアは好奇心が強く、ボーイッシュで、白い膝にすり傷を作るのも厭わなかった。ぼくたちは、肺がパンクしそうになるまで斜面を駆け下りたり、ヒツジたちを追いかけたり、気分が悪くなるまでエルダーベリーを摘んで食べたりした。ふたりはこうして一緒に成長してきた。ところがある夏、一年ぶりに会ったオーレリアは別人のようになっていた。アッシュブロンドの髪をゆるめに巻いて、小さな桃のように上唇を膨らませていた。その姿を見た瞬間、ぼくは顔を赤らめた。生まれ変わったオーレリアは、幼少期に対する思春期の圧倒的な勝利を体現していた。

お伽噺のプリンセスが、タンクトップにぴちぴちのショートパンツ姿で中世の旅籠に現れた。その十五分後、近所の悪ガキどもが雁首をそろえてやって来た。彼女を見せるのと引き換えに、ぼくはキャラメル一袋を要求した。シャワータイムには、見学料は最高額に跳ね上がった。以来、近所の小道で騒乱が繰り広げられた。連中はツゲの植え込みの裏に隠れ、ベストポジションを巡って争い、服にかぎ裂きを作りながら一列に並んでじっと待った。……おい、来たぞ！　肌の一部、足首などを、誰もが植え込みの陰から口を開けたまま覗き込んだ。連日その繰り返しだった。一日が終わると、ぼくは大量の収穫物にほくそ笑んだ。だがこの件に関して、今日までずっと内緒にしてきたことがある。あれは、七月十四日の革命記念日のことだった。毎年この日になると、ぼくたちは家族で打ち上げ花火を見るためにレクトゥール城砦を訪れた。ところが、その日、オーレリアが見つからなかった。早朝、彼女を降ろして去っていく車を見かけたが、ぼくは誰にも言わなかった。彼女の姿はそれ以来見ていない。探してくるよう命じられたぼくは、なんとなく勘が働いて納屋へ向かった。中は薄暗くて、少し湿り気があった。オーレリアは、二階に敷いてあったマットレスに寝そべっていた。皺（しわ）くちゃになったワンピースがまくれ上がり、わらにまみれた太ももが露わになっている。当時のぼくにとっては、裸を目にしたのと同じだった。きれいだと思う一方で、見てはいけないものを見てしまったと感じた。突然、激しい欲望に駆られた。ぼくは手の甲で彼女の前腕をそっと撫でた。そう、こんなふうに……ああ、今思い出すだけで鳥肌が立つ。それから、彼女の太ももを見つめながら、ワンピースの下から尻のほうへと震える手をそっと滑らせた——あ、ここは編集でカットしておいてくれるかい？　するとその時、彼女が大きな伸びをして、ぼくを見て微笑んだ。「はい、そこでストップよ。ちっちゃなポール」ぼくがすごい勢いで走ってくるのを、家族は不思議そうに見ていた。唯一の隠れ家である厨房に駆け込むと、オーレリアに見つからないようにその日はずっとそこにいた。

第六章

最後のグランシェフ、ポール・ルノワール氏は、62歳で逝去されました。温かく気さくな人柄だった彼の思い出は、永遠にわたしたちの胸に刻まれるでしょう。奥様、お嬢様、そして近親者の皆様に、心からお悔やみを申し上げます。@mairieannecy

アヌシー市長（右派政党所属）が追悼のツイートを投稿した直後、オクシタニー地域圏議会会長（急進左派友好）は、「ポール・ルノワール氏は、当地域圏内のガスコーニュ地方出身です。彼の亡骸（なきがら）はぜひ故郷の地に埋葬させていただきたいと思います」とツイートした。すると今度は、アヌシー市長に近い立場であるサヴォワ地方の議員が、その要求を「非常に無礼」と非難するコメントを出した。ポール・ルノワール死去の報がフランスじゅうに知れわたると、すぐにその埋葬地の争奪戦が始まった。クリストフはSNSを眺めながら一夜を明かした。その訃報は、バッタの大群のように耳をつんざく騒音を立てながら、世界じゅうに広がっていった。みんなが一斉にその死について語りはじめ、共感を集めたり反感を呼んだりした。見知らぬ人たちが我先にと、「#シェフさようなら」、「#永遠に変わらぬ敬意を」というハッシュタグつきで、故人とのツーショット写真を投稿する。本人と直接交流した証を持っていない人たちは、代表作の《ブレス産鶏の豚の膀胱（ヴェッシー）包み煮》や《オマール海老のロースト・トウヒ風味》の写真をアップした。ロバート・デ・ニーロとマドンナも「深い悲しみに沈んでいる」と弔意を示した。ジェラール・ドパルデューは、ビゴール黒豚の群れの中でポールと一緒に笑っている写真を投稿した。

クリストフは冷たいシャワーを浴びて、濃いコーヒーを飲んだ。それからすぐに外に出て、愛車のドゥカティ・モンスター797にまたがった。轟音を上げながら、車と車の間を縫うように走る。渋滞にはまった運転手たちは、湖のほとりに漂う濃い霧を車窓から眺めていた。クリストフは腹を立てていた。船長っていうのは、最後まで船を降りちゃいけないんだよ。あんたはおれたちを見捨てたんだ、シェフ。これからいったいおれにどうしろっていうんだ？　バイクがスリップしそうになった。どうにか立て直し、減速しながら道端に寄る。クラクションを鳴らされた。何してるんだ、馬鹿野郎！　深いため息をつき、怒りを喉の奥に呑み込む。前傾姿勢になって顎を引き、ラ・フォルクラ峠沿いの道路を上っていく。頭上にはくっきりとした青空が広がっていた。それからしばらくして、クリストフは店の中にいた。報道機関向けに出す予定のプレスリリースを読んでいる。目の前にはナタリア・ルノワール。背筋を伸ばして立ち、左手でスカートの折り目をしきりにいじっている。ふたりは、政治家や不倫カップルご用達の個室の一つにいた。壁の上には、〈ラ・トゥール・ダルジャン〉の入口の前で、子供の頃のポールが祖母と一緒にいる写真が飾られている。

「レストランの閉店も知らせておかないと」クリストフが指摘する。

「閉店なんかしないわよ」ナタリアは落ち着いた口調で言った。「喪章を用意するから、ブリガードの襟元につけさせて。プロンジュールから駐車係までひとり残らず」

オーナーシェフは自殺したけれど心配するな、記念のバッジをやるから、と？　ああ、そりゃあみんな喜ぶだろうよ。

「十か月先まで満席なの」ナタリアは続けて言った。「日本やニュージーランドからも予約が入ってるのよ。一年後に出直してくださいなんて言えると思う？　ポールなら絶対に許さないはず。何よりもまず、ゲストのことを考えないと」

「シェフが亡くなったのに？」

「リスクは覚悟の上よ。レストランは閉めない。まあ、あなたができないというなら別だけど」

問題は、何が正しくて、何が間違っているかじゃない。クリストフは思った。ただ、何事もなかったかのように続けていくなんて無理だ。

「ナタリア、みんなショックを受けてるんです。確かに昨日はほとんど問題なくやれたけど、それはみんなに考える隙を与えなかったからだ。でもひと晩経てば……」

ナタリアは苛立った目を向けた。

「昨日、わたしも見ていたわ。あなたたちはいつもどおりだった。きっと誰ひとりとして異変には気づかなかったでしょう。あんな状況でも、最高のパフォーマンスができたのよ。あなたとわたし、望んでいることは同じなはず。この店を維持して、ポールの思い出を守りましょう。そのためには、今までどおりのブリガードが必要なの。でないと、暴風雨に襲われてすべてなぎ倒されてしまう。あなたとわたしも一緒にね」

クリストフは常々、ポールはこの女のどこに惹かれたんだろう、と思っていた。何もかもが正反対だ。確かに見た目は美しくて魅力的だが、それだけでは好きにならないだろう。もしかしたらその答えは、ふたりの違いにこそあるのかもしれない。ポールはおそらく、ナタリアのこうと決めたら絶対に引かない、その強さを愛したのだ。権力、策略、あるいは自分の魅力を駆使して、必ず自分の考えを貫き通す。結局のところ、彼女はそうやって自分の弱さを補ってきたのだろう。クリストフはヒエラルキーに忠実だった。たとえほかのすべてが壊れても、それだけは守りとおす。だから、ナタリアが決定したことにこれ以上は反論できない。……だからと言って、彼女にすべてを話さなくてはならないという義務はない。クリストフは、ボビーから送られてきたショートメッセージを開きながら思った。「ポール・シェフのご冥福をお祈りいたします（メイ・シェフ・ポール・レスト・イン・ピース）。彼はとてもいい方でした（ヒー・ワズ・ア・グッド・マン）」ボビーにとっては、これからが腕の見せどころだろう。ポールは、あの男にこれ以上ない置きみやげを残していった。まさに終身年金だ。百時間の撮影済みフィルム。ポールの遺言。

＊

ベティ・パンソンは、三キロ目に突入した時にそのニュースに気づいた。驚いて心臓が止まりそうだった。ランニング・マシンからよろよろと下りて、速報テロップを読むために吊りテレビに近づいていく。たった一行で、彼女のまわりのすべてが崩れ落ちた。ポールが死んだ。あたしのポールが。息が苦しい。ベティはぜいぜいと喘（あえ）いだ。スポーツジムのスタッフに声をかけられたが、返事もできない。ニュース専門チャンネルのＢＦＭテレビ。次期学校教育改革に関するニュース画面の下に、速報テロップが繰り返し流れている。携帯電話にメッセージは入っていない。誰も知らせてくれなかった。ベティはマティアスに電話をかけた。留守電だ。こんなことを留守電に残すわけにいかない。きっとまだ知らないのだ。知っていたら、すぐに電話をかけてきただろう。でもいずれ知るなら、あたしの口から教えるのが一番いい。ベティはメッセージを打った。「すぐに電話をちょうだい。あなたのお父さんのことで話があります」その時、ベティの頭上で、ラ・フォルクラ峠から中継をするというアナウンスが流れた。すぐに始まるらしい。ベティはメッセージを打ち直してすぐに送った。「テレビを見て」

画面では、大きな門の前に男女がひとりずつ立っていた。ふたりの姿がとても小さく見える。まわりのすべてが大きすぎるせいだ。鉄柵、ホテルの建物、山々、空。たくさんのマイクがふたりに襲いかかり、フラッシュが矢継ぎ早に光った。シェフ、シェフ、ひと言お願いします。ルノワールさんはどういう状況で亡くなったんですか？　闘病中だったんですか？　マダム、お願いします、カメラに目線ください。発見された時はどう思われましたか？　ベティはふたりを知っていた。ロシア人の女の子、そしてスーシェフ——名前は忘れちゃったけど、たしか、以前は野菜を栽培していたような。ベティはテレビ画面から数センチのところに立って、かつてのライバルの姿を食い入るように見つめた。会ったことはないけれど、とてもよく知っている女。あたしとあの子、どこが似ているんだろう？　冷戦時代に女スパイを育成していた学校が、その後「専門学校」と名前を変えて、西洋の男性を誘惑する方法（野心的ではないふりをする、相手を言い負かさない、など）を、若くてきれいな独身女性に教えているらしい。M6テレビのドキュメンタリー番組でそう言っていた。ベティはその番組をポールに見せようとVHSテープに録画しておいたが、結局送れなかった。今でも封筒に入れてしまってある。いずれにしても、ベティはもう戦える状態ではない。年月に酷使されたからだはすでにぼろぼろで、若い頃の姿は見る影もない。一方のあちらは、ボトックスとやらを使っているようだ……。あ、どうやら話すことに決めたらしい。ベティはさらにテレビに近づいて音量を上げた。エアコンの送風音や運動する人たちの息づかいで、音が聞こえにくかった。
画面の向こうで、若い女性が青い瞳をこちらに向けている。「昨日の朝、寝室でぐったりしている夫を発見しました」ベティは毒針に貫かれた気がした。からだのあちこちが焼けて、灰になって崩れていく。もう回復不可能だ。でも逃げ出さずにここにいる。蛍光色のぴちぴちしたトレーニングウエアを着て、顔を赤くし、からだを震わせ、身動き一つできずにテレビの中の女を見つめる。きっともうすぐ、この女は苦渋の表情を見せるだろう。足元をふらつかせて、涙を流し、それから……ああ、もうよくわからない。ベティは画面に顔をくっつけんばかりにしていた。みんなに見られている。頭がおかしくなった人間を見る目つき。ベティはしゃくり上げて泣いた。空気が薄い。息ができない。目をつぶり、床に突っ伏してからだを丸める。もう誰もいなくなってしまった。ポールと一緒にすべてが消えてしまった。両手で頭を抱えて、ずいぶんむかしに中断した会話を再び小声で繰り返す。ねえ、ポール、いったいどうしたのよ？　どうしてあたしに何も言ってくれなかったの？

ナタリアが話していたのは三分足らずだった。声は震えていない。泣いてもいない。そして、最後にこう締めくくった。「レストランは今日からしばらくの間、新しい体制が整うまで閉店します。ゲストの皆さまにはご不便をおかけしますが、どうぞご了承ください」クリストフは驚いて彼女を振り返った。ナタリアは息を切らしていた。クリストフは記者たちの顔を見た。同情心のかけらもない表情。ナタリアもこの無言の敵意を感じ取ったのだろうか？　ナタリアは砂利道を歩きはじめ、メインエントランスの鉄門のほうへ逃げるように去っていった。クリストフも慌ててあとを追い、自動で開閉する扉の内側にぎりぎりで滑り込んだ。背後から、石つぶてのように質問が飛んでくる。建物の中に入るとようやく静寂が戻ってきた。どうして急に閉店することにしたんですか、とクリストフが尋ねる。予約客たちに電話をしないと、とナタリアは答えた。ヒールを脱いで二歩進む。そして、毛足が長いカーペットの上でくずおれた。

第七章

十歳の頃のぼくは、料理なんてまったく興味がなかった。ぼくが望んでいたのは、新しい自転車を買ってもらうことと、オーレリアに再会することだけだった。それ以上の幸せなど考えもしなかった。星といえば、空に浮かぶ金星しか知らなかった。金星が見えたら、ヒツジを牧草地から小屋に戻さなければならない。だがぼくは好奇心旺盛だったので、イヴォンヌが崇めているあのウジェニー・ブラジエという女性について調べようと思った。そしてすぐにわかった。あの女性はただの料理人ではない。神さまだったのだ。フランス最初の英雄ウェルキンゲトリクスや、フランス最古のチーズのロックフォールのように、この国の歴史に名を刻むべき存在。マリー・ブルジョワと並んで、一九三三年の『ル・ギッド』で三つ星を獲得した女性料理人だった。一九三三年といえば、フランスで女性が参政権を獲得する十二年前で、ドイツでヒトラーが首相に就任したのと同じ年だ。そんな年に、ウジェニーはすでに、ツグミのフォワグラ詰めを作って店で出していた。子供の頃はウシとブタの世話をしていたという。その点はぼくと少し似ている。息子のガストンを乳母に預けて、リヨンの店を切り盛りした。数年後、リヨン市長のエドゥアール・エリオは、「彼女はわたしよりずっとリヨンの知名度に貢献している」と述べたという。第二次世界大戦から復員した若きポール・ボキューズが、最初に修業を積んだのも彼女の店だった。食材の品質に対するこだわりは相当なもので、家禽（かきん）業者は、若ドリの爪のケアさえ強（し）いられかねないと怯（おび）えていたという。ウジェニー・ブラジエはレジェンドであり、あらゆる料理人の守護神だった。彼女に会って以来、イヴォンヌのレストランは変わった。ホールも、メニューも、サービスも、ひと口で言えば挑戦的になった。

ある日の夕方、学校から帰ってすぐに祖母のところに行って驚いた。テーブルがまるでパーティーのようにセッティングされていたからだ。布製クロスが掛けられ、狩猟風景が描かれた陶器の皿が置かれ、不ぞろいの銀のカトラリーが並べられている。ぼくは思わず笑い声を上げた。

「いったいどうしたの？　大統領でも来るの？」

　イヴォンヌは目をきらきらと輝かせながらそばにやってきた。こんな祖母の姿を見たのは初めてだ。まるでド・ゴール将軍と階段ですれ違ったみたいだった。

「気に入ったかい？　ポール、あたしたちの新しいレストランにようこそ。いつの日か、〈シェ・イヴォンヌ〉を知っているって言うだけで、みんなから一目（いちもく）置かれるようになるよ」

　乳飲み仔豚の串焼き、鴨のコンフィ、豚鼻（ミュゾー）の肉と軟骨のヴィネグレットソースよ、さようなら。これからの〈シェ・イヴォンヌ〉では、シタビラメのボンヌ・ファム、牛ヒレ肉のロッシーニ風、鶉（うずら）のポシェのリシュリュー風、仔牛鞍下肉（くらしたにく）のオルロフ風など、フランス美食文化を代表するメニューの数々が、軍旗を掲げるようにして提供されるのだ。ブルターニュ地方ロスコフ村産オマール海老も、定番食材の一つに加わった。週に一度、父が買ったばかりのルノー4Lの新車に乗って、ボルドーの魚市場で仕入れてくる。仕入れの当日、両親は朝三時に起床し、母は父のためにコーヒーを入れた水筒を準備する。父は、オマール海老と一緒に、スズキ、タイ、ヒメジ、そして時にはトウダイやウナギも買いつけて、氷を詰めた木箱に入れて帰ってくる。復讐心に燃えた一匹のオマール海老が、車のシートをぼろぼろにしたこともあった。父が帰ってくると、ぼくは駆け寄って箱を開けて、魚や甲殻類たちが勢いよく跳ね上がるのを眺めた。そして、この宝たちは遠い世界の荒れた海からやって来たのだと思った。ぼくの空想の世界では、人魚姫のウロコなんかより、オマールブルー（最高級のオマール海老）の青い殻のほうがずっと美しかった。

毎週日曜、イヴォンヌはウジェニーにオマージュを捧げる料理を提供した。たとえば、若鶏の腹にトリュフを詰め、豚の膀胱で包んで火を通し、ホワイトソースを添えた料理。あるいは、イセ海老（ラングスト）のベル・オロール風（丸ごとのラングストにコニャックと生クリームのソースをたっぷりかけたもの）。灰焼きジャガイモと黒トリュフが必ず添えられた。鴨脂やオリーブオイルを使うのをやめて、バターや生クリームを使いはじめた。たくさんの客が押し寄せて、すぐに席が足りなくなった。そういう時は、納屋の一部を解放してテーブルを置き、自家製コルニッション（小キュウリの酢漬け）をふるまった。ぼくも店の手伝いをした。給仕をしたり、野菜、ハーブ、季節のフルーツを農場で収穫したり、肉を焼いたり、冷蔵庫へ食材を取りに行ったりした。冬は赤ワイン、夏はロゼワインの入ったピッチャーをあちこちに運んだ。この頃、〈シェ・イヴォンヌ〉では、厨房で六人、ホールでふたりのスタッフが働いていた。毎日八十人ほどのゲストが訪れた。かなり大人数だ。いつの間にか、店はブルジョワ向けになっていた。ぼくは店内を駆け回ったり、客とハグをしたりするのを禁じられた。価格は上げなかったが、なじみの客がいなくなった。大声で話したり笑ったりする人はいなくなり、誰もが行儀よく小声で会話を交わした。木器時代から布クロス時代に移行したのだ。

そして、忘れもしない一九六八年の春が来た。フランス解放の英雄、イヴォンヌが大好きな将軍が、五月革命のせいで政治生命の危機に見舞われた。笑いごとではない。彼女にとってはとんでもない話だった。遡(さかのぼ)ること三月二十三日の土曜日、階級章二つ星のド・ゴール准将は、三つ星シェフのポール・ボキューズの店を訪れていた。味わったのは、コンソメスープ・マドリード風、カワカマスのクネル（すり身のオーブン焼き）・リヨン風・食用ザリガニ(エクルヴィス)のソース添え、ブレス産若鶏、デザートはイチゴのメルバで、ワインは一九五九年ヴィンテージのモエ・エ・シャンドンと、一九六七年のドメーヌ・ド・コンロワ、コート＝ド＝ブルイイ。ド・ゴールが優雅に食事を楽しんでいる間、若者たちは警棒を振るう警官たちに立ち向かっていた。この時のド・ゴールは「子供たちは不安を煽(あお)って楽しんでいるだけだ。六月になれば、みんなバカンスに出かけるさ」と高をくくっていた。イヴォンヌの予告どおり、この年、オーレリアはレクトゥール村に来なかった。彼女がバリケードの上に乗って、半裸になって民衆を鼓舞している姿を想像して、ぼくはひどく心配した。こういう状況下での五月のある日曜日、ふたりの男性が〈シェ・イヴォンヌ〉に現れた。予約はしておらず、時間帯も遅かった。店はすでに満席だったが、イヴォンヌは椅子や大きな黒板を移動させて、お腹を空かせたふたりのために、食事を出せる場所を確保した。ぼくが席に案内すると、ふたりは丁重に礼を述べた。だが、どことなくぎこちなくて不自然だった。若いほうは、自分の見た目が気になるのか、ひっきりなしにネクタイに触れていた。地元の人間でないことは明らかだった。それでも怪しいとは思わなかった。実はその時、ぼくたちはある問題で頭が一杯だった。食材が足りなくなってしまったのだ。魚も、牛肉も、甲殻類もない。唯一出せるのは、鴨胸肉と仔牛のレバーだけだった。ぼくはふたりにそう告げた。すると年配のほうが、何でもいいから出してほしい、と言った。祖母にそう伝えると、菜園からサヤインゲンを収穫してくるよう命じられた。ふたりは食べ終えても何も言わなかったが、料理とパンは残さずきれいに平らげていた（よっぽどお腹が空いていたんだろうと、その時のぼくは思った）。それから三か月後、そんな客がいたのもすっかり忘れていた頃、外出していた父が厨房にやって来て、祖母に無言で新聞を差し出した。『シュッド＝ウエスト』紙の一面に、〈シェ・イヴォンヌ〉が『ル・ギッド』で一つ星を獲得したと書かれていた。

それまでのぼくは、『ル・ギッド』の存在について半信半疑だった。その名前を小声でつぶやくだけで、どんなに屈強な料理人でも震え上がるという。食堂の料理人に襲いかかろうとして、森の奥で待ち構えている怪物（オーガ）のようだと思った。そのファンタジー界のモンスターが、ぼくたちの小さな店に狙いを定めたのだ。突然、この店が〝地域でもっともすぐれた店〟になった。県から選出されたあらゆる議員たちが、店の前で行列を作った。イヴォンヌは、代金も支払わずに食事をするこうした連中を、変わらぬやさしさで迎え入れた。彼らは最初は夫婦で、次は家族そろって、そのあとは友人たちを連れてきた。地元の出版社の編集者からは、レシピ本を出さないかと言って金を要求されたが、父が尻を蹴とばして追い返した。祖母がフラッシュに目をしばたたかせる。あたしはいつもどおり料理をしてるだけですよ、母がそうしていたように、そして母の父親がそうしていたようにね。家族の伝説が動きはじめた。ある朝、郵便配達人が一通の封書を運んできた。消印はリヨンで、差出人はウジェニー・ブラジエ。手紙には、イヴォンヌの快挙に対する祝辞と共に、引退して息子のガストンに店を譲る旨が書かれていた。それを読んだイヴォンヌは、ぼくたちに背を向けて、トーションで目頭を押さえた。おもしろいのは、イヴォンヌが星を獲得したのは、オマール海老、シタビラメ、雉肉などの定番食材を使った得意料理ではなく、《カリッとしたサヤインゲンのサラダ、フォワグラ添え、自家製ヴィネガー風味》のおかげだったことだ。ぼくが収穫したばかりのサヤインゲンは、調査員たちの皿の上でまだ生き生きとしていた。「サヤインゲンは夜露と土の香りがした。ヴィネグレットソースは軽く、かすかな甘味が感じられた。極めてシンプルながら、たぐいまれな一品。未来の料理を味わい、皿の上の自然に舌鼓（したつづみ）を打った」ぼくは子供の頃から星つきの料理を食べてきたのだ。なんだか信じられなかった。この時から、イヴォンヌは正式に「ルノワール母さん（メール・ルノワール）」になった。

「一つ星だってよ、みんな！」イヴォンヌは目に涙を浮かべ、戸惑っているような口調で言った。

「初等教育しか受けず、戦争を経験し、配給制を体験してきたこのあたしが！　この星はみんなのものだ。ここにいるスタッフ、そしてすでに辞めてしまった元スタッフも含めて、みんなのものだ。カルーゾ、〝海賊〟、そして大鍋の蛇口を開けてくれたポールもね」イヴォンヌが嬉しそうなのを見て、みんなが喜んだ。だが、その星とやらがいったい何をもたらしてくれるのか、誰ひとりわからなかった。今より儲（もう）かるのか？　休みが増えるのか？　だがその答えは、「面倒が増える」でしかなかった。今後は、メール・ルノワールが指揮する船から下りられなくなる。国王の勅命によって、イヴォンヌは私掠船（しりゃくせん）船長に任命された。店のスタッフは、フランス美食文化という国家最優先の利益のために徴発された人材だ。イヴォンヌは、右手に去勢ドリ、左手に森バトを抱えて、甲板の上で死ぬ運命になるだろう。こうなったらもう、使えるものは何でも使ってやろうじゃないか。イヴォンヌは一同をぐるりと見回し、最後はぼくに視線を注いだ。ポール、こっちにおいで、という声。

「あたしのアプランティにならないかい？　この厨房に自分の居場所ができるんだよ」そう、ぼくを騎士に叙任できるのはイヴォンヌだけだ。ぼくは微笑み、あっさりと頷（うなず）いた。正式に料理人になったぼくを、みんながフォークや鍋を叩いて祝福してくれた。イヴォンヌがぼくに、スリーサイズほど大きいタブリエを差し出す。ぼくが興奮しながら身につけると、そのぎごちない動きにみんなが大笑いした。ところがタブリエの紐を締めた途端、恥ずかしさがすっと消えた。中世の騎士とはそういうものだ。武具を身につけた途端、怖いものなどなくなる。父が近づいてきて、ぼくの両手を握った。結局、ぼくの人生は初めから決まっていたのかもしれない。

第八章

ナタリアは、小さすぎる寝床の上で、からだを壁にくっつけた状態で目覚めた。目の前には、真っ白なブラガール（フランスの老舗コックコート・ブランド）のコックコートが十着、ウォールナット製ハンガーにかかってぶら下がっている。刺繍された三つの星。部屋は長方形で、家具類はほとんど置かれていない。ここはポールの隠れ家だった。昼と夜の営業の合間に、よくこの小部屋にこもって仮眠を取っていた。アプランティの頃は立ったまま寝ていたという。八台の監視モニターが置かれ、室内から店の内外の様子を観察できる。このところ、ポールは余暇のほとんどをこの部屋で過ごしていた。ナタリアは上半身を起こして壁によりかかった。ナイトテーブルの上には、水が入ったコップ、解熱鎮痛剤のドリプラン1000、ラップがかかったフルーツサラダ、箱入りのダイジェスティブビスケット。どうせ効かないだろうと思いながら薬を飲んだ。昨日からずっと頭が痛い。発見時、ポールはベッドに横たわっていた。両腕をまっすぐ伸ばして、まるで眠っているみたいだった。猟銃はベッドの右側に落ちていた。壁も天井もまったく傷ついていなかった。火薬の匂いがあたりに漂い、シーツに血がついていただけだ。顔は見なかった。二十分後に救急隊がやって来た。

ポールは、ナタリアの父、ディミトリ・オルロフのように自殺してしまった。唯一の違いは、父は猟銃ではなく、ロシア連邦保安庁から支給されたトカレフTT－30を使ったという点だ。ナタリアは母と一緒にモスクワから逃亡し、最初はイギリスに渡り、やがてパリに来た。出会った時のポールは、早く成功しすぎた田舎出身の料理人にすぎなかった。前妻はあまり有能ではなかった。がさつなおばさんといった感じの女性で、働き者だけど野心がなかった。ナタリアは、ポールがあるべき姿になれるよう、ずっと励ましつづけてきた。疑うことを教えた。善良な料理人には申し訳ないが、料理業界は高級ブランド業界と変わらない。腹は出ているが親戚のようなものだ。ナタリアは法律を学んでいた時、とあるコスメブランドのアドバイザーを務めていた。小さくて狭い世界に、自我が強くて大きな野望を抱く人たちが大勢いる。どちらの業界でも、才能より立ち回り方のほうが重要だ。慎み深さよりアピール力。誰かが転落すると、その〝友人〟は自分の成功を確信する。頼れる仲間などいない。信頼できる存在はひとりもいないのだ。

ナタリアは、人間の内面を見抜く力があると自負していたが、今回のことはまったく気づかなかった。確かにこのところ、ポールは心ここにあらずという感じだった。朝目覚めると、娘のクレマンスと食事をしたがった。一時的な疲れだろう、きっと忙しすぎたのだと、気にもとめなかった。もし漠然とした不安を抱えるロシア人が全員窓から身を投げていたら、ロシアの大地は死体の山に覆われてしまう。きっと誰もがナタリアに説明を求める一方で、誰も彼女に同情はしないだろう。責任はいつも妻にあるのだ。ロシア人の妻ならなおさらだ。だが、ポールとナタリアは愛し合っていて、この店はふたりの共同プロジェクトだった。ナタリアは、プロジェクトの実現のためには決して努力を惜しまなかった。アヌシーでの開業を決めたのはナタリアだ。ふたりで築いてきたものを、今さら誰かに奪われてたまるものか。夫の遺体に会うために遺体安置所へ向かった時、彼女はそう心に誓った。ポール、わたしたちふたりのためにそうするから。ドアを軽くノックする音。ナタリアは立ち上がり、スーツの乱れを直した。監視モニターに、たくさんのテレビ局のトラックが店のまわりを取り囲む様子が映っていた。

要塞〈レ・プロメス〉は完全に包囲されていた。城の鉄柵の外側で敵が陣地を敷いている。プレスリリースによって、ポールの死因は自殺と断定されたと発表された。家族には、追って検死結果が知らされる。まるで、予定外の「秋の連続ドラマ」が始まったかのようだった。二〇〇三年のフラクティフ一家殺害事件や、二〇一二年のシュヴァリヌ殺人事件ほどのスリルには欠けていても、この狩猟が盛んなオート＝サヴォワ県ならではの、銃による悲劇の再来と言わざるをえない。マスコミにとって、この秋は視聴率的に不安なシーズンだった。選挙もなければ、特筆すべきテロもない。こうした気が滅入るような状況下で、ポール・ルノワール死去のニュースは食欲をそそる若鶏料理のようなものだった。ツイッターでは「#ポール・ルノワール」がトレンド第十位に躍り出た。テレビスタジオには、専門家たちがずらり勢ぞろいした。どの番組も顔ぶれはほぼ同じだ。短足のインフルエンサー、マッチョでヒゲの美食家、ストリートフードとスローフードを擁護するポロシャツ姿の食の親善大使、そして当然こういう場には欠かせない、むかしながらの現場主義者で、時には自分のことばさえ呑み込んでしまう大食い記者、ジェラール・ルグラ。自らの戦略的立ち位置の信頼性に関わるので、それぞれが頑として自説を曲げない。見せかけだけの言い争いをし、つばを飛ばしながらテーブルを叩く。一番遠くにつばを吐いた者が勝ちだと言わんばかりに、激しい舌戦を繰り広げる。舞台裏では、番組のSNS担当者が出演者による名言を拾ってツイートする。ポール・ルノワールほどの大物シェフの死去は、マスコミにとって思わぬ授かりものだった。厨房でのハラスメント、星つきレストランの高すぎる価格、地球温暖化、黒トリュフの闇取引……さまざまなテーマで議論が行なわれる。亡くなったシェフとの関連性は？　いや、死者にはどうかもう安らかに眠ってほしい。もはや視聴率競争に彼は必要ない。

ラ・フォルクラ峠の上では、嵐が過ぎ去るのをみんなが待っていた。ポールの寝室の壁を塗り替えた塗装業者たちは、マスコミに見つからないようそっと帰っていった。ホテルとレストランのスタッフは、遅い時短代休（RTT）（労働時間短縮法によって付与された年間三週間の有給休暇）を取ることを余儀なくされた。ナタリアは、東京からわざわざやって来たヨミウリ新聞の記者だけに、単独インタビューを許可した。「ポールがいなくなっても、わたしたちのレストランのクオリティは変わりません」ナタリアはきっぱりとそう述べた。プロフェッショナルな堂々とした態度で、内心の不安や苛立ちを少しも外に見せない。だが、次の質問にだけはどうしても答えられなかった。グランシェフのポール・ルノワール氏は、かの名誉ある世界最優秀シェフ賞を数か月前に受賞したばかりだというのに、いったいどうして自ら死を選んだのでしょうか？

　ポール・ルノワールの死は、多くの人々に動揺を与えた。誰もが彼を、謙虚で感じのよい人だったと評した。パン屋に行けば、来た時も帰る時も丁寧に挨拶をする。偉ぶったところがまったくない。実際は、アメリカにまで名が知られた超有名人だったのに。ところが、マスコミにとっては役に立たない存在だった。愛人も隠し子も見つからないからだ。しかし訃報が報じられた二日後の木曜朝、とうとうピンをはずした手榴弾が投げられた。大衆が待ち望んでいた瞬間だった。こうして、まるでエドガー・アラン・ポオの小説のように、意外性がなさすぎて誰もが見落としていた犯人が明らかにされた。

去る月曜朝、グランシェフのポール・ルノワールが自殺した。『ル・ギッド』の発売を三か月後に控えたこの訃報は、二〇一六年一月三十一日のブノワ・ヴィオリエ、二〇〇三年二月二十四日のベルナール・ロワゾーという、ふたりのシェフの自殺を思い起こさせる。三人とも猟銃自殺を図っており、最高峰の名誉を維持するためにあらゆる犠牲を払っていた。そう、三人とも、料理人なら誰もが憧れるあの三つ星を獲得しながら、その星を失うのを恐れていたのだ。ポール・ルノワールは、まもなく『ル・ギッド』の三つ星を失うと囁かれていた。

ジェラール・ルグラは、パソコンのモニターからからだを遠ざけ、腹の上に両手を置いた。生クリームが好物で、ブルターニュ地方生まれの母親ゆずりの太くて短い首と、コロッセオのように巨大な胃を持つ男。父親からは、小さな銀製カップと文才を受け継いでいた。これまで二十年もの間、足を運ぶに値しないと判断したレストランを、自らの筆によって次々と切り捨ててきた。ルノワール自殺の謎は、ルグラにとってのウォーターゲート事件になりそうだった。料理界に激震が走る何かが起こる予感がしたのだ。最後に、ルグラは記事にタイトルをつけた。「ポール・ルノワール——計画的自殺のクロニクル」この記事は、小型爆弾ほどの衝撃を世間に与えた。世界でもっとも権威ある料理学校グループは、簡潔な弔辞とポールの白黒写真をツイッターに投稿した。記事の反響によって勢いに乗ったルグラは、同日午後一時のニュース番組にも出演した。そしてカメラを見据えながら、ポール・ルノワールは本当に降格される予定だったのか、『ル・ギッド』は一刻も早く説明すべきだと述べた。『ル・ギッド』はノーコメントを貫いていた。ところがその発言の直後、おそらく執行部の指示によるのだろう、わずか三行ほどのプレスリリースが発表された。「故人とご遺族の尊厳に配慮し、このたびの論争に対するコメントは差し控えさせていただきます」テレビスタジオのルグラは、呆れ顔で天を仰ぎ、大きな目をぎょろつかせた。「重要な情報を握っているはずの『ル・ギッド』が公表を拒むのは、責任を感じていると言っているようなものだ」ルグラは自らの主張に満足したかのように胸を張った。その時、テレビ画面が暗転した。

二時間後、〈レ・プロメス〉の駐車場には誰もいなくなった。アロンゾがタバコの箱、空き缶、プラスチックコップ、サンドイッチやテイクアウト・パスタのパックなどのゴミを拾い、三つのゴミ袋にまとめる。記者たちは最後のチャンスに賭けることにしたようだ。次の日曜、アヌシーで行なわれる葬儀にまたやって来るだろう。

第九章

幸運な呪い——イヴォンヌは晩年、星を獲得したことをそう呼んだ。授けられた称号は日に日に重荷となっていった。まず、新しい客層であるよく知らない都会のブルジョワたちのために、料理を作らなくてはならない。次に、駐車係を雇い、エントランスに続く小道の両脇に樹木を植えて、駐車場を舗装しなくてはならなかった。さらに、新たなスタッフを探す必要に迫られた。募集をかけると、ぜひ星つき店で働きたいと、地元のレストランから若い調理師が殺到した。ところがたいていは一日で逃げ出し、長くて一か月しかもたなかった。ぼく自身は、アプランティになったことで店での立場が大きく変わった。たとえ誰かがぼくを突き飛ばしても、もう祖母から叱責されない。厨房ではすべてのスタッフが一糸乱れぬ連携プレイをしており、ぼくが少しでも間違った動きをすると、全体の秩序が乱れてしまう。新しい客層は本物の美食家ばかりで、少しでも不備があるとすぐに指摘された。ゲストの望むことを先回りして把握しておくことが大切だと、ぼくはこの時期に学んだ。ディレクトゥールは、どんなに小さな火花でも火の手が上がる前に必ず消し止めた。ゲストが求めることを当人よりも先に気づいた。トイレに立つタイミングも含めて、どんなことでも先読みした。

一か月もすると、近隣の人たちは誰も来なくなった。星は彼らの心に、敬意とともに恐れを抱かせた。自分たちはもうこの店にふさわしくないと思い込んだ。イヴォンヌはそのことに胸を痛めて、月に一度の日曜に《オーベルジュ・コース》を出すことにした。斬新なところは何もない、ごくふつうの肉のローストに菜園の野菜を添えた料理を、ワインとコーヒー込みで三十フランで提供したのだ。ところがふたを開けてみたら、前日に三倍の代金を支払って食事をした人たちが、日曜にも押しかけてきた。そこでイヴォンヌは、近所の人たちを優先するために予約を取らないことにした。到着順に食事ができるようにしたのだ。それでも時間とふところに余裕のある人たちが、開店前の十一時から店の前に列をなした。イヴォンヌが晴れた日に外にテーブルを出すと、数時間後には誰もが親しげに背中を叩き合い、お世辞を言って笑い合った。日曜の《オーベルジュ・コース》のランチは、日が暮れるまで続くこともあった。食後に車の中で仮眠を取り、ディナーに備える人もいた。

年月が経つにつれて、祖母のからだは徐々に小さくなっていった。歩くのが遅くなり、スイスチャードやサヤインゲンを取りに菜園へ行くのに、杖に頼らなくてはならなくなった。父は祖母のために、厨房の隅にアームチェアを置いた。祖母はそこに座って、まるでオーケストラの指揮者のように、身振り手振りでスタッフに指示を出した。座ったままでフォン（肉のガラや魚のアラで取った出汁）の味見をしたり、野菜をかじったり、肉に触れたりした。緑内障のせいで視界が悪くなっていたが、何一つ見落とさなかった。ズッキーニの花をつぶしたコミをへらで叩くことはもうなかったが、代わりに粗相をしないようしっかりと見張った。金曜の午後、祖母は父と一緒にオーシュに出かけて、専門医の診察を受けたり、検査結果を聞きに行ったりした。自分の健康状態についてはひと言も口にしなかった。ある日の夜、オーシュから帰宅しても、祖母と父はレストランの前に車を停めたまま降りてこなかった。あたりは薄暗くなり、コオロギが鳴きはじめた。およそ二十分後、ようやく車から出てきた祖母が父をしっかりと抱きしめた。

　翌週、ぼくはトゥールーズ発モンパルナス行きの列車に乗っていた。七号車の二等席だ。隣には祖父のマルセルが座り、眉をひそめ、パイプをくゆらせながら、次々と景色が流れていく車窓を眺めている。祖母のイヴォンヌはひっきりなしにしゃべっていた。祖母はパリについて、漠然としたイメージしか持っていなかった。むかしのポストカードを見たり、行ったことがあるという人の話（多分に誇張されているはず）を聞いたりして、あれこれ想像していただけだった。たとえば、煙が充満するベルギー風居酒屋(エスタミネ)では、テーブル代わりの空の大樽の前でスツールに腰かけて、くたくたになるまで煮た白インゲンマメを食べたり、グラスになみなみと注がれた涙が出るほど酸っぱいヴィーニョ・ヴェルテというワインを飲んだりするという。あるいは、大きくてゴージャスなホテルのラウンジには、床に大理石が敷き詰められ、高級ファブリックがふんだんに使われており、奥のほうでは上品なマダムたちがメレンゲ菓子を紅茶に浸しながら食べているという。こうした噂を自らの目で確かめる機会が訪れたのだ。祖母の話に静かに耳を傾けながら、ぼくは気持ちをたかぶらせていた。村を出るのは初めてだった。この旅が終わるまで、自分の心臓が持ちこたえてくれることを願った。そしてその夜、ぼくたちは八時ちょうどにラ・トゥルネル河岸(がし)通りにやって来た。すでに目が回ってしまって、何がなんだかわからなくなっていた。すべてが眩(まばゆ)いほどに輝いている。どこもかしこも明るかった。小道の奥にわずかなほの暗さを感じるくらいで、夜らしい闇が見当たらない。ピンクフラミンゴのように首の長い街灯があたりを明るく照らし、その長い首の上から好奇心いっぱいの目で見下ろされている気がした。正面にはノートルダム大聖堂がそびえ、薄暗くて不気味な姿を空に浮かび上がらせていた。

ラ・トゥルネル河岸通り十五—十七番地には、世界最古のレストランとも言われる〈ラ・トゥール・ダルジャン〉がある。エントランスがあまりに小さくて驚いた。人目につくのを嫌がって、ここそ隠れているかのようだった。だがまさにこの店で、ミラノの貴族たちが三本歯フォークを使っているのをフランス王アンリ三世が見つけたのをきっかけに（貴族のひとりがアンリ三世にそのフォークをプレゼントしたという）、イタリア宮廷のマナーがフランス料理に大改革をもたらしたのだ。そしてまさにこの店で、リシュリュー枢機卿の好物だったガチョウのプルーン詰めを、ルイ十四世がディナーに食した。家禽料理でも知られており、十九世紀に考案された個体ごとにナンバリングされた鴨の血のソースが高い評判を得ていた。こうして、かつてはフランクリン・D・ルーズベルト、エディット・ピアフ、英国女王が訪れた〈ラ・トゥール・ダルジャン〉に、田舎のレストラン経営者であるイヴォンヌ・ルノワールがやって来たのだ。もし当時、こうした著名人たちが食事をした店だと知っていたら、きっと入るのをためらっていただろう（それでも最終的には入店しただろうが）。祖母は祖父に杖を預けて、新天地を初めて訪れた冒険家のように、一番に敷居をまたいだ。祖母は銀髪を頭の上でお団子にまとめ、黒いワンピースを着ていた。そこに、カイゼルヒゲを生やした蝶ネクタイ姿の初老の男性が現れた。ゆっくりとした慇懃無礼な口調で、ご予約はされてますか、と尋ねる。祖母は頷き、自信たっぷりに言った。ルノワールです。イヴォンヌ・ルノワール。すると男性は片方の眉を上げて、もう一度繰り返すよう促した。「ルノワールだってば！　画家と同じ名前だよ！」答えたのはぼくだった。男性は困惑したような目でぼくを見た。そして、ではこちらにどうぞ、と言った。

祖父のマルセルは、重厚なカーテンに囲まれた部屋の中をちょこまかと小刻みに歩いた。袖に継ぎが当たった自分の服が気になるらしい。どうせ目立たないだろうと高をくくっていたのに、いまやそのことしか考えられなくなっていた。ぼくは祖父のことならよくわかる。できるだけからだを小さくして、穴があったら入りたいと思っているはずだ。きっとこう考えているだろう。イヴォンヌはいったいどうしたっていうんだ。星を獲得した祝宴なら、村のパーティー会場でみんなを集めてやればよかったんだ。あの会場は、ブロット（フランスで人気のトランプゲーム）協会と〈シェ・イヴォンヌ〉が出資してリニューアル工事を済ませ、きれいになったばかりだ。ところがイヴォンヌは、もっと豪華な祝宴を望んだ。このディナーはきっとすごく高くつくだろう……。イヴォンヌはひとり遅れて、ゆっくりと歩いていた。ぼくは横目でその様子を観察した。きょろきょろと視線を動かし、なかなか前に進まない。匂いを嗅ぐ。厨房で作られているものを想像しているのだ。きっと素晴らしく美しい料理だろう。シェフはどんな人だろう。働く将校たちを前哨で指揮する隊長。窓の外にはノートルダム大聖堂！　こんなレストランは世界に一つしかない。今、イヴォンヌ・ルノワールはそこにいるのだ。リネン交換係から料理人になった母親と、先見の明があった刃物研ぎの父親の間に生まれた娘が、〈ラ・トゥール・ダルジャン〉に来ているのだ。

　シェフ・ド・ラン（ホールスタッフ）が椅子を引いてくれた。ただ立っていれば椅子を押してくれるので、その上にお尻をそっとのせるだけでいい。初めは祖母、次に祖父、最後にぼくが席についた。足の下には、毛足が長くてふわふわしたカーペット。子供の頃に食べたマシュマロみたいだ。「坊ちゃん、恐れ入りますが、靴を履いていただけますか？」部屋じゅうに響く笑い声。ぼくは恥ずかしくなって俯（うつむ）いた。前の日に買ったばかりの新しい靴は痛かったけれど、無理やり足を突っ込む。イヴォンヌが微笑んだ。ポール、手を洗っていらっしゃい。制服姿のスタッフに案内されてトイレに行った。用を足している間、さっきのスタッフがドアの前で待っているのではないかと気が気ではなかった。だが、外に出たら誰もいなかった。右側に、おとなの顔の位置に円窓のついたドアがあった。奥の部屋は広そうだ。ぼくはピンときた。ここが厨房だ！　つま先立ちをして中を覗くと、コック帽の先端が見えた。五十人くらいはいそうだ。なのに、まるで神父の集まりみたいに静まり返っている。一流レストランとはこういうものなのだろうか。その時突然、スイングドアが勢いよく開いた。ぼくは慌てて脇に避けて、壁にへばりついた。目の前を二つのＵＦＯが飛んでいく。若い男性が指の上に二枚の皿をのせて、急ぎ足で歩いていった。皿の上には見たこともない料理がのっていた。シンプルで、整然とし、正確に並べられている。重なったり、はみ出したりしている食材が一つもない。あれに比べたら、うちの店の料理は嵐のあとのようだった。言い争いをしているように騒がしい料理。この店のは冷静で穏やかだった。

ぼくがテーブルに戻るとすぐ、シェフ・ド・ランがやって来た。踵（かかと）を鳴らさんばかりの仰々しいしぐさで、メニューを差し出す。祖父が革表紙をゆっくりと開いた。まるで喉元に飛びかかってくる獣を恐れているように、注意深く、恐る恐る中を覗いた。不安のあまり、胸の中で心臓が震えている。いや、震えているのは、むしろ胸ポケットの財布かもしれない。まずは前菜から——と、その瞬間、祖父の顎が皿の上に落ちそうになった。たかがポワロー葱がどうしてこんなに高いんだ？しかもこれ、隣村で生産されてるやつじゃないか。もしかしたら、トゥルージ家の畑で作られたのかもしれない。知っていたら、ケースごと持ってきてやったのに。イヴォンヌは目を半分閉じ、口元に笑みを浮かべて、小声でメニューを読み上げていた。料理名を一つ読むたびに、嬉しさに目を細める。ポール、お腹が空いたかい？　ぼくは頷いた。よし、じゃあ、フルコースにしようか。祖母は言った。マダム、素晴らしいチョイスです。シェフ・ド・ランが言う。なんてこった……息苦しくなったらしい祖父は、シャツの一番上のボタンをはずした。まあ、しかたがない、イヴォンヌがそうしたいなら。こんな顔をしている妻は初めて見た。瞳の中でキャンドルの炎が揺れている。思わず嫉妬に駆られる。結婚式の時だってこれほど嬉しそうじゃなかったのに。

　トリュフのブルイヤード（スクランブルエッグ）、カワカマスのクネル、幼鴨のオレンジ風味〝マザリーヌ〟、スフレ〝エリザベス妃〟……五十年以上経った今でも、あの日味わった料理はすべて思い出せる。三人ともそれぞれの思いにふけりながら、静かに食事をした。ぼくはすべてに感動し、胸をときめかせた。裏方とホールの見事な連携プレイ、スタッフたちの柔軟な動き、ディレクトゥールがゲストの目の前で最後の仕上げを行なう生温か（ティエド）い料理のプレゼンテーション、ゲストが全神経を集中できるよう料理にスポットを当てた柔らかい照明。そして、この素晴らしい舞台装置の唯一の存在理由であり、ガラスにわずかな埃がついただけで台無しになってしまう、ミニチュアのような眺望。祖父はがちがちに緊張しながら、成層圏から飛び降りる心地で支払いを済ませた。そして、勇気を振りしぼってチップの小銭を置いた。ちょっとマルセル、けちけちしないでよ。イヴォンヌは強い口調で囁いた。こういう時は少額紙幣を置くのよ。祖父は目を見開いた。なんてこった、すっからかんになっちまう。間一髪で祖父の危機を救ったのは、四十代ほどの男性だった。ぼくたちのテーブルに来て、オーナーのクロード・テライユです、と自己紹介をする。それから祖母とハグをした。

「イヴォンヌ・ルノワール！　あなたの店で食べた肉のテリーヌのパイ包み焼き（パテ・アン・クルート）は、これまで味わった中で一番おいしかった！」祖母は顔を真っ赤にして、もごもごと口ごもった。少し時間をいただけませんか？　同じ仕事仲間として、一対一で話をしたいんです。アレクサンドル、こちらの男性おふたりをサロンにお通しして。ムッシュにはコニャックを、坊ちゃんには小菓子をお出しして。

こうしてテライユとイヴォンヌは、腕を組んでどこかへ行ってしまった。祖父は何も言わなかった。頭の中で、支払った代金を何度も計算しなおしているようだった。数十分後、ようやく祖母が戻ってきた。祖父が杖を差し出す。テライユはぼくたちを出口まで見送ってくれた。最後に礼を述べて、よい夜を、と別れの挨拶を交わす。外は寒かった。三人だけになると祖父は、なあ、何を話してたんだ、と祖母に尋ねた。

「あたしのパテ・アン・クルート〝リシュリュー〟のレシピを教えてくれってさ」

「まさか、教えたのか？」

「別にいいじゃないか。それから、ソローニュ産真鴨のロースト、自家菜園野菜のヴィネグレットソースとクリームソース添え、のレシピもね。ああ、それから、インゲンマメのサラダも」

「きみが星を獲った料理じゃないか！」

マルセルは息が止まるほどの怒りをおぼえた。あのくそ野郎！　有頂天になっていたイヴォンヌは何も気づいていなかった。

それ以来、イヴォンヌはソースを軽くし、盛りつけを洗練させた。ひと口で言うと、大盛りにするのをやめた。気前のいい料理人は、微笑む作家と同じだ。つまり、信用できない。料理人が料理をてんこ盛りにすると、質を量で補っていると思われる。作家は苦しい思いをするからこそよいものが書けるので、幸せそうだと才能がないと思われる。祖母は量を減らしたり、ひと皿ぶんの豚肉を二皿に分けて提供したりした。このほうが洗練されて見えるからと、野菜を賽(さい)の目にカットした。

〈ラ・トゥール・ダルジャン〉での体験は、祖母の料理に長い間影響を与えた。そしてあの店では、もう一つ別の出来事も起きていた。ああ、別にたいしたことじゃない。誰も気づかないようなごくささいなことだ。あの夜、十一歳の少年は自らの運命に出会っていたのだ。

第十章

クリストフはこれまで一度しかスーツを着たことがない。母の葬儀の時だ。かっちりとした服は着心地が悪い。仮装をしている気分になる。腹を引っ込めて、息をとめて、一番上のボタンを留める――これでどうにかなるだろう。腹が出ているのがわかる。食生活のせいだ。料理人は誰もがそうであるように、クリストフも決まった時間に適切な食事ができない。また吐き気がしてきた。うなじを冷たい水で濡らし、ソファに寄りかかる。天井に青みがかったひび割れが走っている。複雑な水路網のようだ。白々と夜が明けつつある。もうすぐ朝日が見えるだろう。もう二十四時間寝ていない。長い一日になりそうだ。

前夜、『ル・クーリエ・サヴォワイヤール』紙に告知が掲載された。

アヌシーの〈レ・プロメス〉にて、妻ナタリア、娘クレマンス、息子マティアス、血縁および姻戚による家族一同、および〈レ・プロメス〉の忠実な同志一同は、深い悲しみとともに、料理長およびホテルレストラン経営者のポール・マリー・ルノワール（六十二歳）の死去をお知らせします。葬儀は、来る土曜の十一時半より、ラ・ヴィジタシオン大聖堂にて開催されます。アヌシー市民の皆さま——関係者の皆さま並びにそれ以外の皆さまのご参列をお待ちしております。料理人の皆さまはぜひコックコートを着用の上お越しください。
　追記—供花の代わりに、地元の救急病院と救急隊への寄付をお願いいたします。

この葬儀告知は、オート＝サヴォワ県ホームページと、葬儀情報サイトの『リブラ・メモリア』の「著名人」欄にも掲載された。ポール・ルノワールは、自らの死後の手続きに関する遺言を残していなかったので、アヌシーのサン＝ジェルマン＝シュル＝タロワールにある小さな墓地に埋葬されることになった。

ユミは湿らせたコットンの端でまぶたの上を叩いた。生まれて初めての葬儀に緊張していた。ジルが励ましてくれた。大丈夫だよ、堂々としていればいい。ゆっくりと歩いて、決して笑わないこと。そう、日本人らしくしていればいいんだ。すべてうまくいくさ。いずれにしても、みんな一緒だし。ユミは鏡の前に立って、シルクのブラウスの襟元とパンツのダーツを直した。最後にもう一度トイレに行き（子供の頃から緊張するとトイレが近くなるのだ）、三階から階段を下りて外に出る。ちょうどその時、赤いドゥカティが現れた。クリストフがシールドを上げて、ユミにヘルメットを差し出す。「バイクに乗ったことはある？」ユミの返事はエンジン音にかき消された。走り出した途端に後ろに飛ばされそうになって、ユミはクリストフの革ジャンをつかんだ。腰に腕を回すことはできなかった。目をつぶって身をまかせていると、数分後にバイクが停まった。駐車場の灰色の地面に足を下ろす。胃がむかむかするけれど、とりあえず生きてはいるようだ。顔を上げて、思わず口を開けた。クレ・デュ・モールの丘の上に、ラ・ヴィジタシオン大聖堂が堂々と建っている。目にした瞬間、条件反射のように敬虔な気持ちに駆られた。クリストフが頭を下げる。何も起こらないよう神に祈っているのか。鐘楼の上では、ブロンズ製の十字架が、セムノ山やランフォン尖峰を誇らしげに見下ろしている。その真下に揺れる人影があった。小型葉巻を足で踏みつぶしてから、こちらにやって来る。カジュアルブランド、ドゥラヴェーヌのストライプスーツを着て、ヒゲを生やし、顔を痙攣させている。ディエゴだった。ユミを見てしかめ面をする。「いつからシェフと一緒に来るようになったんだ?」

その声はユミの耳に届かなかった。大聖堂の正面に、ポール・ルノワールの巨大な肖像写真が掲げられ、風に揺れて音を立てている。東京で初めてポールに会った時、ユミはまだアプランティだった。若くて、内気で、経験も浅いけれど、大きな夢を抱いていた。うちの店の製菓部門のアプランティにならないかと言われた時は、嬉しすぎて気絶するかと思った。晴れてシェフ・パティシエールになった今、もう〈レ・プロメス〉以上の店には出会えないだろうと思っている。恵まれた職場だった。やさしいシャボン玉のような場所。五か国語が飛び交い、それぞれの才能が性格や季節に応じて生かされている。日本人の料理人仲間から、パリ、ボルドー、ル・マン、アングレームなどで起きていることは聞いていた。新人がいびられたり、暴力を受けたり、熱した油をかけられたり、熱いスプーンを押しつけられたり……。ある有名シェフはトイレに鍵をかけてしまうので、アプランティたちはおむつをして仕事をしているという。誰もが知っていることだが、誰も声を上げない。だが、いったい何を言えばいいというのか? シェフが利己的で、暴力的で、自己破壊的だとでも? それはこの仕事のせいなのだ。完璧さの追求は、失敗する運命にあることを意味する。

毎日素晴らしい経験をさせてもらっている？　そんなたわごとは、ひと握りの狂信家が作った幻想だ。頭のおかしい弟子たちによって代々語り継がれる幻影にすぎない。それなら「＃ＭｅＴｏｏ」に参加しろって？　悪いけど無理。料理業界は、現代版ダーウィニズムのもっとも顕著な例でありつづけている。適者生存。この業界で成功するのは努力家や才能ある者ではなく、うまく生き残れた者なのだ。最高級料理（オート・ガストロノミー）業界は円形闘技場だ。料理人たちは剣闘士（グラディエイター）で、彼らによる「死にゆく者より敬礼を（モリトゥリ・テ・サルタント）」は、「命をかける気がないならピッツァ職人になれ」という意味だ。

　ユミは膀胱が引きつるのを感じた。まわりをきょろきょろと見回す。どうしよう、人が集まってきている。トイレがない。だが、離れたところに植え込みがあった。ユミはその裏まで駆けていくと、ボタンをはずしてしゃがみ込んだ。その時、背後から枝が鳴る音が聞こえた。パンツを引き上げた瞬間、ふたりの男性が土手を下りてくるのが見えた。ユミには気づかずに通りすぎていく。

「あのじいさんには気の毒だが、そういう運命だったんだよ。これでようやく場所が空く。この地域には増えすぎだ。三つ星競争は苛烈化している。おたくのシェフは長くは維持できないだろう。メンタルが弱いし、欲もない」奇妙ななまりがあり、不愉快な笑い方をする小柄な男だった。初めて見る顔だ。そして一緒にいるのは――刈り上げたうなじですぐにわかった――うちのディレクトゥールのヤンだ。ふたりはほかの人たちから見られる前に分かれて歩きだした。ユミが大聖堂の前庭に戻ると、制服姿のふたりの憲兵がメタリックブルーのメルセデスのために道を開けていた。大聖堂の階段の前で車は音も立てずに止まる。ヤンが駆け寄っていってドアを開けた。女王然としたナタリアが、アスファルトの上にヒールを下ろす。続けて娘のクレマンスも現れた。市長夫妻がふたりにお悔やみのことばを述べる。ナタリアは唇の端だけで礼を述べた。ユミはその着こなしのセンスに感嘆した。黒っぽい色のカシミアのコート。ボディコンシャスな黒いワンピースには、小さなサン・ローランのロゴ。アクセサリーはつけていない。顔色が悪く、化粧っ気がなかった。黙っていても怖いほどの存在感がある。ユミはナタリアと握手を交わした。クレマンスとは挨拶のハグをする。

「全員そろいました」ヤンがナタリアに小声で言った。スコットランド出身のメートル・ドテル、ヘンリー・マクルリーは、故郷の伝統衣装のキルトを着ていた。それを見たディエゴが冗談を言う。おれも闘牛士服を着てくればよかったよ！　ジルは大きな音を立てて鼻をかんだ。悪い、でもどうしようもないんだ。今朝からこの調子で。アロンゾは大聖堂の真下で片膝をついた。聖母マリアよ、わたしたちのシェフをお赦しください。苦しみからお救いください。ナタリアが、みんなの精神状態は大丈夫か、ここに来ていない人たちはどうしているのか、と尋ねた。みんなは「どうにか大丈夫です」と答えながら、内心で驚いていた。こんなふうにやさしいことばをかけられたのは初めてだったからだ。ひとりのアプランティが、大聖堂の形が『タンタンの冒険』シリーズの「めざすは月」に出てくるロケットにそっくりだ、と指摘した。静寂。マルボロの箱とラム酒入りのスキットルがやり取りされる。風が立つ。

数メートルほど後方に、賑やかな集団がいた。肩を叩き合ったり、頬にキスをし合ったりしている。アヌシーに拠点を置く一流シェフたちだ。〈クロ・デ・サンス〉のローラン・プティ、〈ラ・ターブル・ド・ヨアン・コント〉のヨアン・コント、〈オーベルジュ・デュ・ペール・ビーズ〉のジャン・シュルピス、〈ラ・ブイット〉のマキシム・メイユール（どうやら父親のルネは来ていないらしい）、そしてアヌシー近郊セヴリエにある〈ブラック・バス〉のステファン・ビュロン。おや、マルク・ヴェイラは山から下りてこないのか？　メジェーヴからプライベートジェットでやって来たエマニュエル・ルノーが、薄笑いを浮かべながら尋ねる。エロディーやマガリをはじめとするマダムたちは、そこから数メートル離れたところに集まっていた。一行が〈レ・プロメス〉関係者たちのところへ近づいてくる。互いをよく知り、動向を探り合う程度には高く評価している間柄だ。クリストフは少し離れたところにいた。愛想よくふるまえる気分ではなかった。何もしたくない。時間が経つのが遅く感じられる。一秒がすり切れるほど長く引き伸ばされているようだ。ちらりと時計を見る。十時十五分。今、貴族と廷臣たちの駆け引きがようやくスタートした。

「シェフがひっそりとした葬儀を望んでたとしたら、台無しだな。これじゃあ、まるで『ゴッドファーザー』だ……」と、ジルが言った。

　スモークガラスのセダンが十台ほど、ゆっくりと近づいてきた。ＢＭＷとポルシェが数台、アウディＳＵＶが二台……社会における成功者の客観的証明であるこれらの車を通すために、憲兵たちがうやうやしく道を開ける。とうとう彼らがやって来た。そう、フランス料理界の重鎮たちの登場だ。アラン・デュカス、ジョルジュ・ブラン、ミシェル・ゲラールら、フランス国家最優秀職人章(M・O・F)の証であるトリコロール襟(えり)のコックコートを着たシェフたち。エリック・フレションとその仲間たちや、リヨン料理界の連中。杖をついたピエール・ガニェールは、オリヴィエ・ローランジェとミシェル・ブラスを伴っている。そしてもちろん、故人の古くからの仲間であり、親友のジャック・タルデュー。全員が胸元に刺繍が施された白いコックコートを着ている。空に浮かぶ星の一群。そのほかに、テロ警戒態勢「ヴィジピラット」下に置かれた一般の人たち。ポールの自称友人、アプランティ時代の同僚、角笛やホルンを手に狩猟服を身につけた狩り仲間、近隣の住民、野次馬、若者、そして数人のフリーメイソン会員。全員が手荷物検査を受けている。バッグの中身を隅々まで調べられ、ペットボトルは没収された。あちこちから人が訪れ、付近では交通規制も行なわれている。だが大聖堂内に入れるのは、関係者と一流シェフたちだけだ。あとの人たちは、外に設置された大型スクリーンで中の様子を見守る。記者たちは葬儀終了後、外に出てきた人たちにインタビューするのを許された。

　坂の下のほうの人だかりから悲鳴が上がる。一台のスポーツカーがクラクションを鳴らして急停止した。中から男が出てくる。ナイトブルーのシルクのシャツにつけた蝶ネクタイが曲がっている。下はデニムだ。上唇がわずかにまくれ上がった顔に、子供っぽい尊大さがにじみ出ている。ケタミン中毒者のようにぎくしゃくとした動き。だが彼が社会の成功者であることは、その横柄な態度を見れば明らかだった。香港、ミラノ、シンガポール……買収した星つき店は一軒にとどまらない。『ル・ギッド』の秘蔵っ子と呼ばれ、まわりからは妬(ねた)まれている。名誉なんかどうでもいい、信じられるのは自分だけだ、とうそぶく。「おれはどの派閥にも属していない！」と、インタビューの間じゅう吠えつづける。「フランス料理界はやつらに人質に取られている」と、年長者たちによる支配を激烈なことばで批判する。だがこれに関しては、確かに一理あるかもしれない。料理業界の年長者たちは、自らの地位を脅かしそうにない若者しか評価しない。こうした持論を主張するせいで、彼はまたたく間に業界の鼻つまみ者になり、その一方でマスコミには歓迎された。その発言はほぼ毎回ネット上でバズっている。複数の差別主義団体が金で釣って取り込もうとしたが失敗したという。記者たちは本人に父親の話はしない。そう、マティアス・ルノワールは一匹狼だ。孤高のロックスター。イギー・ポップと同じように、誰も彼を止められない。マティアスの後ろから、赤毛の小柄な女性が息を切らしながら小走りでやって来る。みんなが彼女の名前を呼び、引きとめ、ハグをしようとした。ベティ！　よかった、会えて！　でもこんな状況で会わざるをえないのが悲しいよ！　ポール・ルノワールの最初の妻は、声をかけてくれた相手に頬を差し出した。レジス・マルコンと挨拶のキスをし、ジャック・タルデューと固い抱擁を交わす。ベティは目に涙を浮かべていた。みんな、あたしを覚えていてくれたんだ。あら、アラン、相変わらずみんなから〝帝王〟って呼ばれてるの？　アラン・デュカスが苦笑する。隣にいたマティアス・ルノワールは、ためらうことなく〈レ・プロメス〉関係者たちのほうへ向かった。厳粛な雰囲気の中、みんな花崗岩の塊のように固くなり、顔色一つ変えない。マティアスはナタリアの腕をつかんだ。「話があるんだ」ナタリアはその手を振り払った。今日はやめて。ここでは駄目。喘ぐような声で囁く。ディエゴとアロンゾが前に立ちふさがる。マティアスはそれ以上食い下がらなかった。「今のうちにその栄光を楽しんでおくんだな。公証人のところで会おう」それからクレマンスのほうを振り向き、猫撫で声を出す。「きれいだね。よく顔を見せてごらん。おまえはきっと男たちを不幸にするよ。母親のようにね」アラン・デュカスが顎をしゃくって合図すると、マティアスはそちらへ向かった。料理業界の〝ドン〟は、マティアスが尊敬し、畏怖する唯一の料理人だった。

「奥さん、お時間です」ジョリ司教は、大きな躯体に似合わず、悲しげなやさしい瞳をした男性だった。立襟（キャソック）の祭服を着た両肩に、世界じゅうの不幸を背負っているように見える。

「わたしが最初に中に入りますから、ご家族と一緒にあとに従ってください。最前列には近親者しか座れません」

「ブリガードもわたしと一緒に入ります」

巨大なパイプオルガンがバッハのトッカータを奏ではじめた。ナタリアのからだを冷たい風が貫く。握りしめた娘の手が、ナタリアの手の中で縮こまった。ポールがすぐそばにいるのを感じる。行列は身を寄せ合うようにして進んでいく。誰もが生きた人間のぬくもりを求めていた。マティアスとベティは、通路を挟んだ向こう側の最前列に腰かけた。料理人たちも同じように歩く。静寂。誰かが一つ咳をした。

司教、市長、県知事に続いて、青白くてやつれた顔の男が、小走りでよろけながら壇上に向かった。まるで病人のようだった。だが彼を知っている者は、やつは策士だからこうやって債権者たちを丸め込もうとするんだ、と言った。ジャック・タルデューは億万長者だ。料理人で、レストラン経営者で、世界じゅうに高級ブラッスリーを十五軒ほど所有している。彼は今、金縁の小さな眼鏡をかけて、四つに折りたたんだ紙を慎重に広げていた。骸骨のような顔に厳粛そうな表情を浮かべ、澄んだ声を張り上げる。「『自分のことは、土の中に入ったあとで何を言われてもかまわない。どうせ聞こえないんだから。大事なのは、電話で予約をもらってからうちの店に来て帰るまでの間に、ゲストがどう感じるかだ。ぼくは彼らのために生きている。あとのことはすべて二の次だ』わたしたちの友人、仲間、きょうだいであるポール・ルノワールは、かつてこう言っていた。だが彼は逝ってしまった。ベルナールやブノワのあとを追うようにして。何も言わずに。あのふたりと同様に、ポールも不滅だと思われていた。わたしたちは毎日電話をかけ合い、悩みを打ち明け合った。今日、わたしたちの多くは責任を感じている。気づけなかったこと、時間を取れなかったことに対して。彼の心の中にあったことを、もっときちんと聞き出しておくべきだった……」ジャック・タルデューは喉を詰まらせ、先を続けられなくなった。手の中の紙をポケットに突っ込む。「さらば、友よ。

きみはいつだって一足飛びで前へ進んでいった。今頃はすでに向こうで素材の下処理（ミザンプラス）を始めているだろう。安心してほしい。わたしたちはきみのことを決して忘れないし、きみの娘のクレマンスを見守りつづけるよ」

チェンバロがヘンデルの『サラバンド』を奏ではじめた（ユミは「組曲第四番だ」と心の中でつぶやく）。椅子がきしみ音を立てる。ナタリアとクレマンスが立ち上がって祭壇に向かった。棺（ひつぎ）は、三つの深紅の星が刺繍された白い布で覆われている。ポール・ルノワールは白いコックコートを着ていた。両手の間にコック帽が置かれている。棺のふたが閉められた。ナタリアは、もう一度顔が見たいとも、他人に見せたいとも思わなかった。むしろ、子供みたいに興奮しながら、思いついたレシピを紙切れに書きなぐっていた時の姿を覚えておきたかった。あるいは、突然思い立って、飛行機に乗ってナポリの〈ダ・ミケーレ〉にピッツァを食べに行った時の思い出を大事にしたかった。棺の上に額入りの写真が並べられていた。そのうちの一つは十五歳の時のもので、こちらを見て恥ずかしそうに笑っている。その写真から一番離れたところには、料理人としてオマールブルーを巧みに操る写真がある。フォトグラファーは、著名人のポートレートで有名なステファン・ド・ブルジ。ポールが三つ星を奪回した時に撮ったものだ。この二つの写真の間には、一つの人生があった。

クレマンスが嗚咽（おえつ）をこらえている。ナタリアはそっと娘の手を取り、一緒に棺から離れた。ナタリア自身は、自らを襲う恐怖をこらえるのに必死だった。歩いているとあちこちからひそひそ声が聞こえる。司教でさえ、怒りをこめてこちらを見ているようだ。何を言われているかは見当がつく。だがナタリアと出会う前から、ポールは前の家族と破綻していたのだ。ライオンの吠え声のような短い悲鳴。ベティが棺の前でくずおれた。背中が震えている。マティアスが母親を席に連れ戻し、自らは壇上に立った。マイクのスイッチはオンになっている。

「ルノワール家の不肖の息子から、尋ねたいことがある！」

ジョリ司教が慌てて飛んできた。「何をするんですか？」だが、マティアスは話しつづけた。その声が、翼廊の脇の壁にぶつかって堂内に反響する。

「父は正直な人間だった。おそらくそのことが本人の不運を招いたと言えるだろう。疑ったり、落ち込んだり、諦めたりする姿を、おれは目の当たりにしてきた。あんたたちの中に、父が料理業界やマスコミから背を向けられた時、電話をかけてやったやつはいるのか？　手を差し伸べた人間はどれだけいるんだ？　下手な芝居をするのはやめてくれ！」

堂内にざわめきが起こる。誰もが唖然としていた。

「お願いします」司教が懇願する。「あなたのことばはこの場にふさわしくありません」

司教は助祭に向かって、アンプのケーブルを抜くようしぐさで指示した。マティアスは微笑み、降参の印として両手を挙げた。まるでいたずらの現場を見つかった子供のようだった。

「司教、怒らないでください。一つだけつけ加えたいことがあります」マティアスは咳払いをして喉の通りをよくした。「引き金を引いたのは確かに父だ。でもおれは、父に猟銃を持たせたやつらのことも忘れない」

狩猟用ホルンの音。儀式終了の合図だ。大聖堂の外で、ホルン奏者たちが気分が高揚するような音楽を奏でていた。通常は、狩猟中に見つけた獲物を仲間たちに知らせるための曲だ。だが今日は、森の男、果実採取者、そして料理人であるポール・ルノワールの魂を鎮めるために演奏されている。

マティアスは大聖堂の身廊を早足で歩いた。まわりの視線が注がれる。マティアスにとって、ほかの人間などどうでもよかった。勝手にしろと思った。外に出ると、攻撃的な太陽の光に目が眩（くら）んだ。空が鮮やかな青色に輝いている。手の甲で目の上にひさしを作りながら、階段を駆け下りる。手を下ろした途端、マイクの束が顎のあたりに突きつけられた。マイクはラジオ局のもので、青いのはウロプ1、赤いのはＲＴＬ、ほかに地方局のものもある。「お父さまがあのようなことになったのはどうしてだと思いますか？　先ほどは何を話していたんですか？」マティアスが口を開こうとした瞬間、マイクの束が離れていった。図体の大きな男が、荒い息づかいで額の汗をぬぐっている。マイクは、その油っぽい唇からこぼれる音を拾おうとしていた。ジェラール・ルグラだ。「確かに、ルノワール・シェフとわたしの間には意見の食い違いもあった。だが、彼が素晴らしい人物だったことに変わりはない。あんな最期を迎えていいはずがない」ルグラは怒りをこらえるような声でうなった。「人間の命をもてあそぶ権利など誰にもないんだ。あのガイドブックにはもう存在価値がない」そこに、小柄な女性が現れた。六十代くらいで、顔にそばかすがあり、目を真っ赤に腫らしている。今度は彼女にマイクが向けられた。みんなが彼女のために心を痛める。ルグラは杖をつきながら立ち去った。

　マティアスは、階段の下にしばらくとどまって、集まった人たちを眺めていた。まるでシロアリだ。ガソリンか除草剤を撒いてやりたい。父の肖像をバックに自撮りなんかしやがって……くそっ、何を笑ってるんだ、腹立たしいったらありゃしない！　タトゥーなんか入れやがったクソガキ料理人ども、あのルックスを見ればたいした腕前じゃないのはすぐにわかる。ヒゲを生やして、格好つけて、どうせゲストにタメ口をきいてるんだろう。地産地消がモットーで、自然派ワイン愛好家で、

分を料理人とは思っていなかった。思うはずがない。あんなのは、下働きや底辺労働者のする仕事だ。〝ルノワール・ジュニア〟はシェフではなく社長だ。自分の仕事は会社を長く存続させること。進化を見越して、次の転換期を先回りして考える。その時、急に風が吹いた。燃えた蠟燭とお香の匂いが鼻先まで運ばれてくる。マティアスは、自分が壇上で何を言ったか、もうよく覚えていなかった。だがその時から、血管を溶岩が流れているように感じていた。この世界を嚙み砕いてやりたかった。坂の下で、シロアリたちの姿がまばらになりつつある。日々のケチな仕事に戻っていくのだろう。マティアスは確信していた。〈レ・プロメス〉を相続する権利は自分にある。父の城を自分の王国にしてみせる。少し離れたところに男がいた。自分と同じようにひとりで立っている。細身のスーツが窮屈そうだ。目が合った。父のスーシェフに対し、手を上げて挨拶をする。クリストフは頭を下げた。いかにも不承不承といった顔だ。おや、ジュゼッペ・アルビノーニじゃないか。自分のブリガードのうちのふたりを連れて、クリストフのほうに近づいていく。ところがその直後、アルビノーニは二メートル先まで飛ばされて、地面に尻餅をついた。クリストフが肩から鋭い一撃を繰り出したのだ。アルビノーニが顎を撫でながら立ち上がる。「よく考えてから電話をくれ。クリス、ぼくにはきみみたいな馬鹿が必要なんだ」マティアスは呆れていた。父はまだ埋葬すらされていないっていうのに、もう今後のことで殴り合いか。まったく幸先のいい話だぜ。

サン＝ジェルマン＝シュル＝タロワールの墓地の上に、雲がたなびいている。高所は空気がきれいだ。深呼吸をすると、動揺していた心が穏やかになる。人里離れたこの場所は、贅沢な流刑地といったところで、ひとりになりたい人間向きだ。近くには厳粛な雰囲気の洞窟があり、かつてタロワール修道院を創設したベネディクト会修道士が暮らしていたと言い伝えられる。洞窟の目の前には、アヌシー湖とデュアン湖、ラ・トゥルネット山、ランフォン尖峰、ベカズ山頂が広がる。ここでは水が山々を生み出しているのだ。この素晴らしい調和を目の前にすると、生きとし生けるものなら誰でも神の存在を信じたくなる。シェフはジュニパーベリー（ネズの実）、ヨモギ、オオエゾデンダをここまで摘みに来ていた。この場所の土の匂いが好きだったのだ。ベティ・パンソンがタクシーから下りてくる。ナタリアが一緒に行こうと誘ったが、やんわりと断られた。「マティアスを待ってるから」棺を墓穴に下ろす時、十メートルほど離れたところからその様子を見守っている者がいた。大柄で、顎ヒゲを生やし、ウールのセーターにラギッドソールの靴という、山男のような風体をしている。遠く離れたところにいたので、誰もその存在には気づかなかった。

　無駄話をする者はいなかった。ムッシュ・ヘンリーはまるでイトスギのように墓石の前に立ち、祈りを唱えるような単調な声でレシピを読み上げた。風がそのことばを山頂へと運ぶ。マトウダイのポシェ、イシビラメの真珠仕立て、フェラ（サケの仲間の淡水魚）の燻製・チャービル添え、ホタテ貝のポワレ、ケルシー産仔羊、オマールブルーのブレゼ・アルマニャック風味、ポイアック産若鶏、地中海産スズキ、ピレネー産仔羊、《秋の風景》、プロフィットロール。クリストフが墓地の柵を閉め、みんなに向かって言う。「うちに寄っていかないか。ピッツァをふるまうから」ムッシュ・ヘンリーも来るという。ナタリアは断わった。次の機会には必ず行くわ。でも今日は疲れてるの。一日じゅう、ポールの友人たちの無礼な態度に気づかないふりをしてきた。誰も挨拶に来なかった。唯一、ジャック・タルデューだけが、カメラがいなくなったあとでお悔やみのことばをかけてくれた。ナタリアは悪者なのだ。男をダメにする、性悪な寡婦。とうとうひとりきりになってしまった。もうポールは守ってくれない。高所恐怖症のポールは、きっと死後も断崖絶壁の中腹より高くは登れず、深い谷底を見下ろす洞穴にとどまりつづけるだろう。そして夜になってさみしくなると、焼き加減やナパージュ（菓子の表面に塗るつや出し）をチェックするために、あるいは単にみんながまだ自分を覚えていてくれるかどうかを確認するために、その魂が羊道を通って下りてくるだろう。

第十一章

動かない祖母を見たのは初めてだった。ショックだった。見えない紐で拘束されているかのように、ベッドにじっとしている。両腕をまっすぐに伸ばし、目を閉じて、穏やかな表情をしていた。髪は結んでおらず、顔を縁取るように広がっている。真っ白な髪だった。祖母の寝室に入ったのも初めてだった。ほとんど何もない灰色の部屋で、小さなベッドと、濃い色のオーク材のクローゼットが置かれているだけだった。壁に大きな十字架が掛かっている。よくこれまで顔の上に落ちてこなかったものだ。誰かが手にスープスプーンを握らせていた。いつもタブリエの腰紐に挟んでいて、毎朝それを使ってフォンを味見していた。突然ドアが開き、丸顔の男が現れた。遠縁の親戚だった。イヴォンヌの額にそそくさとキスをし、大声を上げながらまたすぐに部屋から出ていった。「いいおばさんだった。お別れを言いに来たんだ」田舎の人たちは死に慣れ親しんでいる。死者は、すべての人たちと別れの挨拶をしてから埋葬される。父は葬儀が終わるまでの間、家の振り子時計の針を止めた。そして、祖母の魂が梁(はり)にぶつからずに外に出られるよう、屋根に上って数枚の瓦(かわら)を取りのぞいた。天国に行く途中で喉が渇いた時のために、ワンピースの小さなポケットに小銭を一枚入れた。天国への道中には七つのレストランがあるという。イヴォンヌなら、きっと自分の名前ですでに予約を入れているだろう。ソース用スプーンを手に、ワインでほろ酔い加減になったメール・

ルノワールは、向こうでも楽しい大混乱を引き起こすに違いない。ブリガードの最後の生き残りである〝ブーシュ・ノワール〟は、飼育していたミツバチたちにもオーナーシェフの訃報を伝えた。ほかの人がやって来ても、ハチたちが慌てて逃げ出さないようにするためだった。

イヴォンヌは気をつかったのか、定休日の月曜に亡くなった。そして祖父はその三週間後、玄関の段差の前に置いた椅子に座ったまま亡くなった。残された家族は悲しみをあまり外に表さなかった。ある種の伝統というか、プライドのようなものだ。父はたった一か月で両親をふたりとも失った。なのに、かつてないほどエネルギッシュに動きつづけ、やるべきことを次々とこなした。父なりの悲しみの紛らわし方だったのだろう。あるいはイヴォンヌが亡くなったことで、気持ちが解放されたのかもしれない。よくわからないが。とにかく、父はもはや〝オーナーの息子〟ではなく〝オーナー〟になったのだ。

ある朝、巨大な配達トラックが三台やって来て、店の前庭に停まった。たくさんの野次馬が群がった。ぼくは荷下ろしをする父を手伝った。ぴかぴかに光るステンレス製オーブンと最先端のレンジフード。ぼくは開いた口がふさがらなかった。これほど高性能な厨房機器は、目玉が飛び出るほど高価だったはずだ。「おまえのお祖母ちゃんの知り合いから五万フランという大金をもらったんだ。レストランの改装のために全額使うことにしたよ」

ぼくたちは段ボール箱の上に腰かけた。父がむかしの話をしてくれた。一九四五年九月のことだという。「父さんがまだ十歳くらいの時だ。間もなく終戦という頃で、誰もが生き延びたがっていた。この地域で任務についていたドイツ人兵士たちも、生き延びるために逃亡しはじめた。ほとんど全員がそうした。その日の夜遅く、父さんは五人のドイツ人と鉢合わせした。埃だらけの平服姿だった。お祖母ちゃんも一緒だった。ひとりがこっちに銃を向けた。でもお祖母ちゃんは少しも動じずに、お腹が空いていないかと彼らに尋ねたんだ。しばしの沈黙ののち、暗闇から伸びた手が銃口をそっと下ろした。若い男だった。背が高く、ひどく痩せていた。男はお祖母ちゃんのほうにやって来た。ふたりで何かを話していたが、父さんには聞こえなかった。一分後、イヴォンヌは納屋を手で指し示した。父さんは急いで厨房へ行き、ジャガイモ、ソーセージ、チーズ、瓶入りのミルクを用意した。お祖父ちゃんに気づかれないよう、なるべく物音を立てずに準備した。もしお祖父ちゃんに知られていたら、問答無用で彼らを撃ち殺していただろう。翌日、納屋を開けるとすでに誰もいなかった。やがて、その時の若者は金持ちの老人になった。それでも父さんたちのことを覚えていてくれたんだ」

新しい厨房は宇宙船の内部のようだった。光が点滅している。オーブンには時計もついていた。「どうだ、ここに残りたくなったんじゃないか?」ぼくはかぶりを振った。田舎が息苦しくなっていた。夏休みの終わりに、調理師免許を携えて家を出ると決めていた。夜行列車でパリへ行き、レストランを訪ね歩いて雇ってくれるところを探すつもりだった。これまでの経験があるので、どこかしらでコミとして雇ってもらえるだろう。オーレリアがパリにいるので、屋根裏の空き部屋を探す間だけでも泊めてもらおうと考えていた。

「そこにお座り。おまえに渡したいものがある」

父はぼくに封筒を差し出した。「ポールへ」と、ぼくの名前が宛名書きされている。祖母のナイトテーブルの引き出しに入っていたという。中には二つに折り曲げられた紙が入っていて、数行の文章が書かれていた。すごく小さな字で読むのに苦労した。「親愛なるポール。あんたも知っているように、あたしはここ数年ほど厨房から遠ざかっていました。でも年齢を理由にのんびりするのもいいもんです。あんたもあたしくらいの歳になればわかるでしょう。この手紙を持ってきた少年は、まじめで探究心があり、向上心が強い子です。期待通りの働きをしてくれるはず。健康を祈ってます。レモンドによろしく。愛をこめて。ウジェニー・ブラジエ」ぼくは全身を震わせていた。

そして、ようやく口ごもりながら言った。「ブラジエさんなの？」父はにっこり笑って頷いた。

「ポール・ボキューズにおまえの話をしてくれたんだ」

「でも、ぼく、ムッシュ・ポールになんて言ったらいいの？」

父は肩をすくめた。

「手紙を渡せばいいんじゃないか？　ダメ元でやってみろよ」

ぼくは父の首に飛びついた。父は困惑した顔で、ぼくをそっと引き離した。

「礼ならおまえのお祖母ちゃんに言え」

マド・ポワン、メール・ブラン、タント・アリス、メール・ギー、マダム・カスタン、メール・ブラジエ……そしてイヴォンヌ・ルノワール。祖母は、ほかの女性料理人たちと違って、一般的には名前が知られていない。本来の活躍にふさわしい地位を与えられていない。それでも、モン＝ド＝マルサンとミランドの間の半径五十キロくらいの範囲なら、一家族にひとりは祖母の名前を覚えている人がいるはずだ。小さなエピソードや楽しい思い出を大事にしたり、温めて供されるヴァニラ風味のカラメルプリンを懐かしんだりしてくれる人たちがいる。ぼくにとっての一番の思い出は、指導者でありミューズである彼女と一緒に食事をした、あの素晴らしいパリの夜だ。ぼくは彼女と同じ名前を持っている。その名に値する人間であることを証明する時が来たのだ。

第十二章

ディエゴ、ユミ、ジル、カサンドルは、缶詰のオイルサーディンのように並んでソファに座っていた。クリストフがジュゼッペ・アルビノーニにアッパーカットを食らわせている映像を、口を開けたまま眺めている。アルビノーニは、これからのアヌシー料理界を背負って立つ存在とされる、若きイタリア料理シェフだ。二時間ほど前から同じシーンがＢＦＭテレビで何度もリピートされている。ルイ十四世の王太子(ドーファン)が一介の準男爵に平手打ちされたとしても、これほどの騒ぎにはならなかっただろう。クリストフは窓のそばに立って外を眺めていた。大手チェーンのスーパーマーケットの裏口に、日が沈みかけている。地面には空っぽの木箱が転がり、つぶれた果実が散乱していた。水が入った容器にタバコの吸い殻が浮いているのが見える。バーボンウィスキーはすでに五杯目だった。足がむず痒(がゆ)い。からだを温めたかった。「これから数日は大変なことになるわよ」と、ナタリアがメッセージを送ってきた。わかっている、自分が悪い。でも、どうしても我慢できなかったのだ。アルビノーニは声をかける相手を間違った。記者のルグラも、あの忌まわしい〝ルノワール・ジュニア〟も、ポール・ルノワールがもういないとわかって急にすり寄ってくるやつらも、何もわかっていない。クリストフは生まれたての雛じゃない。むしろ年老いた一匹オオカミだ。この業界で三十七歳といえば立派な年長者だ。だが、まわりの人間の強欲ぶりにはいつも驚かされる。

あのパンチは、神聖なる葬儀の最中に大声を出したくなかったので、怒鳴る代わりに繰り出しただけだ。とは言っても、実際は軽く手を出しただけなのに、相手が大げさにふっ飛んでいったのだ。問題は、マスコミに大々的に報じられたことで、このパンチが正式な宣戦布告になってしまったことだ。今後は誰もが、どちらの味方につくかを選ばなくてはならなくなる。アルビノーニは、公衆の面前で侮辱されたことへの報復を考えるだろう。「大変なこと」？「これから数日」？いや、その程度では済まないはずだ。

あらゆる王国――サヴォワ地方は、一八六〇年にフランス第二帝政に割譲されるまではサルデーニャ王国の一部だった――では、身分の高い貴族がひとり命を落とすだけで、権力の再分配が行なわれる。王家は、脆弱化（ぜいじゃくか）した領地を支配下に治めなおす必要に迫られる。後継者たちが兵を集めて攻撃をしかけてくる前に、一刻も早く行動に移さなくてはならない。

山の上は、ヴェイラ一族に支配されていた。マルク・ヴェイラは、アヌシーとムジェーヴの間にあるマニゴの山頂で、まるで年老いたミミズクのように、幻想的な〈グラン・トテル・ド・サヴォワ〉の最上階に引き込もっている。アラヴィ高原の店はスキーシーズン中のみ営業し、大富豪のハワード・ヒューズを気取ったライフスタイルを貫いていた。時折、トレードマークの黒い帽子姿で山草を摘みに出かけるが、たいていは手ぶらで戻ってくる。卑猥な歌をたどたどしい口調で唄いながら大酒を飲む。頂上にいようがいまいが関係なく、常に酩酊していた。とっくに死んだと思われていたし、実際に何度も死んでいたはずだが、まわりをうんざりさせるためか、嫌がらせのようにいつも必ず復活した。年々影響力は衰えつつあるが、それでもその名はアヌシーの空に轟きつづけている。コーカサスのステップに伝えられる、アッティラ王の伝説のように。そう、実際、ヴェイラの六気筒エンジンSUVが通ったあとは、草も生えないと言われている。

山の麓(ふもと)は、アルビノーニ一族によって支配されていた。その栄光の歴史はヴェイラのものより短い。この地に移住してきたアルビノーニ家は、ここで働き、投資をし、顧問弁護士(コンシリエーレ)を雇った。マッシモ・アルビノーニが指揮する〈センサツィオーニ〉は三つ星を獲得したが、妻の健康がすぐれないことと、故郷の生活とパルマ特産生ハム(クラテッロ・ディ・ジベッロ)が恋しくなったことから、甥のジュゼッペに店を譲渡することにした。イタリア北部のパルマ出身、身長百六十二センチの男だ。代替わりしてから星を一つ失ったが、どんな手を使っても奪回してみせると意気込んでいる。「アルビノーニ――あれほど下劣な人物には美しすぎる名前だ」ヴェイラが率いる山の上では、そう囁かれている。ヴェイラ家とアルビノーニ家は、モンタギュー家とキャピュレット家のように憎み合っていた。アヌシーのほかの料理人たちは、どちらか一方の領主に忠誠を誓うことなく、それぞれの小さな土地でどうにかやっていた。現在の体制を維持し、基本的な規則を守り、穏やかに暮らしてきたのだ。つまり、よその土地や顧客を横取りしないこと、そして、よそのシェフの創造遺産である代表料理(シグネチャーディッシュ)の真似をしないこと。それだけを注意して、同じ水――ここではアヌシー湖ということになる――を分け合う捕食動物のように、互いの動向を横目で窺(うかが)いながら仕事をしてきた。どの店で何皿のコースを出しているか、どのテレビ局が撮影に来たかなど、業者、常連客、愛人、スパイなどから聞き出したさまざまな情報が、あることないこと言い伝えられた。唯一、不意打ちで『ル・ギッド』の調査員が訪れた時だけ、みんなで密接に協力し合った。外敵による脅威が、王国を一つにまとめるのだ。ポール・ルノワールは、こうした状況下でこの地に移住した。今から十年ほど前のことだ。

サヴォワ地方の空に雷鳴が轟いた。いつもならハンググライダーやハゲワシ（骨髄が好物なことで知られる）が飛び回っている空が、急に不穏な色に覆われた。ラ・フォルクラ峠の〈ル・シャトー〉に、星つきシェフのポール・ルノワールがやって来る！　そのニュースは『ドーフィネ』紙の一面に感嘆符つきの見出しで掲載された。ドラマ『ザ・ソプラノズ　哀愁のマフィア』で、トニー・ソプラノの縄張りであるニュージャージーにジョニー・サックが現れるようなものだ。だが、アヌシーはパリではない。公開処刑をするより、陰で意地悪をするのを好む土地柄だ。大っぴらな対決は経済にもよくない影響を与える（金持ちのスイス人も多くやってくることだし）。だから領主たちは、高い名声を誇る同業者の移住を「この地域の発展が促進される」と表面上は喜んで見せた。ところが、その日最後のゲストが箱詰めの小菓子を持ち帰り、店の照明が落とされた途端、新参者の悪口大会が始まる。猪肉をミンサーで挽く音のようなひどいなまりをしやがって、こんなところに来ないで南西部に行けばよかったのに。だが、どこへ行っても、たとえ出身地のガスコーニュ地方でも、ポール・ルノワールは歓迎されなかっただろう。地方の「料理王国」は、どこも地元の領主たちを中心に成り立っている。よそ者の到来は、その脆弱な同盟協定や不可侵条約の崩壊をもたらしかねない。とりわけ、その新参者に卓越した才能がある場合、領主たちの支配的地位が脅やかされる危険性がある。

だが、同業者の縄張りをわざと荒らそうとする料理人などいない。相手を尊重しているからというより、報復が怖いからだ。しかし、料理業界のそうした行為を禁止する法律や、慣習を明文化した文書は存在しない。無意識にやってしまった者には、手ひどい嫌がらせが待っている。予約の無断キャンセル、脅迫、不渡り小切手、備品の破壊……。こうした揉め事が地元経済に大きな損害をもたらしそうになると、料理業界の影の権力者が仲介に現れる。それがポール・ボキューズだった。頑固で狡猾な〝聖ポール〟は、まさにフランスそのものだった。誰もが彼の意見を尊重し、恨みを買うのを恐れた。ベルナール・ロワゾーとポール・ルノワールは、毎日ボキューズに電話をした。そして彼の子孫は誰ひとりとして、その王座の継承権を獲得できなかった（そもそもポール・ボキューズは唯一無二の存在なので、後任が見つかるはずがない）。やがて、支配者の権力が衰退し、新たな征服者が現れる。二〇一二年十一月、世界じゅうから二百四十人もの一流シェフがモンテ＝カルロに集まった。わずか二キロ四方のエリアに三百もの〝星〟が集合した計算になる。表向きには、バン・ド・メール社が経営するホテル〈オテル・ド・パリ〉のレストラン〈ルイ・キャーンズ〉の二十五周年を祝うという名目だったが、実は参加者たちは別の目的で集まっていた。新しい王の戴冠式だ。新王の名前はアラン・デュカス。この日、彼は正式にビッグ・ボスとなった。〝ドン〟デュカス、別名〝D・D〟だ。世界でもっとも多くの星を持つ料理人であり、彼の最大の敵と称されたジョエル・ロブションでさえ、この式典に出席した（映画界でたとえるなら、デュカスがヴェルナー・ヘルツォークで、ロブションはクラウス・キンスキーだ）。こうしてフランス南西部のランド県出身の料理人は、長い旅路の末に地中海沿岸に辿り着いた。そしてその知性と権力によってフランス料理王国に末長く君臨し、多くの後継者を生み出したとさ……めでたしめでたし――というのは、ウォルト・ディズニー版ストーリー。新王の哲学はもっとシンプルだ。逆らう者にはわざわいを。

ポール・ルノワールも、デュカスのようにすればよかったのかもしれない。ポールは料理業界ですでに数々の賞を受賞し、高い地位を得ていたにもかかわらず、同業者に縄張りを荒らされても文句一つ言わなかった。ジュゼッペ・アルビノーニは、叔父が残したブリガードを全員解雇し（ロッカールームの隅でふたりきりになるのに成功した、フロント係の女の子を除いて）、ポールの店のディレクトゥールとソムリエを引き抜いたのだ。「シェフ、これはまずいですよ。スタッフのモチベーションのためにも、店のためにも」クリストフがそう苦言を呈しても、手の甲で追い払うしぐさをしただけだった。空いたポストには、すぐにヤン・メルシエが就いた。第一シェフ・ド・ランから、ディレクトゥール兼ソムリエへの昇進だ。ジャケットの襟元に銀色のブドウのバッジをつけたヤンが、片眉を上げてまわりを見下すような顔で店内を歩き回る。誰もがそこに、シェフの妻であるマダムの影響力の大きさを感じ取った。マダムとメルシエが通じているのは公然の秘密だから、とメートル・ドテルは言った。何も知らないポールは、ヤンの仕事ぶりに喜んだ。この店でさらに成長するようヤンを励ました。この子はまだまだ伸びるぞ！　そうですね、シェフ。そう言いながら、クリストフは悲しみに浸った。そのうち、あいつはあなたのベッドを奪うようになりますよ。

だがシェフが亡くなってしまった今、そうしたすべてはもうどうでもよかった。スタッフは誰もが、クリストフが激励し、鼓舞してくれるのを待っていた。だがクリストフは何も言わなかった。諦めたみんなが散り散りに帰っていく。「けっこういい葬式だったな」帰りぎわにディエゴが言った。もはやすべてが無意味だ。ソファに残ったのはとうとうユミだけになった。クリストフが送る約束をしていたのだ。クリストフはユミの隣に倒れ込むように座ると、「じゃあ、行こうか」と声をかけた。ところがユミがその顔を覗き込むと、すでにクリストフは眠りに落ちていた。ユミはクリストフの膝の上に毛布をかけて、その横顔をまじまじと眺めた。日本の南アルプスの北岳（キタダケ）のように彫りが深い。断崖のように切り立った額、尾根のような鼻筋、高くて凜とした頬骨、裂けそうなほどにピンと張った皮膚。ユミはその唇を見つめた。クリストフの内側に、強くて大きな何かが形作られつつあるように感じた。爪先立ちでその場を離れる。外は雪だった。芸者（ゲイシャ）の頬のようにテラスが白く染まっていた。

第十三章

「うちの野菜を持ってどこに消えちまったんだ、あいつは？」ムッシュ・ポールは、目の前にいるぼくの姿が見えないようだった。ポール・ボキューズはどこから見ても巨大だった。コック帽がぼくたちのに比べて十センチ高いからではない。あの背丈で、常に背筋を伸ばして歩いているからだ。「ああ、いたいた。おい、急いでアーティチョークの皮を剝いて、ソラマメのさやを取ってくれ！」シェフは決してぼくの名前を呼ばない。〝ポール〟はふたりも要らないからだ。ボキューズは唯一無二の存在だ。ぼくは喜んで優先権を譲るつもりだった。だが本当のところは、ムッシュ・ポールはぼくの名前を知らないだけだった。メール・ブラジエの手紙もほとんど読んでいない。ぼくはたくさんいるブリガードのひとりにすぎない。たいした仕事は任されなかった。リヨン近郊のコロンジュ＝オ＝モン＝ドールにやって来てからの半年間は、ガスバーナーにさえ触れられなかった。ぼくは菜園の手入れをし、牛の搾乳をし、午後は洗濯とアイロンがけに専念した。アイロンがけは一番気楽な仕事だ。マルセイユ石鹼の匂いがする女の子たちと一緒に、暖かいところで過ごせる。こうした女性中心の仕事場では、マダムのレモンド・ボキューズが指揮を取った。そんなある日、突然ムッシュ・ポールが現れた。眉をひそめて「おい、おまえ、ちょっと来い」とぼくを呼ぶ。コミのひとりがモペッドで事故死してしまったので、代わりを探していたのだ。シェフはふさふさした眉をひそめてぼくを凝視すると、「仔牛の腎臓の焼き方はわかるか？」と尋ねた。ぼくが頷くと満足そうな顔をした。

ポール・ボキューズ。彼の顔をよく観察してみてほしい。ずんぐりした鼻、茶目っ気のあるキラキラした瞳、今にも名言を発しそうな唇、何一つ聞き逃すまいとするような大きな耳（実際、自分に関する噂話はすべて把握していたという。それは、ほとんどの噂がこのコロンジュで生まれたからだとされるが）、粘土で型取りして鋳造したような顔。グレヴァン美術館に展示されている自らの蠟人形に、あえて似せようとしているかのようだった。ラブレーのように荒唐無稽で、アリスティッド・ブリュアン（十九世紀末に活躍したシャンソン歌手）のように嘲笑的な、典型的フランス人。そして、食欲旺盛だった。ピスタチオ入り鴨の円形テリーヌ（ドディーヌ）、鴨のフォワグラ・ソーテルヌ風味のジュレ添え、スズキのパイ包み焼き・ショロンソース、野ウサギの王家風（リエーヴル・ア・ラ・ロワイヤル）、キノコのトゥルト、牛ヒレ肉のロッシーニ風、真鴨のオレンジ風味、カワカマスのクネル、プラリネ入りエクレア、パリ＝ブレスト、そしてメール・リシャール特製シェーヴルチーズ。ムッシュ・ポールの料理は、味覚が鈍感な人向けには作られていない。そのツケを払わされているのが、ぼくたちコミだった。ボキューズの店のコミは、船底で生活しているようなものだ。ピラミッドの底辺ですらなく、水面下に沈んでいる。小麦粉の袋、ネズミたち、ガレー船の仲間たち。シェフ、スーシェフ、部門シェフ（シェフ・ド・パルティ）、第一コミ……すべての人たちに従わなくてはならない。仕事中にサボっているのが見つかったら一大事だ。文句を言ってもしかたがない、誰もが通った道だ。常に罵詈雑言（ばりぞうごん）が飛び交う。それどころか、フライパンや熱湯が入った鍋も飛び交う。は？　何？　それはあまりにひどすぎる、だと？　いや、何を期待してるんだ？　三十人もの野郎どもが、週に九十時間以上も薄暗い地下に閉じ込められて、いったいどうしたら礼儀正しくなれるっていうんだ？　あの当時は、たとえひどい目に遭っても、歯を食いしばって我慢せざるをえなかった。もちろん、キャリアを諦めるというなら話は別だ。だが火傷はいずれよくなるし、骨折もいつかは治る。それに、ムッシュ・ポールはブリガードを愛していた。それは確かだ。彼はフランス料理のためなら小さなことには目をつぶった。「卵を割らなければオムレツは作れない」と言ったのはフェルナン・ポワンだ。ボキューズはその教えを守った。だがぼくにとって一番つらかったのは、そうした罵り合いでも、長時間の労働や宿舎の寒さでもなかった。自分が先輩シェフたちと同じくらいうまく料理が作れるのを知っていたことだった。それでもぼくは感情を抑えて、黙々とジャガイモの皮を剝きつづけた。一九七三年の冬はとくに厳しかった。ピエール神父（慈善活動家。ホームレスなどの救済に力を尽くした）が駆け回らざるをえないほどの寒さだった。ジャガイモが凍り、まるで石の皮を剝いているようだった。

　月曜以外は働きつづけた。朝の五時から夜は深夜一時頃まで。オーベルジュの裏の建物で寝泊まりした。部屋に小さな虫がたくさんいたので、オイルサーディンの空き缶に石鹸水を入れてベッドの下に置いた。だが、あまり効き目はなかった。同じ階にほかのコミとアプランティたちが住んでいた。最初の三か月間は、ルイと部屋をシェアしていた。ぼくのような農家生まれで、無口な青年だったが、ある時、父親がトラクターで事故を起こしたとかで、繁忙期の仕事を手伝うために帰省した。そしてそのまま戻ってこなかった。ぼくは部屋をひとりで使いはじめた。決して広くはなかったけれど、ぼくにとっては贅沢（ぜいたく）な暮らしだった。毎朝、夜が明ける頃、ボディミトンでからだを拭いてからレストランに向かった。みんな一緒に朝食を摂る。パン、バター、コーヒー、時々は昨日の残りのブリオッシュも。話もせずに黙々と食べた。まだ太陽も完全には目覚めていない時間帯だ。十時頃、口うるさい先輩シェフたちが現れる。ぼくは下処理（ミザンプラス）の手伝いをした。業者から納入された食材を受け取り、定位置にしまい、野菜の皮を剝き、葉ものを洗い、付け合わせの準備をする。営業終了後には、調理器具、調理台、配膳台の清掃をする。ある日、先輩のひとりからまかないを作るよう命じられた。六十人分だ。ぼくは手早く、ジャガイモのグラタン・ドーフィネ風（グラタン・ドフィノワ）と、仔牛のロースト・オニオンコンフィ添えを作った。簡単な料理だ。イヴォンヌの店でよく日曜に出していた。すると、ムッシュ・ポールがいきなり厨房に顔を出した。食べ終わって、粗塩で食器を洗っている時だった。「このグラタンを作ったのは誰だ?」みんなが目を伏せた。ぼくは手を上げた。翌日から、ぼくは第一コミのオーレリアンの助手になった。十七歳になったばかりで、ややうっかり者だけど、やさしい詩人だった（村の女の子に詩を贈ったことがあるという）。故郷のノルマンディ地方の話をよくしてくれた。両親は十ヘクタールのリンゴ園を経営しているという。いつか故郷に帰りたいと言っていた。ぼくは前菜の盛りつけをしたり、ポタージュを作ったり、パティシエが見ていないところで勝手にデザートを作ったりした。ある日のディナータイムには、忙しすぎて手が回らないシェフ・ド・パルティを手伝って、豚の膀胱（ヴェッシー）に鶏肉、トリュフ、コニャック、マディラワインを詰めた料理に火を入れた。オーレリアンはハラハラしていた。「もしきみがミスったら、ぼくが殺される」かわいそうに、すっかり怯えていた。当然ながら、こうしたやり方はすぐに知れわたり、ぼくは〝巡回コミ〟と呼ばれるようになった。定位置を持たず、常にあちこちをヘルプして回るのだ。見よう見真似で仕事を覚えた。ぼくが味つけを間違えると、オーレリアンが責任を負った。やさしい青年だった。風の便りによると、彼は今セールスマンになって幸せに暮らしているという。

ある日、ちょっと風変わりな小柄な男性がやって来た。敏捷(びんしょう)ではつらつとしていて、自分より頭一つ背が高いゴージャスな女性をふたり連れていた（〈リド〉のダンサーだと同僚に教えてもらった）。ボキューズがその男性に言った。「おい、ミシェル、コック帽を被れよ。さもないと、彼女たちの息子だと思われるぞ」爆笑の渦。なんと、誰もが知る一流シェフのミシェル・ゲラールだった。ゲラールはお腹をかかえて笑いながら、実際にコック帽を被ってみせた。そうこうしているうちに、ボキューズはスーシェフに厨房をまかせて、ゲラールとふたりの女性と一緒に出かけてしまった。きっとみんなで羽目をはずしてどんちゃん騒ぎをするのだろう。アルファロメオ・モントリオールが砂埃を立てて走り去っていくのを、ぼくたちは指をくわえて見送った。なんて自由なんだろう。男友達、女の子たち、砂埃。四人はロアンヌのトロワグロ兄弟のところへ行ったらしい（厨房にメモが残されていた。「スタッフ一同へ。わたしはここにいることにしておいてくれ。ゲストには出かけたと言わないこと」）。一九七四年のこの当時、フランス料理は黄金時代に突入していた。このすぐあと、ロベール・ラフォン社から刊行されるミシェル・ゲラールの料理書『新フランス料理(ラ・グランド)・おいしく食べて太らない料理(キュイジーヌ・マンスール)』は、二百万部のベストセラーになる。だがぼくは、蛍光灯に照らされた厨房に入れられて、外が晴れなのか雨なのかもわからないまま働いていた。フランス料理の「栄光の三十年間」に加わるどころではなかった。高級ブランドとフランス料理のおかげで、フランスはかつてない輸出大国になった。この輝かしい成功は勲章に値するだろう。そして勲章といえば、ナポレオンが制定したあの勲章以外に考えられない。

　一九七五年二月二十五日、ポール・ボキューズは、ヴァレリー・ジスカール・デスタン大統領とアンヌ＝エモンヌ夫人によってエリゼ宮に招待された。レジオン・ドヌール勲章シュヴァリエを授与されたのだ。そのあと開催された晩餐会には、錚々（そうそう）たるメンバーが出席した。そう、ボキューズの友人一同だ。提供されたメニューも素晴らしかった。トロワグロ兄弟によるロワール産サーモンのエスカロープ・オゼイユ風味、ミシェル・ゲラールによる鴨のクロード・ジョリー風、ロジェ・ヴェルジェによるムーラン特製プチサラダ、そしてもちろんかの有名な、ボキューズ自身による黒トリュフ入りVGEスープ（VGEはヴァレリー・ジスカール・デスタンの愛称）。スヴァロフ風にひとり用ボウルにスープを注ぎ、パイ生地を被せる。そして、「さあ、大統領、パイ皮を壊してください（カッセ・ラ・クルート）」（カッセ・ラ・クルート＝「飯を食う」と「皮を壊す」のダブルミーニング）と冗談めかしながら供する。以前、友人のポール・エーベルランに作ってもらった、トリュフとフォワグラのパイ包み焼きに着想を得て創作した料理だ。こうして、その名称が誕生してわずか二年足らずで、〈ヌーヴェル・キュイジーヌ〉は名誉ある地位に就いた（ヌーヴェル・ヴァーグ、新社会契約論（ヌーヴォー・コントラ・ソシアル）、『ヌーヴェル・オプセルヴァトゥール』誌、新左翼（ヌーヴェル・ゴーシュ）など、一九七〇年代はとにかく「新（ヌーヴォーまたはヌーヴェル）」が流行した）。ムッシュ・ポールはこのムーヴメントの守護聖人となった。師匠のフェルナン・ポワンが、自らの容姿をデフォルメした木彫りの人形（太鼓腹で、赤い頬をして、コック帽をあみだに被っていた）に激怒したのとは対照的に、ムッシュ・ポールは自らがシンボル化されるのを好んだ。自分の分身がばら撒かれるのを喜んだのだ。

ムッシュ・ポールは、決して時間を無駄にしなかった。戦争で死にかけたことがあるせいで、時間は貴重だと考えていた。「百歳まで生きると思って仕事をし、明日死ぬと思って生きる」ボキューズにとってこのことばは、人生の指針となる真言（マントラ）だった。いや、本人だけでなく、ぼくたちブリガードもそうすべきだと教えられた。こういう人物に従うのは巡礼者として生きるようなものだ。料理に関してだけでなく、フランス語についてもそうだった。ポール・ボキューズは、十年にひとりの名料理人というだけでなく、天才的なセールスマンだった。ポール・ボキューズ以上に、ポール・ボキューズについてうまく説明できる者はいない。ぼくはこれまでの人生で、たくさんの優秀な人材、著名人、政治家に会ってきたが、ボキューズほど気の利いた話ができる人は見たことがない。彼にとってのスピーチはジビエと同じだった。捕まえて、胸の中でじっくりと煮込む。「今日、わたしが不在の時に料理を作るのは誰かと尋ねられた。わたしは答えた。わたしがいようといまいと同じだ。そう、きみたちが――わたしのスタッフが作ったのだと！」厨房で拍手喝采が起こる。ブリガードはボキューズの最初の観客だ。シェフを理解し、尊敬する一番の聴衆だった。「料理にはただ一つの種類しかない。おいしい料理だ！」ボキューズが百獣の王のようなうなり声を上げる。それからゲストに挨拶をするために、コック帽を被りなおして厨房から出ていく。その姿は、まるで信者に祝福を送る教皇のようだった。

ボキューズの商売センスのよさは折り紙つきだった。ＡＢＣ順の電話帳の一番上に掲載されるよう、自分の店に隣接する大修道院(アベイ)を購入して〈アベイ・デ・コロンジュ〉というレセプションホールに改装した。ある日、ヒメジのウロコ焼き・カリカリジャガイモ添えという料理のためにジャガイモを切っていた時、〈アベイ〉からパイプオルガンの音が聞こえてきた。通常は宴会の時にしか演奏されないはずだ。ぼくたちは何事かと駆けつけた。すると、薄暗がりの中でボキューズが立ちすくんでいた。こちらに背を向けたまま身じろぎ一つしない。ぼくたちの気配に気づくと、振り返って穏やかな口調で言った。「リュエール峠で、メールはもう怒鳴り声を上げない」その日は一九七七年三月二日だった。ウジェニー・ブラジエが亡くなったのだ。ぼくはイヴォンヌを思って胸を痛めた。彼女を偲ぶために開かれた晩餐会で、ぼくのそばに同年代の青年が座った。ぼくが自己紹介をすると、相手は消え入るような声で二言三言口ごもった。ベルナール・パコーという名で、メール・ブラジエは養母だったということだけ聞き取れた。

コロンジュに来てちょうど三年が経った頃、ぼくはトリコロールの封印がされた封書を受け取った。手渡してくれたのはムッシュ・ポールだった（郵便物はレストラン宛に送られてくるのだ）。ボキューズにとって、兵役は単なる義務ではなく名誉だ。召集には一も二もなく従わなくてはならない。逃れようとする者は軽蔑される。ボキューズは封筒の上に、トゥーロンで任務に就いている将校の連絡先を記してくれた。「頑張れよ。おまえには才能がある。しっかり働いてこい」ぼくの袖をつかみ、目くばせをする。「自信を持て。リユエール峠のメールは見る目があった。忘れるなよ。人の心をつかむには胃袋をつかむんだ」ムッシュ・ポールはやっぱり守護聖人聖パウロだった。

第十四章

マティアス・ルノワールは、公証人のロジェの事務所の階段で三本目のタバコの火を踏み消した。あの男、いつになったら来るんだ？　ちょうどその時、ボーラーハットを被った小柄な男性が現れた。アルザス育ちのガチョウのようによちよちと歩いている。フローベールの『ボヴァリー夫人』から出てきたような凡庸な男だ。もっともマティアスは『ボヴァリー夫人』を読んだことがない。

「早かったんですね」公証人は微笑みながら手を差し出した。ボルディエ・バターのように柔らかい手だった。事務所は九時に開くという。

「ああそうか！」マティアスは叫んだ。「ここが田舎だってことを忘れてたよ」

マティアスはこれまで、その傲慢な性格のおかげで、貴重な時間を無駄にせずに済んできた。愛人たちと別れる時も、従業員を解雇する時も、ショートメッセージ一本で終わらせてきたのだ。誰にも愛されなかったのだから、誰も愛さなくてもいいはずだ。マティアスは、聖書やコルシカ島の伝説に登場する、不吉な赤い月のもとで生まれた〝呪われた子〟だった。突風に煽られたようなぼさぼさの髪、ニコチン臭い息、本人にも意味のわからない謎めいたタトゥー。すべてが彼の非凡な運命を象徴している。ルノワールの名前のおかげで箔（はく）がついた。自分にはアーティストの血が流れている。おれは王の継承者だ。〈レ・プロメス〉を世界一のレストランにしてみせる。親父には先見の明があった。金は湖のほとりのちっぽけな土地が、今では数百万ユーロもする。ジャガーやプライベートジェットに乗って、スイスやイタリアからも顧客がやって来る。モナコより洗練されているが、決して派手すぎない。この点については、「よくやった」と父親を褒めてやりたい。だが、それ以外のことを許すつもりは毛頭ない。「父親？　知らねえな。あいつとの思い出なんて一つもないよ。ルノワール家の人間は過去を振り返らないんだ」（『ローリング・ストーン・マガジン』二〇一五年四月号）。だが、過去は要らなくても金は欲しい。

中に入るようロジェに促される。アパルトマンは豪華な事務所に改装されていた。チャコールグレーのカーペット、大理石のマントルピース、ミニマルな装飾、エーロ・アールニオの深紅のボール・チェア、ヴァーナー・パントンの漆黒のパントン・チェア。いかにも金持ちらしい部屋だ、とマティアスはつぶやいた。父親の仕事を継いでいるだけの連中に敬意を表する気にはならないが、趣味がいいことは認めざるをえないだろう。黄色種タバコと、ワックスと古い木の匂いが混ざった香り。どうやらパイプ愛好家がよく出入りしているらしい。

「さて、先生、どんな感じだ？」

その時、ムスク系の香水の匂いがふわりと漂った。若い女性の到着。緋色のスーツを着て、ウエストに深紅のリボンが結ばれている。ベリー類をちりばめたパヴロヴァ（ロシアのバレエダンサー、アンナ・パヴロワに由来するケーキ）のようだ。いや、パヴロヴァではなく、ナタリア・オルロフという名の菓子。魅惑的でそそられるデザートだ。カリッとしたメレンゲに覆われ、中はふんわりと柔らかく、繊細な酸味はその甘い唇を噛むことでやわらげられる。妖婦らしい高飛車なふるまいをし、取り澄ました顔で美貌を振りまく。相変わらず美人だな、とマティアスは思った。ナタリアは挨拶をしてから、空いているアームチェアに腰かけた。

「では、双方おそろいですので手短にいきましょう。手短というのは、実は、ポール・ルノワールさんは遺言を残していないのです」

マティアスは椅子の上で身をよじらせた。

「この場合、法律によってルノワール氏の財産は三分割されます」ロジェは淡々とした口調で続けた。「ナタリア・オルロフ=ルノワール夫人、あなたは生存配偶者として財産の四分の一を取得します。残りは、相続権保有者であるクレマンス・オルロフ=ルノワールさんとマティアス・ルノワールさんで分け合うことになります」


マティアスは、ポール・ルノワールとベティ・パンソンの息子として、一九八〇年十二月九日に生まれた。ジョン・レノンが射殺された翌日だ。当時、三人家族は最初のレストラン上階の質素なアパルトマンで暮らしていた。大きすぎるキャビネットを捨てるなどして、たった二間の部屋をなるべく広く使って生活した。家族経営のレストランは順調だった。父親が厨房に立ち、母親がホールに出る。野次馬で来店した人たちが常連になり、常連が友達を連れてくる。幼いマティアスは、冷蔵庫からオーブンまで、皿を洗うプロンジュールからカウンターでピコン（ゲンチアナやオレンジなどのリキュール）を飲む警察官のところまで、店じゅうをよちよちと歩き回った。くず鉄屋からベレー帽をもらって以来、みんなから〝ガヴローシュ〟（ユゴーの『レ・ミゼラブル』の登場人物の少年）と呼ばれるようになった。最後のゲストが帰ったあと、テーブルの下で寝ているのを両親に発見されることもしばしばだった。そんな時は、父親がそっとベッドまで運んでくれる。父親は、眠る我が子をしばらく眺めながら、人生は驚きに溢れている、と思ったという。

マティアスは学校が嫌いだった。外で遊ぶほうが好きだった。街路の王子。路上には従うべき教師も規則もない。学校では、彫刻刀代わりのボールペンで、机の表面のニスを削って自分の名前を刻むのが好きだった。しょっちゅう席替えをしたので、やがてすべての机がマティアスのサイン入りになった。授業中は大声を上げて騒ぎ、休み時間は喧嘩をした。ベティは、学校に呼び出されて、息子の素行の悪さを注意されるのにうんざりしていた。ポールは肩をすくめ、あまりひどいようなら料理人にすればいい、と言った。年月が経った。十三歳になったマティアスは、何もせずにただ贅沢を満喫していた。裕福になったルノワール家は、高級住宅街のパリ十六区のモザール大通りに引っ越して、おしゃれなメゾネット式アパルトマンで暮らしていた。近所には映画監督のロマン・ポランスキーとフランシス・フォード・コッポラが住んでいた。犬も飼いはじめた。ラージ・ミュンスターレンダーで、オーギュストと名づけた。マティアスは甘やかされていた。大金を持ち歩き、スクーターを所有し、たくさんのガールフレンドがいて、やりたいことは何でもした。外泊し、父親の店から高級ワインをくすねて、仲間と一緒にユヴェントス対ナポリ戦を観戦した。ジャン＝ピエール・パパン、バジール・ボリ、エリック・カントナがヒーローだった。一九九〇年代初頭、サッカーフランス代表チームが「国際親善試合世界一」と呼ばれた時代だ。ドラマ『ベイウォッチ』で初めて勃起し、最初に欲情を抱いた相手は『ビバリーヒルズ青春白書』の悪女役を演じたティファニー＝アンバー・ティッセンだった。ある朝、マティアスのベッドの下にレースのショーツが落ちていた。さすがのベティも怒りを爆発させた。マティアスは十五歳になっていた。料理人になるにはちょうどいい年頃だ。ベティは息子をアプランティに出すことにした。そう告げられたマティティアスは、薄ら笑いを浮かべて「いつでも出ていってやるよ」と言った。涙を浮かべて見送る母親を振り返りもせずに、マティアスは意気揚々と実家を出ていった。

髪に白いものが交じった公証人のロジェは、眼鏡をかけ、相続にかかわる財産リストを読み上げた。敬意に満ちた静寂。東京、ミラノ、マドリッド、アヌシー。ポール・ルノワールは小さな帝国を築いていた。ロジェは咳払いをし、今度は負債リストに取りかかった。買い物リストを読み上げるような、事務的な口調だった。地下に二千平米のスパを建設するのに莫大な費用がかかっていた。工事中に地滑りが起きたせいで、当初の見積りの二倍にふくれ上がったのだ。ポールは複数のレストランの株を所有していたが（エヴァ・トランシャンとかいう名の女性のレストランの株もあった）、いずれも今は閉店したり倒産したりしていた。近年は、ワインに関わる巨額の詐欺事件の被害に遭っていた。ブルゴーニュ地方の人気ドメーヌ、アンリ・ジャイエのグラン・クリュをオークションで百万ユーロで競り落としたのだが、結局ワインは手に入らなかった。この売り手は何度も同じ手口で詐欺を行なっていた。小さな帝国は灰の山になった。負債総額は千百万ユーロを超えていた。

「今後、この負債はあなたたちの所有になります」

公証人はやさしげな口調に戻って言った。

「負債っていうより火山じゃねえか！」

「どうやらルノワールさんは、ご自身の事業をあまり上手には管理していなかったようです」

マティアスは、手のひらの汗を椅子の肘かけになすりつけた。こいつの口の中に書類を突っ込んでやりてえ。おまえ、偉そうに誰の話をしてるんだよ？　少しは敬意を示せっていうんだ。ルノワールは単なる名前じゃない。ブランドだ。その名前の後ろには、料理人で起業家の血が五世代に渡って続いてるんだよ。これに匹敵するのは、ブラン家、トロワグロ家、エーベルラン家だけだ。自分は相続人として、この名前を擁護し、守る役目を負っている。ナタリアだって同じ気持ちじゃないのか？　マティアスは、父親が債権者たちに追われ、窮地に追い込まれているところを想像した。どうしておれに助けを求めてくれなかったんだ？　アパルトマンから出ていくマティアスとナタリアを、公証人が戸口まで見送った。来週には書類をお送りしますので、署名をしてください。では、どうぞよい一日を。繰り返しになりますが、心からお悔やみ申し上げます。マティアスが公証人と会話を交わしている間に、ナタリアが遠ざかっていく。そのあとを慌てて追いかけた。

「ナタリア、待てよ」

マティアスは息を整えるのに苦労した。第四学年（中学三年）で走り高跳びをして以来、スポーツらしきことはまったくしていない。

「クレマンスがどうしてるのか知りたい。あの子は大丈夫か？」

「クレマンスのことが知りたいですって？　本当に？」

ナタリアは不機嫌そうな顔をし、皮肉めいた口調で言った。

「そうね、見たところ、まだショックから立ち直っていないみたい。一日じゅうスマートフォンばかり見てる」

「この週末はここにいるから、おれが様子を見に行ってもいいんだけど……」

ナタリアはマティアスに冷たい視線を向けた。

「あの子のことは放っておいて。時間が必要なのよ。それに、あなたが本当に話したいのは、クレマンスのことじゃないんでしょう？」

そう言って、停めておいた車のほうへ歩いていく。マティアスはその手首をつかんだが、すげなく振り払われた。

「ナタリア、聞いてくれ。おれには金があるし、銀行からも信用されている。協力し合えば店を救えると思う」

「あんなに憎んでいた父親の店を救うですって？」

マティアスはあえて渋面を作った。

「今さらだけど罪悪感があるんだ。見ず知らずのやつに店を取られたく……」

「〈レ・プロメス〉は売りに出さない」ナタリアはマティアスの話を遮った。「あなたのお友達連中にも言っておいて。何を企んでも時間の無駄よ。それから、もう二度とわたしに触れないで。そういうのはもう終わったの」

ナタリアが遠ざかっていく。旧市街の石畳の上で、ハイヒールがかつかつと音を立てている。足音を聞くだけで、罵られている気分だった。あのくそみたいな性格がむかしから好きだった。気性が激しい女に性的な魅力を感じるのだ。マティアスは電子タバコを取り出して口にくわえ、煙を吐き出した。自分にとってどうするのが得か、あの女にもいずれわかるだろう。

ポールは破産していた。そう知っても、ナタリアは驚かなかった。確かに夫は計算が苦手だった。公証人は何も教えてくれなかった。だからいつも考えずに浪費した。食材のため、従業員のため、そしてナタリアのために、金に糸目をつけなかった。〈レ・プロメス〉は一銭も儲かっていなかった。ホテルの客室料と、大手スーパーと交わしたやや恥ずべきライセンス契約だけが、かろうじて財政の足しになっていた。ナタリアは狼狽（ろうばい）を表に出さなかったが、内心では逃げ出したかった。母親がいるパリに戻りたい。アヌシーから離れて、洗練された人たちがいる都会で暮らしたい。だが、今は喪に服している最中だ。引っ越しをするには早すぎる。娘の心の準備もできていない。クレマンスにとって、母親とふたりきりで朝食を摂るのはつらいはずだった。朝食は、父親と一緒に過ごす唯一の貴重な時間だった。ポールは毎朝八時になると、それまで何をしていようが必ず中断して、娘とコーヒーを飲むために上の階にやって来た。クレマンスは、シリアルが入ったボウルをぼんやりと見ていることがあった。葬儀の日以来、涙を流す姿を見ていない。もっと泣いたり怒ったりしていいのよ、とナタリアは娘に言った。その夜、娘は母親にからだをすり寄せてきた。ポールがいなくなってから、ナタリア自身も孤独と戦っていた。自分で暖炉に火を起こすと、部屋じゅうに黒い煙が充満し、服を煤（すす）で汚してしまう。ポールはいつも営業中に、ちょっとした料理を持ってきてくれた。仔牛肉のノワゼット（丸い切り身）や、サラマンダー（表面に焼き色をつける調理器具）で表面をかりっと焼いたタコのローストに、小さじ一杯分のイタリア産キャビアを自分で添えて食べた。だが、キャビアもオマール海老ももう欲しくない。ここぞと外出したいとも思わない。ポールがいなくなって、震えるような興奮が消えてしまった。信じてくれる人がいないなら、嘘をついて何になるというのだろう。

　ポールの声を聞けないのが一番つらかった。いつも、小声で文句を言いながら、あるいは無自覚にみんなが目を覚ますような大声で叫びながら、部屋に入ってきた。田舎者らしいそういう無骨さを矯正しようとしたことを、ナタリアは今では後悔している。もう沈黙しか聞こえない。それなのに、まるでよい知らせを運んでくる配達人を待つみたいに、ポールの声が聞こえるのを待っていた。だが、同じ沈黙がずっと続いているだけだった。ポールは二度と帰ってこない。銀行の担当者や取引先の人間たちは、とっくにそのつもりで動きはじめている。唯一、筆頭株主だけは、条件つきで売却を一年待つと言ってくれた。その条件とは、〈レ・プロメス〉が一流でありつづけること。つまり、星を一つでも失えば、その時点でおしまいだ。帝国の終焉。そして、店は差し押さえられる。

ナタリアは、生まれて初めて敗北を覚悟した。料理の世界で女として生きるのは非常に厳しい。しかも、契約によって受け継いだ以外に、この名高い一族の姓を名乗る正当性を持っていない。しかも、彼女の評判は決してよくない。高飛車で、計算高く、金のかかる女。その上、男と同じように酒を飲み、タバコを吸い、料理を食べる。男を惑わす女から、不幸な寡婦へ。しかし、元夫から勝ち取った賠償金がなければ〈レ・プロメス〉は存在すらできなかったことを、誰も知らない。三年続いた殴る蹴るの暴力、そしてオロンヌ弁護士の素晴らしい弁護力がなければ、ポールは夢を叶えられなかった。運命は時折、古傷を思い出させる。この社会に生きる限り、彼女にほかの選択肢はない。男を誘惑して協力を得るか、自分が消えるかの二つに一つかだ。ナタリアは、いまだかつてないほどクリストフを必要としていた。クリストフはポールのために多くのことを犠牲にしてきた。彼にこの城を救うための覚悟が、どこまであるかはわからない。信念を貫くのも、平常時ならもちろん構わないだろう。だが、もはや尊厳やプライドを気にしている場合ではない。生きるか死ぬかなのだ。そして、生き延びるには犠牲が必要だった。

第十五章

埃、砂利道、小道の奥に建つ実家。数々の試練を経て、たくましくなって故郷に帰ってきた放蕩息子——こういうラストシーンの映画は何百本とある。実家に戻ったのはほぼ二年ぶりだった。誰にも知らせていなかった。帰れなかった時のため、あるいは途中で引き返したくなった時のためだったのかもしれない。店の前に車が三台停まっている。きっと従業員のものだろう。火曜の少し早い時間帯だった。スタッフたちが前菜の準備をしている頃だ。前庭の中央に大きなカシの木がある。かつて暑さが厳しい夜は、その下にテーブルを並べた。右手には家畜小屋があり、干し草とバターの生温かい匂いが漂ってくる。低地にある池は、水面が青い浮き草に覆われていた。海を知った後ではかなり小さく見える。あとはすべてむかしのままだ。しばらくその場で立ち止まる。まるで絵画のような静かな風景を乱したくないと思った。その時、白いタブリエをつけた青年が駆けてきて、ぼくにぶつかりそうになりながら走り去っていった。数メートル後方を、ひとりの男が追いかけてくる。途中で立ち止まり、両手を膝に置いて息を整えた。「二度とここに足を踏み入れるんじゃないぞ、この役立たず！」男はぼくに気づかない。「どうやら厨房に空きができたみたいだね」父が目を丸くした。「なんてこった！　おまえ、帰ってきたのか！」数時間後、みんながテラス席に集合した。今日の営業は終了だ。父が微笑む。

「海軍はどうだった？」

「長かったよ。水平帽のポンポンが頭にくっついたかと思うほどにね」

ぼくは父に、ヘリ空母巡洋艦〈ジャンヌ・ダルク〉での生活について語った。兵役期間中、ぼくはその船の広さ三十平米の厨房で、七百人分の食事を作ってきた。船医がいつもぶらぶら歩き回っていたこと、エジプトの沖合での〝ノー・フライ・デー〟、つまり飛行予定がない第一日曜に、飛行甲板で大音量で音楽をかけながらバーベキューをしたことなどを話した。料理長は、ジャック・タルデューという一等兵曹だった。海軍における〝シェフ〟のひとりだ。ぼくを信頼してくれて、いい関係を築いていた。ある夜、ぼくがパリ＝ブレストを作っているのを、ジャックが隣で見ていた。ぼくは、この菓子作りのコツは、軽くてしっかりしたシュー生地とキャラメリゼしたクラクラン（カリッとした上がけ）にあると説明した。「きみはパティシエになったほうがいいよ」とジャックは言った。

父はぼくの話にほとんど口を挟まず、時々頷きながら聞いていた。だが、休暇中は童貞を捨てることばかり考えていたとは、さすがに言えなかった。早く子供時代から脱出したかったのだ。ぼくは仲間と一緒に、わざと大学のそばをうろついた。文学部の女学生たちは、頭をきれいに剃り上げた悪ガキ風のぼくらのルックスを気に入ったようだった。

「お母さんは？」

父はまるでどこかに虫がいるかのように、落ち着かない動きをした。

「ジョゼットは忙しいんだ」

三年間、ぼくは定期的に両親に手紙を書いていたが、一度も返事をもらえなかった。書き方がよくわからなかったし、忙しかったんだ、と父は言い訳をした。だが、母は意図的に返事をくれなかったのだろう。いつの間にか怒らせてしまったのだろうか？　ぼくのどこがいけなかったんだろう？　料理人と結婚して、子供まで料理人になったのが恥ずかしかったのだろうか？　ぼくはこれまで、両親に愛されていると実感したことが一度もなかった。ぼくが家を出たことで、どうやら夫婦仲はますます悪化したらしい。最後の観客がいなくなり、役者たちは化粧を落とした。両親はことばをまったく交わさなくなっていた。伝えたいことは文字でやり取りしていて、家じゅうのあちこちに付箋が貼られていた。

　居間のドアを押すと、かすかなきしみ音がした。母は大きなアームチェアに座って本を読んでいた。白い襟のついたネイビーブルーのワンピースを着て、赤くて可愛いらしいローヒールの靴を履いている。時間の経過が嘘のように、体形がまるで変わっていない。母はぼくの姿を見ると、立ち上がってぼくを抱きしめ、父を手伝うために戻ってきたことを喜んでいるふりをした。一から十まで軽やかでなめらかなしぐさだった。だが、ぼくが質問しようと振り向いた時には、すでにどこかへ行ってしまった。母はレクトゥール村で行なわれているさまざまな活動に無償で奉仕していた。いずれも読書と親睦のためのサークル活動だ。作家や俳優たちと知り合いになり、彼らと一緒に時を過ごし、相手に好意を寄せられて嬉しそうにしていた。母は人脈のピラミッドの頂点に小説家たちを置いた。駆け引きがうまくて、自己中心的な連中だ。近年、ジェール県は隣接するロット県と同様に、スノッブな旅行先として人気を集めていた。多くのイギリス人が空き家、農家、時には鳩小屋を嬉々として購入し、思い思いに改装した。プールは賑わい、役場は右傾化し、日刊紙『シュッド＝ウエスト』は初めてバイリンガル版を発行した。次回の聖マルティヌスの日の《豚祭り》について、イギリス人たちに告知をするためだった。小さなレクトゥール村に画家、観光客、パリジヤンたちがどっと押し寄せて、それぞれ顔見知りになり、親しくつき合いはじめた。村の地価は急騰した。母はウエストのくびれた服を着て、サークル活動の助成金を集めるために役場や地方議会を訪ね歩いた。そして御しやすいと思った相手を、うちの店に連れてきてくどき落とした。会計時、役人がゆっくりと財布を取り出すと、母はさも驚いたふりをする。あら、いやだ、次長さんたら、けっこうですわ、ここはわたしが。彼らはまわりを気にせず大声を上げるので、ほかの客たちは早早に帰っていく。もちろん、気の毒なことにきちんと勘定を支払って。ある夜、ぼくは父を問い詰めた。「あのたかり屋たち、一度も支払いをしたことないの?」父は眉をひそめて、ポール、あとにしよう、あとで話そう、と言った。

　夏休みになると、母はリゾート地のアルカションに出かけた。砂浜のある海辺に〝友達〟の別荘があるという。オーレリアも合流すると聞いて、ぼくは胸を痛めた。その年の夏、ぼくが浴びた光は六口レンジの炎だけだった。いずれにしても、ぼくは焼けにくいタイプだ。ぼくの出現は、厨房のブリガードに活気を与えた。みんなからはすぐにシェフと呼ばれた。ボキューズの店にいたという事実が、分不相応の威光をもたらしたようだ。一緒に働きはじめて、父は誰が見てもわかるほど喜んだ。メニューはほとんどむかしと変わっていなかった。雉肉(きじにく)のわら焼き、鶏とアミガサ茸(だけ)のポタージュ、ジビエのパイ包み焼き(トゥルト)とマルメロのタタン、仔牛レバーの家庭料理風、ノロ鹿の背肉のロースト・ポワヴラードソース(ジビエの出汁とコショウのソース)、野生リンゴのトウヒ風味、ホロホロチョウとジビエのシュー・ファルシ(ロールキャベツ)、ビーツとトリュフのブイヨン……相変わらず、祖母の料理を中心に構成されている。「みんな、メール・イヴォンヌの料理が食べたくてうちに来るんだ」父は諦めたような口調で言い、ため息をついた。祖母の威光は父を守っている一方で、息苦しくもさせていた。この年、父は鳩肉料理にチャレンジした。祖母はほとんど使わなかった食材だ。皿の真ん中にロゼ（肉に血の色が残った状態）に焼いた胸肉を置き、肉汁をかける。隣には生グリーンピースとミント、スイスチャードとマッシュルームのみじん切りのラヴィオリを添える。素材の味が生かされていて、とてもおいしかった。だが、父は納得していなかった。もっと洗練された皿にしたいという。より完成度を高めなくては、と意気込んでいた。

　ぼくは、鳩をコースで丸ごと一羽提供したらどうか、と提案した。「ポール、それはできないよ！　残った部位は、田舎料理を提供する日の〈ラ・ターブル・ディヴォンヌ〉で出す。美食家のゲストは上等な食材しか食べないんだ」ぼくは、上等じゃない食材なんてない、と反論した。海が教えてくれたことだ。サバだろうがイワシだろうが、新鮮なものを丁寧に調理さえすれば、必ずおいしくなる。たとえ繊細さに欠けても、舌触り、香り、歯ごたえがすぐれたものは多い。自然界はバランスが取れているのだ。父はためらいつつも、おそらく好奇心から折れてくれた。ぼくたちは並んで厨房に立った。鳩の解剖を手がけるふたり組の外科医のようだった。ブリガードがまわりを取り囲む。首が太い鳩で、冷蔵庫で四十八時間寝かせた肉は柔らかく、繊細なのに力強い。ジビエに近い家禽肉だ。ぼくはもも肉をグリルで焼いて、皿の左側に心臓を置き、上からサルミソースをかけた。細かくした鳩のガラ、白ワイン、エシャロットを鋳鉄製の鍋に入れて火にかけて、大さじ一杯のオリーブオイルを加えて丁寧に取ったソースだ。ささみ肉は三枚に薄切りにして、牛のブイヨンに浸す。父がつけ合わせとして、薄く輪切りにした干し牛肉とフォワグラを重ねて小ぶりのミルフィーユを作った。そこにぼくが箸休めとして、キャベツのアンブーレ（大量のバターで煮た料理）と、セイボリー風味の若いソラマメ（ハトが大好物の春野菜だ）を加えた。ぼくたちはまず、この料理を黙って常連客たちに出してみた。皿はすべてぴかぴかになって帰ってきた。父がぼくに目くばせをする。息子よ、でかしたぞ。その目くばせは、ぼくの人生でもっとも嬉しかった賛辞の一つだ。料理の魔法は、ことばを交わさなくても心と心を近づける。それからの二か月は、まるで夏の通り雨のようにあっという間に過ぎていった。毎朝七時に起床し、夜中の二時以降に就寝する。これに比べれば、兵役なんて健康のための散歩みたいなものだ。かつての同級生たちに再会した。みんな地元に残って、金物屋、農家、パン屋などをやっていた。自転車に乗ってぼくを追い回していたブルジョワの子たちともすれちがった。ぼくに気づくと挨拶をしてくれた。こんな片田舎でさえ、シェフという肩書きの重みが変わりつつあるのだ。いずれ、シェフが市長になったり、厚生大臣になったりするだろう。夏休みが終わると、ジョイントを吸う取り巻き連中と一緒に母が帰ってきた。何をしても、礼の一つもなく、こちらを見もしない。コーヒーを催促する時にちらりと視線を向けるだけだった。ある夜、ぼくは食後の小菓子（ミニャルディーズ）を出したあとで、ワインで顔を赤くした地方議会議長の前に勘定書を出した。議長はそれを母のほうに押しやりながら、会話を続けた。母は苦笑いを浮かべて、勘定書を持ち帰るよう、ぼくにしぐさで告げた。ぼくは動かなかった。まわりの音が急に小さくなった。レストランらしい規則正しいリズムが止まり、不自然な音が全体のバランスを遮るように響きわたった（皿の割れる音、唐突な笑い声などだ）。シェフを呼ぶよう命じる母の声を、店じゅうが耳をすまして聞いていた。

「シェフはあなたの目の前にいます、マダム」

ぼくはタブリエ姿で、両腕を組んで、母の目の前に立ちはだかった。地方議会議長が貧乏ゆすりをする。「ジョゼット、何か問題でも？」その時、誰かにそっと押しのけられた。父だった。勘定書を取り上げ、「コーヒーのお代わりはいかがですか？　食後酒のほうがよろしいですか」と言う。そして小声で「ポール、いいんだ。父さんのために母さんと喧嘩するんじゃない」と、ぼくに言った。父には船を統率できない。こんな船長を乗組員が尊敬できるはずがない。このレストランがなくなるのは時間の問題だろう。ぼくはその最期を見たくなかった。

第十六章

『ル・ギッド』の誕生は、フランス革命直後に遡る。雇用主である貴族が死んだり亡命したりして、職を失った料理人たちが初めて市井に自分の店を構えた。こうしたレストランが流行すると、怪しげな食材（ネコ、イヌ、ネズミなどの肉）や腐敗した肉に匂い消しの香辛料を加えて煮込み、貧しい客に出す店が増えた。すると、フランス有数の名家から独立した十三人の料理人が、自分たちの技術と評判を守るために、十六世紀の美食愛好家の会〈美食家同業組合（ラ・ギルド・ド・ラ・グール）〉に倣（なら）って、〈フランス料理店ガイド（ル・ギッド・ド・ラ・ブーシュ・フランソワーズ）〉という秘密結社を結成した。年に一度、くじ引きで選出された三人の料理人が、どのレストランが信頼できるかを調査する。自らの身分は誰にも明かしてはいけないとされた。こうして作られたアルファベット順の『レストラン・リスト』は、毎年一月二日に発行され、行商人によって安価で販売された。第一次世界大戦後の狂乱の二〇年代に匹敵するフランス革命後の統領政府時代（一七九九－一八〇四年）、『リスト』は大人気を博した。欲望が解放され、常軌を逸する放埒な快楽が求められる時代だった。

　当時の流行をリードしたのは、ジュリエット・レカミエ、ジェルメーヌ・ド・スタール、ジョゼフィーヌ・ド・ボアルネといった社交界の花形たちだった。高い教養を持ちながら移り気な彼女たちは、社交サロンにも飽きて、公園を散策したり、男たちがたむろする居酒屋に出入りしたりするようになった。女性が食欲を露わにするのは恥ずべきことで、料理は少量をついばみ、酒は舌先で舐める程度にすべき、とされた時代だ。そんな彼女たちに、高い身分にふさわしいレストランを紹介しなくてはならない。こうして登場したのが、当時流行したことばの「伊達女（メルヴェイユーズ）」を意味する《M》マークで、『レストラン・リスト』のとくに女性向きの店に付与された。この《M》こそが現在の《星》のルーツで、一流レストランの誕生を決定づけたと考える者たちもいる。以来、〈ル・ギッド・ド・ラ・ブーシュ・フランソワーズ〉は、フリーランスの〝味鑑定家〟を雇って調査させるようになった。鑑定家の多くが、疲弊（ひへい）して職を辞した元料理人だった。革命終了から三十年後、パリには三千軒のレストランがあったという。こうしてパリが世界に誇る美食の都になった一方で、『レストラン・リスト』は財政難によって廃刊になった。廃刊直前の版の一つが、一八六九年に発行されている。この年の『リスト』の名誉会長には、当時『料理大事典』の執筆をしていたアレクサンドル・デュマが就任した。デュマは翌年、その奔放な人生の幕を閉じた。

　レストラン・リストが再び世に現れたのは、二十世紀に入ってからだ。新しいリストは薄いインディアペーパーに印刷され、仮綴じの小冊子として発行された。かつての秘密結社にちなんで『ル・ギッド』と名づけられたこのリストでは、すぐれた宿泊施設にリボンマークが、良質なレストランには星マークが付与された。自動車の普及とグルメ旅行ブームの黎明期に支えられ、読者はすぐに急増した。やがて、『ル・ギッド』の鑑定家たち、かの有名な〝調査員〟たちが、フランスじゅうをくまなく歩き回るようになった。その成功の裏には、『市民ケーン』を地で行く、あるオーヴェルニュ地方出身者の粘り強さ（と財力）があったという。週刊紙『ローヴェルニャ・ド・パリ』（「パリのオーヴェルニュ人たち」の意）に〝神の食道楽（ディヴァン・マンジュール）〟というペンネームで料理コラムを書きつづけた人物で、彼が一九六二年に他界した時、『ル・ギッド』の発行部数は十万部近くに達していた。

クリストフは、〈レ・プロメス〉に来るまで『ル・ギッド』を一度も読んだことがなかった。よその家とは違って、クリストフの両親の車のグローブボックスには、ロードマップやのど飴などと一緒に『ル・ギッド』は入っていなかった。そもそも、バカンスに車で出かけたことすらなかったのだ。クリストフが〈レ・プロメス〉のブリガードに入って九か月ほど経った頃、ある日突然、店じゅうが熱狂に包まれた。嵐の到来に脅えるかのようにみんなが震え上がり、三人がかりでトイレを掃除したり、慌ててトリュフを注文したり、テーブルリネンを取り替えたりした。調査員が地元をうろうろしているという噂を聞いたせいだった。ふだんは平然とした顔で肉を切り刻んでいる男たちが、まるで呪いにかけられたように「やつらがいる。やつらが来るぞ」とつぶやきながら、革砥でナイフを研いでいる。不安をごまかそうとするかのように、レンジを真珠のように磨き上げる者たちもいた。こうしてみんながパニックに陥っている中、ポールだけが冷静を保ち、上を下への大騒ぎをするスタッフたちを、悲しげな表情で眺めていた。店の大きな扉が開いた。小柄で、はげ頭で、無表情な、まるでサンペのマンガから抜け出したような男が入ってくる。ムッシュ・ディディエと名乗ったその男は、料理を注文し、食事をして、支払いを済ませ、とくに何もせずに帰っていった。え？　九頭のヒドラだか三頭のケルベロスだか知らないけれど、恐ろしい怪物ってあの人だったの？

ポール・ルノワールは、店を開けるたびに、料理人としての肩書きと名声をリスクにさらしていた。確かなものなど何もない。クリストフは、こんな職業はほかにないと思った。〈レ・プロメス〉

は、年間一万二千食を提供している。だが、調査員が店に来るのは年間わずか三、四回だ。いったいこれでどうしたら客観的な判断ができるのだろう？　それに自分たちは調査員のためではなく、ゲストのために料理を作っているのではないか？　だが仲間たちは、こうした理屈に聞く耳を持たなかった。『ル・ギッド』と料理人との関係は、性愛的、親子愛的、そしてほとんど狂信的だった。もちろん、レストラン・ガイドはほかにもある。何百という雑誌でも、それぞれレストラン・ランキングを発表している（なかでもフランス外務省が発表している〈ラ・リスト〉は愚の骨頂だ）。しかし、天上の扉を開けられるのは、神聖なる『ル・ギッド』だけだ。『ル・ギッド』の要求、あるいは要求されるであろうものに応えるために、自らのパートナー、家族、従業員、さらには命まで犠牲にするシェフもいる。過去の栄光の上であぐらをかく老兵士たちは、一生安泰だと思い込んでいるが、気をつけたほうがいいだろう。実際、ポール・ボキューズが三つ星から二つ星に降格された時は世界に衝撃が走った。美食家たちは「#わたしはボキューズ」をつけたツイートで、怒りを露わにした。リヨンのサッカーチーム〈オリンピック・リヨン〉のサポーター集団〈バッド・ゴーンズ〉は、ホームスタジアムのスタッド・ド・ジェルランに「ムッシュ・ポール、リヨン人の心の中ではあなたが星を失うことは決してない」と書かれた横断幕を掲げた。ジェラール・ルグラも「これはオート・ガストロノミーの殺害だ！」と吠えた。しかし死刑執行人の『ル・ギッド』は、記者たちの反論（彼らの記事には「コロンジュの店では、今後も変わらずおいしい料理が提供されるだろう」などと書かれた）を一顧だにせず、ポール・ボキューズをやすやすとスターシェフの座から引きずり下ろした。編集長マリアンヌ・ド・クールヴィルは、『ル・ギッド』の威信を回復するために躍起になっていた。髪をお団子にした彼女が、フォアマストのように背筋を伸ばし、

『ル・ギッド』を抱えて「三つ星は終身年金ではありません！」と滑舌よく叫ぶ。その姿は、まるで聖書を携えた神父のようだ。クリストフも、料理業界を揺るがしたその意見に反対ではない。次世代を養成・教育する立場にある経験豊富な老シェフたちが、自らの威光が損なわれるのを恐れて新しい芽をことごとくつぶそうとするのは、見るに耐えない醜悪さだ。だが、オーダーメードのスーツを着た、名前に〝ド〟がつくこの上流階級出身の女性は、これまで土に触れた経験があるのだろうか？　クリストフは、パリのリヨン駅行きの高速列車（TGV）に乗っていた。チキンのコロンボ（アンティル諸島のスパイシーな郷土料理）・ナス入りクレオールライス添えを、食欲が湧かないまま、しかたなくつつく。一食十七ユーロのテイクアウト料理のパッケージ上で、監修者の星つきシェフがやさしげな笑顔を浮かべている。もうすぐ到着だ。ナタリアが同じ台詞を繰り返す。「編集長とお近づきになるために『ル・ギッド』を訪れるの」だが彼女にも、クリストフが決して外交向きでないことはわかっているはずだった。

親会社によって推奨される匿名性と秘密主義に従って、『ル・ギッド』のオフィスはパリ郊外の町に転居していた。ゆっくりと歩くクリストフを、灰色の建物の入口でナタリアがじりじりと待っている。出迎えてくれたのは、小柄で頭が薄くなりかけた、ネクタイ姿の中年男性だ。エレベーターへ丁重に案内してくれる。四階に到着。ヴィヴァルディのBGM。アップルグリーンのカーペットが敷かれた長い廊下に、ドアが並んでいる。男性は何も言わず、ふたりを細長い部屋に招き入れた。中央にガラステーブルが置かれ、その上にミネラルウォーターのクリスタリンのボトルが三本並んでいた。まわりには、プラスティック製の透明なアームチェアが四脚置かれている。どうやらこの会社は、クリーンなイメージを打ち出そうとしているらしい。壁に「本日の定食」風の黒板が掲げられ、調査員の三つの心得が記されていた。「正体を明かさない。食べた分の代金は支払う。独立性を保つ」案内役の男性は一礼して部屋を出ていった。しばらくして、ドアから若い女性が入ってきた。ダークな色合いのスーツを着て、三つの星が組み合わされたデザインのブローチをつけている。誠実そうな顔立ちだった。ナタリアに近寄り、長い時間をかけて握手を交わす。

「このたびは心からお悔やみ申し上げます。とうとうご主人にお目にかかることは叶いませんでした。残念でなりません。ご主人の才能と人間性は、料理業界にとってこの上ない損失です」

マリアンヌ・ド・クールヴィルは、クリストフにも挨拶をしてから、両手を後ろに組んで壁の前に立った。

「ご存じのように、わたしは編集長に任命されて以来、面会のご希望には一切応じておりません」穏やかな口調で言う。

「それでも、こうしてわたしたちに会ってくださいました」ナタリアがかつてないほどやさしげな笑みを浮かべる。「こちらは、わたしたちの新しいシェフ、クリストフです。ポールもここにいられればよかったのですが。あの人はよく冗談を言っていました。もしぼくが自動車事故に遭ったり、気管に何かを詰まらせたりしたら、最初に連絡するべき相手は『ル・ギッド』だって。『ル・ギッド』は、生涯あの人のそばにありました。あの熱烈な信奉ぶりをぜひ見ていただきたかったです……」

短い沈黙。

「それで、ご用件は?」

ナタリアは、立ち上がろうとする時のように背筋を伸ばした。

「うちの店が三つ星を失うのではないか、という噂についてです。現在、うちの店は非常に危うい状態にあります。銀行、税金……」

クールヴィル編集長は、その先を続けさせなかった。

「そちらのような名店が、そのような噂を気にする必要はありません。『ル・ギッド』に敵意を抱く者たちが、マスコミに注目されようとして広めたにすぎません」と、きっぱりと言い切る。「『ル・ギッド』を嫌う者は、料理人も嫌いなのです。弊社の目的はただ一つ。フランス料理界を支援し、守ることです。星は店に付与されるのであって、個人に授与されるのではありません。貴店が最高の褒賞に値するのであれば、ご心配は無用です」

「もし何も心配していなければ」ナタリアが応じた。「こうして面会を依頼したりしていません。あの土地でわたしたちは孤立無援です。支援が必要なんです」

クールヴィル編集長は、ふたりの目の前に腰かけた。

「わたしたちは〈レ・プロメス〉に大いに注目しております。ルノワールさんは不幸にもお亡くなりになられましたが、それによって弊社の姿勢が変わることはありません。もちろん、万人がそうであるように、弊社の人間が過ちをおかす場合もあります。ですが、そちらのお店を批判したり評価したりする者たちのうちで、もっとも過ちをおかしにくいのが弊社の人間であることは確かです。だからこそ、弊社を信頼していただきたいのです。そしてそれを証明するために」と言って、クールヴィル編集長はクリストフのほうを振り向いた。「バロン・シェフ、今度はあなたの才能を確かめに伺います。ただし、休業中のレストランに調査員を送ることはできかねますが」

ナタリアとクリストフはそっと顔を見合わせた。クールヴィル編集長もそれに気づいたようだった。

「店は明日開けます」ナタリアは即答した。

「それはよいことを伺いました。長期にわたって休業すると思わせてしまうのは、賢明とは言いかねますから」

マリアンヌ・ド・クールヴィルは立ち上がった。クリストフは、自分の名前が知られていたことを嬉しく思いながら、ここに来てすぐとは違う目で彼女を眺めた。正確な年齢はわからないながらも、育ちのよさをうかがわせる気品がある。見方次第では、きれいな人と言うこともできるだろう。

クールヴィル編集長は、あらためてナタリアにお悔やみのことばを述べ、葬儀に参列できなかった非礼を詫び、エレベーターまで見送ると言った。「安心してお帰りください。今後ともよろしくお願いします」それからクリストフに近寄った。「あなたの経歴は変わってますね。でも、ルノワールさんの後継者として申し分ない人材だとみんなが噂しています。ただ、あえて申し上げるなら、デザートにはお気をつけて。お話ししているうちに、パイナップルのデザートのバランスがよくなかったのを思い出しました」

「うちにいらしたことがあるんですか?」クリストフが驚きの声を上げる。

「またお会いしましょう」

外に出ると、ナタリアは興奮を抑えきれない口調で言った。

「なんて毅然とした女性なの! クリストフ、三つ星は必ず守りましょう」

「ここまで来るのに三時間もかかったのに、面会時間はたったの十五分……」クリストフはつぶやいた。「しかも、もらった答えはまるで問いかけみたいだし」

「女性にしかわからないことがあるのよ。大丈夫、あのマリアンヌって人はきっとあっと驚くことをしてくれるはず」

第十七章

「ルノワール、おまえ馬鹿か？　ルノワール、ちょっと来い！　ルノワール、何やってやがるんだ？　ルノワール、くそったれ、牛のフォン（フォン・ド・ブフ）を持ってこい！」ソース担当シェフ（ソーシエ）の男はいつもぼくにからんできた。ニンニク一つを買うために、わざとパリの端っこへ買い物にやる。ぼくのなまりをからかい、笑いものにする。ソーシエといえば、ブリガードではエリートだ。だが、ぼくは不満をつのらせて爆発寸前だった。ある日、火を扱っている最中に、やつがぼくをくすぐろうとした。ぼくは二股のミートフォークの先端を喉元に突きつけてやった。あいつはつばを飲み込むことさえできなかった。恐ろしいほどの静寂。おい、ポール、やめろ。そんなことをしてもしかたないだろう。それ以来、誰もぼくをからかわなくなった。状況はがらりと変わった。ぼくは〝シラノ〟と呼ばれるようになった。新人が入ってくると、みんながぼくを指さしてこうアドバイスをする。こいつはシラノ。いいやつだ。でも絶対にこいつのなまりをからかうなよ。

パリのロワイヤル通り三番地にある〈マキシム〉に職を得たのは、『地獄の黙示録』でマーロン・ブランドが有名になったのと同じ年だった。当時の〈マキシム〉といえば、世界でもっとも有名なレストランだった。知名度は衰えつつあったが（ジョルジュ・フェドーが『マキシムから来た女』（一八九九年）を書いた時代とは違うのだ）、まだ黄金期の神話が広く知れわたっていた。一九五〇年代には、アリストテレス・オナシスとマリア・カラスが一緒に食事をしたり、マレーネ・ディートリッヒが仔羊鞍下肉のロースト・ベル・オテロ風に舌鼓を打ったり、デザート用に美しい青年を伴ったジャン・コクトーがロチルド風スフレを味わったりしていた。〈マキシム〉に足を踏み入れた料理人は、プルーストの部屋に入った作家と同じ興奮を味わう。蛇行と曲線、蝶とトンボの世界。すべてがもつれ合い、からみ合い、まざり合っている。厨房も同じだ。やる気がありさえすれば、ブリガードに入り込める。ぼくは、少し歳上だけどほぼ同年代の、アントルメ担当シェフの補佐になった。コック帽の下で冷笑するその顔を見て驚いた。なんと、ジャック・タルデューだったのだ。だが、兵役以来の再会を喜んでいる暇はなかった。急いで料理を出せ！　早くするんだ！ブリガードは百人編成だった。ラッシュアワー時のメトロのような混雑ぶりだ。ぼくにとって、これまで都会といえばリヨンしか知らなかった。パリのような大都会では、自分の立場をすぐに思い知らされる。ぼくは大勢の田舎者のひとりでしかなかった。都会では、騒音さえ田舎とは異なる。コミの耳元でつばを飛ばしながら注文をがなり立てる声、陶磁器が割れるすさまじい音、タイマーが鳴らす鋭い音、罵り声、濡らした布巾を叩きつける音。ボキューズの店のような、男たちのきびきびとした共同作業、鍛え上げた肉体のスマートな動きなどはどこにもない。厨房が地下にあるため、どんな物音を立てても誰もが平然としていた。初めのうちは、大量の汚れものが騒音とともに次々とシンクに投げ込まれるのに閉口した。だが一週間も経つと、どんな音にも動じなくなった。というか、何も聞こえなくなった。こんな店では、ミザンプラスや調理に集中できるはずがない。だが、その必要はなかった。伝統料理を手順どおりに作るだけだからだ。ほら、急いで料理を出せ！　早くするんだ！　運よく、ぼくはエスコフィエやプロスペール・モンタニエなどのベーシックな料理を知っていた。クラシックなフランス料理は、何にでも乗れる運転免許証のようなものだった。

　ぼくのまわりには、生まれながらにして料理人になる運命だった人間が多い。名前を見ればすぐにわかる。「ガチョウの頭(テットドワ)」、「イチョウガニ(トゥルトー)」、「三人の太っちょ(トロワグロ)」シェフの名前はイポリット・「馬の枝肉(カルカッサン)」で、魚料理担当はローラン・「カラスミ(ブータルグ)」、そして会計係がその妻のマダム・「アンコウ(ロット)」だ。マダム・ロットは、カレーに入れて煮込みたくなるような、丸くて真っ赤な頬をしていた。オーナーのジルベール・「オスの若鶏(コクレ)」はゲイで、すべてのゲストのファーストネームとその愛人の名前を記憶していた。コクレはシェフとしか話をしなかった。二年間で、コクレはぼくをちらりと二回見ただけだ。それも、従業員用エレベーターでたまたま一緒になったからだった。コクレは自分の直属の部下に指示を出す。その部下が地下の厨房にやって来て、汗まみれのぼくたちに上から目線で命令をするのだ。だが、ぼくたちがリベンジする日が訪れた。ゲストの目の前で料理人がデクパージュ（肉料理の切り分け）やフランベをするデモンストレーションが流行(はや)りはじめたおかげだった。担当したのは、ボキューズ出身の料理人たちだった。ある日、ムッシュ・ポールがマキシムの厨房に顔を出し、直立不動のブリガードを帝王のような鋭い目つきで見回した。そして、ぼくに気づいてコクレにこう言った。「おい、ジル、あいつはきみを困らせていないか？　気をつけろよ、破天荒なやつだから」ジルベール・コクレは愛想よく笑っていたが、ぼくが誰だかわかっていないようだった。

　当時は、ボワシー・ダングラ通り二十六番地の屋根裏部屋に住んでいた。狭くてひどいところだった。夏は暑くて、十二月は凍えるほど寒い。近所にはエルメスやルノートルの本店があって、マドレーヌ広場とコンコルド広場は目と鼻の先だった。裕福な人たちに埋もれるようにして暮らしていた。行きつけのパン屋が同じなので、演劇集団〈ル・スプランディド〉の一員、ジェラール・ジュニョとよくすれちがった。夜になると、タブリエをつけて〈マキシム〉集団の一員になる。初めのうちは、仕事が終わる頃にはへとへとに疲れきっていた。同僚たちがおしゃれをしてディスコに行くのが信じられなかった。一九七〇年代半ばには、誰もがドラッグをやっていた。ぼく自身は自分の血肉になるものを摂取したいほうだったが、一応流行りは追ってみた。よく考えると、地下室から別の地下室へと移動しているだけだった。ネオン管が点滅し、女の子たちが激しい動きをしているのが唯一の違いだ。ジャックはジョー・ペシのように小柄だった。はしゃぐのが好きで、ぼくが喧嘩をして相手にパンチをくらわすのを楽しげに見ていた。ぼくには怖いものなどなかった。そう、誰も怖くなかった。馬鹿なやつが恋人の前で格好つけるためにからんでくると、店の裏に呼び出して殴り倒した。ステージ上ではからだを揺すって踊った（というより、大きな昆虫のように手足をじたばたさせていた）が、ディスコ音楽はあまり好きではなかった。ブルースのほうが好きだった。しゃがれた歌声と、ルイジアナの太陽に焼けたギターの音に惹かれた。

長時間立ちっぱなしで、馬車馬のように働かされるわりに、給料は微々たるものだった。でも楽しかった。開拓者になった気分だった。それに、有名人にも会えた。知らせてくれるのはホールスタッフだ。おい、おまえら、今日はカーク・ダグラスが来てるぞ。『スパルタカス』以来、血のしたたるステーキ肉を好んで食べていた。おい、四十二番席にソフィア・ローレンを通したぞ。あの席ならおまえたちも露出したおっぱいをおがめるはずだ。ブリガードは全員、ホールに続く扉の丸窓に張りついた。カルロ（フランス人歌手。タレント）はローストチキンにかぶりついていた。おなじみのアロハシャツを着て、こっちに向かって合図をしてくれた。ある夜、ぼくは怪物のような男を見た。巨大な腹、ぼさぼさの顎ヒゲ……オーソン・ウェルズだった。カウチソファを独り占めして座っていた。「わたしが『ローストを一つ』と注文したら、二つ持ってきてくれ。すべて同じ要領で頼む。それではまずは、パテ・アン・クルートを二つ」オーソン・ウェルズがいるだけで、広いはずのホールが狭苦しく見えた。

昇進したぼくは、新人教育を任されるようになった。調理の基礎を教えるのだ。立ち姿がポワロー葱に似ているせいで、ピエロと呼ばれている新人がいた。お祖母さんに育てられたらしい。ピエロの望みはただ一つ、目立たないように生きることだった。場所に合わせて顔色さえ変える。タイル張りの床の上ではオフホワイト、厨房ではシルバー、パリの空の下ではじめじめした地下室の色。毎朝一番に店にやって来た。目立った才能はなかったが、まじめで働き者だった。コミとして皮剝きを任されていた。サラダ用にアーティチョークの皮剝きを命じられると、文句一つ言わずに何千個という紫アーティチョークの皮を一つずつ手で剝いた。ぼくは、鶏肉料理のソース用のエシャロットの刻み方を教えた。ほんの少しの幸運と高い意欲さえあれば、シェフ・ド・パルティとして十分やっていけそうだった。スタッフからは中学生のようないたずらをされて、起床時にバケツの水を頭からかけられた。だがそれは、ハラスメントというより単なるおふざけだった。これが料理人のやり方で、ジョークのようなものだ。全体的に見れば、人のよい連中だった。ある日、ホールスタッフのひとりが「シェフがおまえをアプランティにするってさ」と、ピエロに嘘をついた。言われたピエロが肉料理部門の定位置に就くと、カルカッサンはかんかんになって怒った。みんなが笑い、ぼくも笑った。次の月曜、自室で首を吊っているピエロが見つかった。暖房の節約のために、クリーニング店の上階のみすぼらしい部屋を借りていた。悪い冗談のせいで、八平米の部屋で死んでしまった。以来、ピエロに似た新人を見ると、ぼくはやさしく肩を抱いて出口へ導き、「なあ、この仕事はおまえには向いてないよ」と諭(さと)すようにしている。

　ピエロが死んだ一週間後、ジャックがいなくなった。最後の給料やチップさえ取りに来なかった。そして三か月が経った。友人がいなくなって、時間が経つのが長く感じられた。するとある夜、こじゃれた格好をした若い男が、ブロンドの髪をしたグラマラスな女性と一緒に四十二番席に座った。厨房はそのカップルの話題で持ちきりになった。女はサラダを、男は牛肉のタルタルステーキのスパイス風味を注文して、マルゴーの一九六八年をボトルで開けた。「みんな、あれはジャックだぞ！」そのニュースはまたたく間に広まった。ぼくは肉料理をのせたサービスワゴンを奪い取り、ホールに飛び出した。ジャックがぼくに手招きをする。連れの女性はトイレに姿を消した。

「ポール、今でもデザート作りが好きか？」

　ぼくは頷いた。パティシエの職業適性証(CAP)だって持っている。「完璧だ。きみにぴったりの仕事がある」いったいどんな仕事だ？　ジャックはそれ以上は教えてくれなかった。「実際に見に来てくれ。でないと信じないだろうから」トイレから女性が戻ってきた。鼻の下に白い粉のヒゲが二本ついている。ジャックは彼女にナプキンを差し出した。待ってくれ、ポール。ジャックはそう言うと、メモ帳に何かを書き殴った。いいところだ。きみもきっと気にいる。厨房に戻ると、カルカッサンに怒鳴られた。「ホールで何をしてたんだ？　さっさとロッシーニを三皿準備しろ！」両腕を振り上げ、目をぎらぎらさせ、くだらない暴言を吐き散らす。ぼくはタブリエをはずすと、ゆっくりと厨房から出ていった。ブリガードは無言でその様子を見ていた。なんという侮辱。唖然としたカルカッサンの赤ら顔は、ルーヴル美術館のすべての絵画を集めたより見応えがあった。一時間後、ぼくはパリ十八区のクリシー大通りにいた。レストランなど影も形もない。キャンディピンク色のアダルトショップとパキスタン人がやっているクレープ店の間に、いかがわしいバーが一軒あるだけだった。もしかしたら早まったか、とぼくは思った。ジャックがバーカウンターでハーブリキュールのスーズを口に含みながら言った。「さて、ポール、どう思う?」ぼくは口ごもりながら、そうだな、ユニークだし、将来性はありそうだ、と言った。するとジャックは爆笑し、来いよ、とぼくの腕を取ってバーの外に連れ出した。少し歩くと、そこはクリシー大通り八十二番地だった。百人ほどが行列を作って、開店時間になるのを今か今かと待っている。「まさか、冗談だろう?」ジャックは得意げだった。「ぼくたちの店にようこそ」こうしてぼくは、〈ムーラン・ルージュ〉のシェフ・パティシエになった。

第十八章

　ユミは両脚を大きく開いた。ほっそりした手指をバスタブの縁にのせる。そばに携帯電話を置く。夜、寝つきがよくなるのでマスターベーションをする習慣がついた。今日はゆっくりやろうと決めていた。イキそうになるのを途中で中断しながら、段階的に上りつめていく。時間はある。急ぐ必要はない。仮想のパートナーにはいつも知人を選ぶ。有名人で興奮するのは十代で終わった。今はもっとリアルな相手のほうがいい。そのへんにいる男の子。問題は、職業柄出会いがほとんどないことだ。知り合いといえば、青白い顔をした二十人ほどの男たちだけ。おしゃれより、いかにして鳩肉をうまくカットするかを考えている連中だ。カサンドルはブリガードのほとんどの男と寝たらしい。あんまりしつこいのでしかたがなくそうしたという。これ以上つきまとわれるのも、いろいろ考えるのも嫌になったので、お尻を差し出すことにしたのだ。彼女に触れていないのはシェフだけのようだ。みんなが彼女を、愛情をこめて〝下剤（ピュルジュ）〟と呼ぶ。そんなあだ名、冗談じゃない。そもそも、そのフランス語の意味を理解するのに時間がかかった。この手の話で、女性の欲望に焦点が当てられることはない。ユミは両腕でしっかりと抱きしめてほしかった。それは本能的な欲望だ。だが、男には女のそういう気持ちはわからないようだ。あいつらのうちの誰かが、サッカーの優勝杯のように目の前にペニスを掲げたりしたら、ハサミでちょん切ってやる。

ユミは三か月間ディエゴと寝ていた。ちょっと見た目は田舎っぽいけれど（ヤギヒゲをたくわえている）、きつい十二時間労働のあとでも丁寧に相手をしてくれる。厨房の仕事は、勇猛果敢な兵士を育て上げる。ディエゴはきっと一流のシェフになるだろう。性格的にも料理人向きだ。個人主義で、完璧主義で、自らの名前を冠する店を出すためには、健康だろうが愛ある生活だろうが犠牲にする覚悟がある。ユミはその意志を尊重する。最高級を目指すには、あらゆるものを放棄しなくてはならない。ユミも毎日十二時間働いているせいで、友達がほとんどできない。お酒を飲んで酔っぱらうこともめったにない。いや、一度だけ、テレビドラマの『デスパレートな妻たち』を自宅で観ながら、ロゼワインで酔ったことがあった。だがディエゴと違って、ユミはエスプーマやシトロン・ジヴレ（レモンシャーベット）以外にも熱中しているものがある。ファッションとアートだ。オードリー・ヘップバーンや、北野武（キタノタケシ）の映画も好きだ。子供の頃はバイオリンを習っていた。ディエゴは読書をしないし、映画や旅行にも興味がない。退屈しのぎにビデオゲームをしたり、スペインのプロサッカーリーグ〈ラ・リーガ〉の試合を観たりするくらいだ。ディエゴにとってのオリンポス山の頂上には、半神半人のポール・ルノワールがいる。ポールのちょっとしたひと言で、天にも昇る心地になったり、深い絶望に苦悩したりしている。ある日、夜の営業前にこう言われた。「もう会うのをやめよう。きみと一緒にいると集中力がなくなる。きみとつき合いはじめてから、おれは料理が下手になった」だが、ユミはディエゴと「つき合っている」つもりはなかった。だからそう言われてもピンとこなかった。自分には、他人の行動の是非を判断する権利などない。たとえそのせいで自分が損害を被（こうむ）っても同じことだ（他人の人生について自分は何を知っているというのか？ ユミは、何に対しても個人的な判断を押しつけないよう、両親にしつけられていた）。それに、ディエゴからはクンニリングスのよさを教わっている。グラン・マルニエ風味のスフレや三十二か月熟成コンテチーズと並んで、フランスに来てもっとも感動した発見の一つだ。ディエゴを非難なんてできない。バスタブの上で、携帯電話がまた震えている。ポールが亡くなってから、ディエゴは孤独感に苛まれているようだった。ヨーロッパの人間は本当に厄介だ。自分から離れていったかと思えば、すぐに後悔して、ショートメッセージの返事が少し遅れただけで大げさに悲観する。ディエゴはまたユミと寝たがっていた。それ自体は別に悪いことじゃない。だけどいったいどうして、ユミは単なる性欲の吐け口じゃない、などと言うのだろう？　そうやって自分の欲望を正当化しようとしているだけだ。だがユミは、チョコレートソースをかけたプロフィットロールを食べる時に、これは健康にいいはずだ、と自分に言い聞かせたりしない。湯加減はぎりぎり我慢できる熱さだった。子供の頃に出かけた温泉を思い出す。年に一度、家族そろって岡山県の苫田温泉に泊まった。からだが温まってリラックスしてきた。クライマックスを超えたらもっと穏やかな気分になれるだろう。もうイキそうだ。ああ、ヤン。いや、むしろ、ディレクトゥールのムッシュ・ヤン・メルシエ。日本人学生のようにヒゲのないすべすべした肌。仮想パートナーとして手頃な相手。髪を乱す姿を見てみたい。少し前からレパートリーに加わった新しい妄想に、ユミは必死にすがりつく。ヤンの手が下肢に伸びる。快感は近い。あと少しだ。脚の間のとろりとした内側を、爪で引っかくのが気持ちよかった。ところが急に気が散りはじめ、悲しみにとらわれた。目の前にポール・ルノワールの影が現れる。きみはバスタブの中で過ごす以外にやることはないのか？　ユミは目を閉じた。ポールに褒めてもらいたかった。《モン・フジ》は〈レ・プロメス〉のシグネチャーデザートになれたのに。かつてない会心の作だった。心の底からそう思ったし、そう信じられた。ユミはクリトリスに触れていた中指を、力まかせに奥に突っ込んだ。すべての妄想が消えて、メレンゲ、ホイップクリーム、栗の層の上に少量のカシスの実がのった菓子が目の前に現れる。舌の上に小さな柚子の皮がのる。性器が収縮する。酸味がほんのりした甘味に変化する。ユミは短くて鋭い叫び声を上げた。

クリストフは、朝一番の誰もいない厨房が好きだった。オリーブ洗剤のサボン・ノワールの香りを吸い込む。冷たいステンレスの作業台に手を触れながら歩く。バーナーのそばに立ち、その日一本目のマッチを擦った。もうすぐオーブンが目覚め、炎のリズムに合わせて脇腹を揺らし、燃える口から溶岩を吐き出すだろう。この瞬間にも、シェフが現れそうだった。みんなそろったか！　イシビラメのヒレを落とせ！　イチョウガニの身をほぐせ！　クリストフは手始めに野菜の皮を剝いた。精神を集中させるために。この場所で、自分がいるこの後ろで、すべてが始まったのを忘れないために。

今から七年前、クリストフはポール・ルノワールに会いにこの場所を初めて訪れた。その時は、あの人が自分を覚えているはずはない、と思っていた。時刻は十一時で、タブリエをつけた者たちがくるくると動き回っていた。クリストフは何を言えばいいかわからなかった。二年前に野菜の栽培を始めたばかりだった。いくつかのビストロがクリストフの野菜を使ってくれていたが、その知名度はパリとその郊外のみにとどまっていた。〈レ・プロメス〉にも顧客になってもらいたくて、わざわざ営業にやって来たのだ。これほどの名店に使ってもらえれば、かなり名が知られるようになるだろう。「ひと口食べてごらん。それから話をしよう」と、ポールは言った。クリストフは、レンジの前に据えられたテーブルの前に腰かけた。レストランの厨房に初めて足を踏み入れた。スタッフたちはすでに持ち場についている。最初はとても静かだった。アミューズ＝ブーシュを出している間は、穏やかな海にいるようだった。ところが突然、嵐が到来した。注文が溢れ返り、船がきしみ出し、今にも沈みそうだった。ところが、舵を取っている船長は、静かに何かを考え込みながら、皿の上に飛び散ったソースをトーションでぬぐっている。クリストフのところに皿にのったニンジンが運ばれてきた。樹皮に包まれていて、小さな万年筆のように細長い。塩とコショウが振られ、ヴィネガーで線が描かれている。そっけないけれど、美しい。都会的な着こなしをして畑に立っている人のようだ。嚙みしめると土の香りがして、甘くて、固い。なんだこれは。これが一流料理というやつなのか？　自然の模倣？　ほかの料理も次々と出された。いずれも、中世の彩色装飾のように美しく、丁寧に盛りつけられていた。クリストフは我を忘れていた。ポール・ルノワールから目が離せない。筋肉質で、大きくて、がっしりしたからだつきで、滑るように動きまわっている。こちらでハーブをつかんだかと思えば、あちらで塩をつまむ。踊る戦士のようだ。彼の承認を得てからでないと、料理は厨房から出られない。ポールは後ろ髪を引かれるような顔で料理を送り出す。広い世界に飛び立つ我が子を見守る父親のように。クリストフは思った。この人は、毎晩命を賭けて仕事をしているのだ。

しばらくして、ふたりは一緒に牧草地を通り、山の麓のモンマン村に下りてきた。夜の訪れを告げる鳥のさえずりが聞こえる。藤の花のむっとするような甘い香りが、大気に満ちていた。

「さて、話を聞こうか。きみの望みはなんだ？」

「あなたと同じことがしたいです。わたしもチームに入れてください」

事前に考えていたわけではない。つい、口を衝いて出たことばだった。心臓が激しく鼓動している。

「馬鹿なことを。料理は一朝一夕でできるものじゃない。サーカスの空中ブランコのような曲芸でもない」

そこでクリストフは、十月のあの日のことを話すことにした。墓地の上に雨雲が垂れ込める中、シトロエンの屋根の上に大急ぎで荷物を積んだあの日のことを。

「あの日、ひとりの男性がわたしのそばに来てこう言ったんです。『わたしの名前はポール。坊や、いつかきみのためにできることがあったら……』」

ポール・ルノワールは青ざめた。目元に落ちてきたブロンドの前髪を手で払う。

「次の月曜の七時に来なさい。タブリエは準備しておく。時間厳守だぞ」

ポールはほかに何も言わず、店へ戻っていった。

＊

「あたしが一番？」

クリストフは飛び上がりそうになった。ユミが目の前で微笑んでいる。

「みんなは正午にしか来ないよ。それまでに、きみにはうちのデザートをすべて作ってほしい」

ユミは何も言わずに厨房の製菓室に消えた。クリストフは革製のキャスターつきアームチェアに腰かけた。この散らかった小部屋の唯一の贅沢品だ。ポールはこの部屋を片づけられるのを嫌っていた。整頓された場所では考えごとができないからだという。コルクボードをまじまじと眺める。

創作料理のスケッチ、誰かの詩や名言、業者の連絡先などが画鋲で留めてある。「Ｅに電話」と書かれた付箋。Ｅはエンリケだ。別名〝シェフの斥候(せっこう)〟。ジビエの居場所を嗅ぎつけ、そこまでの道案内をする勢子(せこ)として雇われていた。あの日の前日、シェフが一緒にいた男。ナタリアを除いて、生前のシェフに会った最後の人間だ。

　七年間一緒に働いてきて、シェフを理解していると思い込んでいた。だが、気持ちが通じ合っていると思ったのは錯覚で、ポールにとっては儀礼的なものだったのだ。そこに信頼や友情といった感情は何もなかった。クリストフは、ポールと一緒にディナーを摂り、初めて会った日のように一緒に牧草地を歩きたかった。しかし、そんな日はとうとう来なかった。ポールが本当に愛情を注いだスタッフはユミだけだった。シェフ・パティシエール。「あの子をよく見てやってくれ。料理史に名を残すのは彼女だ。ぼくたちじゃない」クリストフは、ポールの言いつけに従ってユミを見守ってきた。やがて、彼女を見ているのが楽しくなった。切長の目、漆黒の髪、穏やかで美しい顔立ち。イバラの茂みに突っ込んだような傷だらけの両手。ディエゴとつき合っていると知って悲しかった。気品と知性のかけらもない、カタルーニャの小さな雄牛。

　クリストフは、デザートには口を挟んでこなかった。ポール以外は口出しできない領域だったのだ。ポールは、店の忙しさがピークの時、テンパっているユミによく声をかけていた。「おお、ここは静かだなあ。考えごとをするのに最適だ！」「このクレメンティン（マンダリンオレンジの一種）を食べてごらん。イタリアのシルク・ドゥ・ソレイユで綱わたりをやってた男からもらったんだ。オリーブオイルを作りたくて、すべてを捨ててギリシャのペロポネソス半島に移住したんだよ」などと話しかけて、気持ちを落ち着かせてやっていた。ある夜、ポールが髪を振り乱し、満面の笑みを浮かべて厨房に入ってきた「ユミ、急いで荷物をまとめるんだ。一緒にギリシャへ行こう！」ユミは冗談だと思ったようだが、三時間後にはポールと一緒に西洋文明発祥の地、ギリシャに向かっていた。ポールは、ペロポネソス地方のカラマタにオリーブ畑を買ったばかりだった。オレンジの木、ザクロの木、ミツバチの巣箱が点在する高台の畑だ。羊飼いの男が、イチジク、クッキー、大きなグラスに入れたグレナデン・シロップで、ふたりを歓待した。夜になると、羊飼いは暖炉のそばに座り、硬くなったパンを火で炙って焼き、エクストラ・バージン・オリーブオイルとハチミツを塗って、その上にギリシャチーズをたっぷりのせて出したという。ギリシャから戻ると、ユミは《カラマタの思い出》と名づけた創作デザートを完成させた。オリーブオイル風味のビスキュイ・オ・ザマンドに、柚子マヨネーズを合わせて、フレッシュチーズのソルベ（きめ細かいシャーベット）をのせたもので、上からオレンジの花のハチミツとベルガモットの皮を散らして提供する。以来、《カラマタの思い出》は、〈レ・プロメス〉のメニューから一度もはずされたことのない唯一のデザートになった。今から二年前のことだ。だからこそユミは、今回も一生懸命に《モン・フジ》を創作していたのだ。日本を好きだったポールのために、その思いを想像しながら、新作デザートを考案していた。

クリストフは、タブリエの腰紐に引っかけておいたスープスプーンを手に取った。いつもはこれを使って、フォンの煮詰まり具合をチェックする。目の前に、現在メニューに載せている四種類のデザートが並んでいた。洋梨（ポワール）、レモン（シトロン）、《カラマタの思い出》、パイナップル（アナナス）。ユミは少し離れたところに立っていた。クリストフがスープスプーンで味見をする。最初の三つについては何も言わなかった。アナナスに取りかかる。

「温度のコントラストが足りない。フルーツは冷たく、クリームはティエドに。パイナップルは凍らせたほうがいい。酸味ももう少し欲しい」

　パイナップルをスプーンの縁で切るのに苦労した。

「これだと切りにくいから、長さを二倍にして、幅を半分にしたほうがいい」

「ポール・シェフが、パイナップルはステーキ状にして、フォークとナイフで食べてもらうのがいいって……」ユミが反論する。

「それから、グラニテ（じゃりじゃりしたシャーベット）だけど」クリストフは続けた。「ハチミツで氷の粒子を覆うようにすること。カスタードクリーム（クレーム・パティシエール）より、フロマージュ・ブランを使うほうがいいかもしれない。これだと甘すぎると思う。羊のフレッシュチーズでもいい」

「シェフ、これ、食べたことありましたよね？　今まで何の問題もなかったのに」

　クリストフは、スプーンをタブリエの腰紐に戻した。階上でロッカールームのドアが開く音がする。

「みんなが来た。片づけてから来なさい。しばらくの間、アナナスはメニューからはずす」

　スタッフたちが挨拶を交わす。遠慮から、そして自尊心のせいで、互いに感情を露わにすることはなかった。リアリティ料理番組『トップ・シェフ』の新シーズン、ネットフリックスで今度配信されるドキュメンタリー映画、アーセナルの試合結果などについておしゃべりをする。ディエゴはカサンドルに、最後に子猫に餌をやったのはいつだ、と尋ねた（子猫に餌をやる＝クンニリングスをするの意）。カサンドルがディエゴの脇腹に肘鉄を食らわす。誰もがこの店の今後に不安を感じているのに、誰もそこには触れなかった。ジルはヒゲを生やしていた。アロンゾは心配そうにクリストフを見た。「シェフ、あんた、ひどい顔をしてるよ」最後に、ヤン・メルシエが姿を見せた。いつもの尊大さが影をひそめている。まっすぐな鼻筋、ピンク色の頬骨が台無しだ。ホールスタッフとブリガードが店の中央に集まった。クリストフが静寂を促す。

「とうとうこの日が来た。シェフがいなくなって初めての営業日だ。ポールは営業中に厨房から出るのが嫌いだった。おれもだ。ポールは音を立てるのが好きじゃなかった。おれもだ。正確な仕事、期待以上の仕事を好んだ。おれもだ」遅れて現れたコミが、そっとみんなの輪に加わった。クリストフが苛立たしげな視線を向ける。「もちろん、時間厳守は言うまでもない。この仕事の基本だ」

「聞きたいことは山ほどあるだろうが、おれには答えられない。わかっているのはただ一つ。これからおれたちには、大きな試練が待っている。ルノワールの息子やアルビノーニは、この店を買収しようとしている。批評家たちは、おれたちにとどめを刺そうと手ぐすね引いて待っている。おれたちの武器は一つしかない。料理だ。料理だけ。料理に尽きる。今夜、おまえたちには、冷静に、大胆に、気合いを入れて仕事をしてほしい。これからおれたちは、自分たちで考えながらやっていかなくてはならない」

「ウイ、シェフ！」叫び声が店じゅうに反響した。

ブリガードがそれぞれの仕事に取りかかろうとした時、クリストフが再び硬い声で話しはじめた。

「最後にもう一つ。これからはポールの代わりに、おれが〈レ・プロメス〉のエグゼクティブ・シェフになる。ジル、おまえがスーシェフだ。魚料理担当シェフも今のまま兼任してくれ。ホールスタッフはそのまま変わらない。反論があったら今言ってくれ。あとからは受けつけない」

ディエゴが何か言いたげな顔をしたが、結局黙ったままだった。奥歯にものが挟まったような表情をしている。みんながジルの肩を叩いて祝福をした。ユミはジルに抱きついた。

「みんな、頼むぞ。山の上から見守られているのを忘れるな」

第十九章

革ジャンの男三人に取り囲まれた。きっと与しやすく見えたのだろう。タブリエをつけ、手にアルミ製トレーを持ったまま、店の外で追いつめられた。三人は中に入りたがっていた。その態度から、ショーを観に来たのではなく、女の子たちを引き抜きに来たのだとわかった。三十代になったダンサーのほとんどは、踊りを辞めて高級売春婦に転業する。ひとりの男がぼくを突き飛ばした。繰り出されたアッパーカットを避けて、相手の胸をトレーで思いきり叩く。男は息ができなくなってくずおれた。別の男が背後から飛びかかってきた。抱きかかえられ、ゴミ箱が並んでいる上に放り投げられる。三人は高笑いしながら、スタッフ用出入口から中に入っていった。だが、すぐに出てきた。いや、むしろ猟犬のように猛スピードで逃げてきた。真っ赤な壁の上に、大きな人影が浮かび上がる。その影がゆっくりと近づいてきた。月のように光る肉切り包丁を右手に握っている。「料理人は好きなんだ」と、ぼくを起き上がらせながらしゃがれ声で言う。「時間が不規則な仕事だな。こそ泥と同じだ」男はぼくの肩についた埃を叩き落としながら自己紹介をした。「おれはエンリケ・カバリエロ・フィゲロア。別名、黙示録(アポカリプス)の騎士だ。あんた、パティシエ坊やだろう。どうやら新しいタブリエが必要みたいだな」

あたしの可愛いパティシエちゃん。長すぎる脚を持つ女の子たちは、機嫌を取ろうとしてぼくをそう呼んだ。その猫撫で声と引き換えに、ぼくは彼女たちに、マシュマロ（ギモーヴ）や、たっぷりホイップクリームを挟んだミニシューを与える。簡単な仕事だった。毎晩三百人分のデザートを作って、欲しいものは必ず手に入れる裕福なゲストたちに供するだけ。糖分は脳の血液に直接送られる唯一の栄養素だ。知ってたかい？ ぼくたちの神経細胞（ニューロン）は、酸素と同じくらい糖分を必要としている。肉焼きの奴隷から快楽の売人への転身。「ここでのきみはけちな奉公人じゃない。〈ムーラン・ルージュ〉ではスイーツがすべてを支配する。スターたちは甘いものを狂おしく求めている。まるでコカインのようにね」と、ジャックは断言した。ぼくはこの店の王子だ。フルーツコンフィを嵌（は）め込んだメレンゲの王冠を被っている。スターたちはみな特別扱いされ、どんな希望でも叶えてもらえる。要求が奇妙であればあるほど、大物扱いされる世界なのだ。ローズフレーバー・マカロンのピラミッドをご要望ですか？ うちのパティシエにおまかせください！ ぼくの最高傑作は、カラメルアーモンド（ヌガティーヌ）で作ったゴンドラに、シュクル・スフレ（吹き飴＝飴細工の一種）で作った船頭をのせたデザートだ。ルチアーノ・パヴァロッティのための作品だった。パヴァロッティは、大きなからだでぼくを抱きしめて「可愛いパティシエ、万歳（エ・ヴィーヴァ・イル・ピッコロ・パスティチェーレ）！」と叫んだ。店内では、スパンコールが煌（きら）めき、長い脚が動き回り、ライオンが火の輪をくぐり、マジシャンが観客のからだをバラバラにし（しかも毎晩！）、長さ五メートルの水槽でジャン＝ミシェル・ジャールの音楽に合わせて女神がニシキヘビに巻きつかれる。クライマックスは、待望のフレンチ・カンカンだ。アメリカ人たちが割れんばかりの拍手を送る。ウエルカム・トゥ・パリス、レディス・アンド・ジェントルメン！ こうした煌びやかな世界は、ぼくにも魅力的に思えた。ぼくはまだ若く、たいした稼ぎはなかった（チップのおかげで給料の倍の収入はあったが）。自由を謳歌する以外の目的を、まだ何も持っていなかった。パリ九区のナイトクラブの〈ル・パラス〉が全盛期で、カクテルはテキーラ・サンライズが流行し、エンターテインメント業界のプロデューサーが〝インプレサリオ〟と呼ばれていた時代だ。アラン・ドロンとダリダが一緒にいるのをよく見かけた。夜ごとの乱痴気騒ぎは朝方まで続いた。女の子たちが、さらさらと衣擦れの音を立てながらぼくのそばに寄ってくる。ぼくはひと晩に何度も恋に落ちた。ふっくらした尻にくっついて目覚めた朝もしばしばだった。その子の名前はもう忘れてしまったが……というのはここだけの話にして、編集でカットしておいてほしい。エンリケはエンリケで、ぼくにアンダーグラウンドの世界を教えてくれた。非合法のバー、賭博クラブ、一日限りの売春宿。ぼくたちはどこへ行っても、むかしからの仲間や友人のように受け入れてもらえた。エンリケは小さなカフェを行きつけにしていた。バーカウンターだけで一杯になってしまうような店で、いつもレアル・マドリードの試合中継を流していた。ある夜、アンダルシアンギターの音色に誘われて、エンリケはバーカウンターの上に飛び乗った。息を切らし、木の天板を踵で打ち鳴らし、置いてあったグラスを蹴り割り、ポニーテールの髪を顔に叩きつけながら、激しいフラメンコを躍った。だが、この〝荒れ狂った騎士〟は、何をしても大目に見てもらえた。エンリケはすでに四歳の時、セビリアの路上で車を相手に闘牛をしていたという。

朝が近くなると、ジャックが仲間に加わることもあった。ジャックは夜の帝国の絶対君主の座に就いていた。正確に言うと、帝国を支配していたというより、その厨房を牛耳っていたのだが。雇用と仕入れの責任を一手に背負っていたので、自分に媚びへつらう連中を優遇してやることもあった。つまり、店の実権を握っていたのだ。ジャックとぼくはよく似ていた。出自も似通っていたし、技術的な能力もほぼ同レベルだ。そして、想像力の点ではぼくが、着想力の点ではジャックが少しだけ上回っていた。ぼくたちは互いを高く評価する一方で、厭わしくも思っていた。だからこそ、深い友情で結ばれたのだと思う。「〈マキシム〉できみの後ろ盾になってやったのは誰だったっけ？」ジャックはその後も何かにつけて、自らの力を誇示しようとした。まるでこの地球上のものはすべて、自分のおかげで生まれたかのような口ぶりだった。女たちはジャックに無関心だった。一緒に仕事をしている者を除けば、男たちも同様だった。ぼくがエンリケとつるんでいるのが、ジャックには気に入らないようだった。「あの野蛮人はきみに悪事しか教えない」今、ジャックとは会っていないが、人生でもっとも穏やかだったあの時期があったのは、彼のおかげだったことは確かだ。そう、父から電話をもらうあの日までは。


「おまえの母親が出ていった」父は自分に言い聞かせるように何度もそう繰り返した。「スーツケースを持って、出ていってしまったんだよ」ぼくはすぐに列車に飛び乗った。到着したのはランチの時間帯だった。厨房にいるのは二十歳にもならない若者ばかりで、みんなアルバイトのようだった。俯きながら、ひと言も話をせずに黙々と仕事をしている。知った顔は誰もいなかった。厨房は真新しくても、店自体は古びていて、ホールのテーブルは半分しか埋まっていなかった。メール・イヴォンヌの料理を出す五十フランの定食を食べにきた高齢者しかいなかった。

「おまえの母さんが、昨夜の営業中にいなくなったんだ。でも父さんと母さんは前よりはうまくやっていたんだよ。少なくともこっちはそう思ってたんだが」

ぼくたちは暖炉の前で、木製の小さなスツールに並んで座った。ふたりして小型ナイフを操り、ボウル一杯分の栗の鬼皮に次々と切り込みを入れる。

「ポール、もう辞めるよ。レストランも野菜の販売も。疲れちまったんだ」

ぼくは肩をすくめた。

「父さん、今は気分が落ち込んでるだけだよ。クリスマスが終わったら一週間くらい休めばいい。暖かいところへ出かけなよ。あるいは、ぼくのいるパリに来てもいい。そうだ、〈ムーラン・ルージュ〉に遊びにおいでよ！」

「おまえにはわからない」

父の声は険しかった。

「この土地はもう売りに出した。ここは名が知られた健全な店だ。きっと高く売れるだろう。売却代金は父さんと母さんとおまえとで三等分にする。母さんの分は、いつか帰ってくるまで父さんが預かっておく」

なんと返答したらいいか、すぐにはわからなかった。反発心で胸が一杯になった。

「でも、このレストランは父さんのすべてじゃないか。ぼくたちのすべてだ。お祖母ちゃんのことは考えたの？　今までの思い出はどうするの？　この農場は、ぼくたち家族を結びつける唯一の場所じゃないか。売ってしまったら、家族が集まれる場所がなくなってしまう」

父はぼくのほうに見もせずに、栗の鬼皮に切り込みを入れつづけた。

「おまえがいない間に、いろいろなことが変わったんだよ。以前、店を継がないかと提案しても、おまえは首を縦に振らなかった。おまえに別の夢があるのはわかる。だが、父さんのすることに口を出すな。おまえの気が変わったのなら別だけどな」

炎が沈黙を飲み込んだ。薪がパチパチと音を立てる。

「おれが決めたことだ」

こんな決断は父らしくない。うちの家族はこれまでずっと、祖先の敷いたレールを歩きつづけてきた。祖先が残した遺産の重みを受け入れてきた。これはきっと、ぼくに店を継がせるための罠なんだ。そう思いたかった。父は立ち上がり、火かき棒の先端で熾をかき立てた。

「そのあとのことは考えたの？　父さんはこの先どうやって暮らすの？」

「フライパンを貸せ」

ぼくは父に、焼き栗用の穴開きフライパンを手渡した。子供の頃、この穴にマーガレットの花を刺して遊んだものだった。そうしたすべてが失われてしまう。ここで嗅いだ匂い、過ごした季節、居間の掛け時計の音。父はぼくにひと握りの焼き栗を差し出した。分厚い手のひらの上に、焼かれて小さくなった熱々の栗がのっている。

「ポール、おまえの母さんは父さんを裏切っていたんだ。相手は女性だ。わかるか？　女性と浮気してたんだよ」

半年後、ぼくは自分の取り分を受け取った。法外な金額ではなかったが、新しい人生を切り開くには十分だった。〈ムーラン・ルージュ〉の仕事に、以前ほどの情熱はもう感じなかった。かつて斬新に思われたものがすべて色あせて見え、世慣れたような酩酊も空疎にしか感じなかった。軽薄な娯楽にうつつを抜かす時期は終わったのだ。エイズの流行で世間の熱も冷めつつあった。冬が過ぎ、やがて春になった。ぼくの変化に気づいたのはエンリケだけだった。ある夜、ぼくたちは小さなスペイン風バーのカウンターにいた。スペイン人のマスターが、ぼくたちの前に冷えたテキーラを二杯置いた。その日で何杯目かの、そして最後の杯だった。「パティシエ坊や、元気がないな」

ぼくは、実家の店を継がなかったこと、そのせいで店がつぶれたこと、失った思い出、ぼくが築くはずだったものについて話をした。エンリケはぼくの話に耳を傾け、最後にこう言った。「明日、いいところに連れていってやる」

午後七時、パリ北郊外のクリシー市。青白くて冷たい四月の太陽が沈みかけていた。小さなビストロの〈ラ・ガルゴット〉は、ラブルヴォワール通りとラヴニール通りの角にあった。タバコ屋やみすぼらしいバーがひしめくエリアだ。この店の女主人の気さくな性格と、金曜に出されるクスクスだけが、このうら寂しい地域にわずかな活気を与えていた。ぼくたちはテラス席に座った。別のテーブルでは、近所の工事現場で働く作業員たちが、ピーナッツをつまみながらパスティスを飲んでいた。コーデュロイの上着を着た老人がポートワインを注文する。通学カバンを背負った三人の少年は、イチゴミルクを飲んでいた。年老いた女主人が、小刻みに歩きながらこちらに近づいてきた。エンリケと抱擁を交わし、よく冷えた二杯のビールをぼくたちの前に置く。今日の料理はフラジョレ豆のスープ、デザートはライスケーキ（ガトー・ド・リ）だという。

「なあ、どう思う?　ちょっと手を加えたら、あんたみたいな若いのにぴったりな店じゃねえか?　あのおばあさん（アブエラ）はおれの母親の友人で、国に帰るのに金が必要なんだ。紹介してやるよ」

「あたしは売りものじゃないよ、セニョール」女主人はバーカウンターの後ろで、エンリケを睨みつけながらぼくにそう言った。エンリケがふくれ面をする。翌日、ぼくはひとりで訪れて、またテラス席に座った。まわりでは、タイピストらしいふたりの女性がコーヒーマシンの使い方について小声で話をしたり、テーブルを囲む職人たちがピッチャー入りの赤ワインを飲んだりしている。女主人は客たちをファーストネームで呼んでいた。あちこちのテーブルで楽しそうな声が上がり、一つのペッパーミルを店じゅうで使い回ししていた。ぼくは翌日も、その翌日も、そのまた翌日もと毎日通いつめた。そして二週間後の昼時、女主人はぼさぼさの眉をひそめてぼくを見た。顔は皺だらけで、まるで棚の上に置き忘れたリンゴのようだった。だがその声はよく通り、目つきは鋭かった。ぼくは仕事や出身地を尋ねられ、年長者に対する敬意はあるか、夜になると街灯の下で用を足すような人間ではないかと探られた。ぼくが礼儀正しく話をすると、満足そうな顔を見せた。その翌日、女主人は、小さなグラスに注いだクルミワイン（青いクルミを蒸留酒に漬けた果実酒）と、ブーダンノワールをぼくに出してくれた。バーカウンターの後ろに両腕を組んで立ち、見下すような視線を向ける。それから「店を売ってやってもいいよ」と言った。ただし、店の名前を変えないのが条件だ。亡くなった夫が、パリ解放の時にオープンさせた店だからね。それなら〈ラ・ガルゴット〉で行きます！　握手をした女主人の手は、古びてがさがさになった両親の車のシートと同じ手触りだった。彼女は瞳からこぼれた涙を親指で慌ててぬぐった。「ようし（ムイ・ビエン）、今からあんたがこの店の主人だ。あたしに一杯おごってくれるかい？」

〈ムーラン〉を辞めると告げると、ジャックは鼻で笑った。「ここを辞めてタバコ屋みたいなちゃちな店をやるつもりか？　一年もしないうちに、もう一度雇ってくれとすがりついてくるんじゃないか？」〈ラ・ガルゴット〉をやるには、すべてを自分で考えたり作ったりしなくてはならなかった。料理、評判、客層、店のコンセプトも、決めたのは自分ひとりだ。ぼくはこの歳になるまで、誰かに頼ったり、助けを求めたり、権力者に力添えをしてもらったりしたことが一度もない。この時も例外じゃなかった。だからこそ、この半年後に二十三歳で自分の店を出した時は、誇らしい気持ちで一杯になった。もちろん、四本マストの巨大船にはほど遠く、かろうじて二本マストのスクーナー程度の規模の店だ。テーブルは二十席で、バーカウンターは五席。だが、小さくてもここでは自分が船長だ。肩章代わりに肩にトーションを引っかけて、水平線の向こうに新大陸が見えるのを待つようにして、戸口で最初のゲストを待った。その瞬間、ぼくは胸の痛みを感じた。すべてのきっかけを作ってくれた人を、この場に呼べなかった。その声を聞くことはもう叶わない。「ここでおいしい料理が食べられるんだって？」きっとメール・イヴォンヌは、自分が育てた料理人を自慢に思ってくれただろう。ぼくは黒板を取り出し、チョークで「当店では何でもおいしく召し上がれます」と書いた。こうして、ぼくの〈ラ・ガルゴット〉は料理史に名を刻むスタート地点に立った。

第二十章

「クリストフ、ほら、この手。これを見ろよ。ここにある傷跡や火傷痕は、いずれもこの店に尽くしてきた証だ。勲章なんだ。鳩を解体したせいで、腱鞘炎(けんしょうえん)になったこともある。でもこの店のためだと思ったから、後悔なんかしなかった。なのに、スーシェフがジルだって？　冗談だろ？　ブランデー一杯でぶっ倒れるようなやつだぞ？　なあ、わかるか？　簡単なことだ。おれはここでくたばるか、出ていくかのどっちかなんだよ」いや、やっぱり駄目だ。ディエゴは繰り返し頭の中でことばをひねくり回し、クリストフに言いかけては飲み込んできた。わかってる。この業界には、シェフの命令には黙って従うべきだという不文律がある。だが、次々と沸いてくる怒りで頭が煮えくり返りそうだった。せめてクリストフが理由を言ってくれればいいのに。おれがミスでも犯したのか？　いつだって誰よりも早く店に来ているし、週末に遅くまで残っても残業代を要求したことなどない。ユミとつき合っているのをクリストフに咎められた時は、その日のうちに別れを切り出した。すべてがスーシェフになるためだった。ずっと夢見ていた。なのに今、涙を飲む羽目に陥っている。子供の頃、父親から革ベルトで打たれた時みたいだ。よし、明日こそ話をしよう。新シェフに気持ちを伝えなければ。黙っているのも、逃げているのも、これでおしまいだ。

「ディエゴ、何をぼんやりしてる？　肥育鶏（プーラルド）を出すぞ。ソースはできてるか？」

「ウイ、ジル・シェフ！」

またしても、ディエゴを注意しなくてはならない。もちろん、本人は意気消沈しているはずだ。しかしだからといって、仕事をサボっていい理由にはならない。ジルは、ディエゴと一対一で話をしたかったが、本人が向き合おうとしてくれない。本当はスーシェフなんかになりたくなかった。しかたがなかったんだ。魚料理担当シェフでいられれば十分だった。ウロコを丁寧に取り除き、外科医のように魚を捌き、Y字形の中骨を愛（め）でる。細かい作業が得意で、孤独が好きなジルにぴったりの仕事だ。みんなから〝インテリ〟と呼ばれている。最近は考え事ばかりしている。エドゥアール・ルイの最新刊にちっとも集中できない。全五十二ページという薄い本なのに、いまだに読み終わっていない。ポール・シェフはジルの支えだった。錨（いかり）のような存在だった。ポールがいなくなって、ひとりでどこかへ流されてしまったような、真っ白な靄（もや）の中に取り残されたような気分だった。これからは「野心」と呼ばれる、嘘くさい真理を追わなくてはならない。クリストフは言っていた。おまえのやる気を見せる時だ。ディエゴではなく、おまえを選んだのが正しかったことを証明してくれ。ジルは信頼されていた。買い物に行けば、頼まれたものをきちんと選んで買ってくる。異性愛者のふりだってうまくできる。みんなと同じように、汚いことばを使ったり、『トップ・シェフ』を観たり、ビールを飲んだり、テーブル・サッカーをしたりする。集団の中で生き残るにはそうするしかない。のけ者にされないよう弱みを見せてはならない。そう考えると、スーシェフの指名はラッキーだったのかもしれない。強い立場になれるからだ。ジルがそばを通るだけで、みんなが怯えるようになる。あとのことは成り行きまかせだ。ディエゴだって、いずれは今の失望を乗り越えるだろう。

季節のコースを《ポール・ルノワールへのオマージュ》と命名して提供すると、店はかつての盛況を取り戻した。こうして、ポールの友人たち、ポールの時代を懐かしむ人たち、〝ロレックス〟(トリュフとアカザエビに目がない客たちを示す隠語)たち、ポールの時代を懐かしむ人たち、好奇心に満ちた人たち、悲劇が起きた場所を見て興奮する野次馬たちなどが次々とやって来て、あっという間に三週間が経過した。食事を終えて店を出ると、そのまますんなり帰っていく人もいれば、立ち止まって建物の上階を見上げる人もいる。ある上品な女性からは「ねえ、あの事件が起きたのはこの上の階なの？　部屋は公開していないの？」と尋ねられた。ムッシュ・ヘンリーがうまく話をはぐらかしながら、丁重に車までエスコートしていた。厨房では、誰もが今までどおり働いていたが、雰囲気は一変した。ふたりのコミが、ヴィネグレットソースのことで殴り合いの喧嘩をしそうになった。明るかったユミが、ひとりきりで製菓室に閉じ込もるようになった。まかないの時、厨房スタッフとホールスタッフの双方が同じテーブルで食事をするのを嫌がった。フェラの料理が「生焼け、というかほとんど生なんだけど」と、ゲストからクレームがついたのがきっかけだったという。ジルはカサンドルにつかみかかった。魚が冷たかったのは、おまえがとっとと皿を運ばないからだよ！　仕上がった皿は急いで持っていけって何度言ったらわかるんだ！

ポール・ルノワールはいったいどうやって、これほど自己主張が強くて個性がばらばらな連中を、一つにまとめ上げていたのだろう？　つまらない原因による小競り合いが絶えず発生した。クリストフは、まるで林間学校の調理実習に参加した子供たちの世話をしている気分だった。シェフであると同時に、父親、相談役、審判の役割も担わなくてはならない。少しでも何かしらの支障が起きれば、すぐにクリストフに判断が委ねられる。ある日のランチ営業の少し前、従業員用トイレから汚水が溢れた。茶色い水が洗い場まで流れてくる。みんながほかの者を疑い、責任をなすりつけ、苛立ちを露わにした。必ず真犯人を見つけてやる、と誰もが意気込んだ。アロンゾがゴム手袋をつけた手を便器に突っ込むと、奥から生理用タンポンとコンドームが出てきた。クリストフは、ダビデの息子であるイスラエル王ソロモンのように罪人を許し、女性専用トイレを別に設置すると決断した。一流レストランの星つきシェフは、日々こうした雑事に追われているのだ。ナタリアは債権者との交渉に忙しくて（というのは彼女の言い分だが）ほぼ不在だったため、日々の業務、仕入れ、コース料理の構成などはすべてクリストフに一任された。唯一ナタリアからは、有名インフルエンサー、ブロガー、インスタグラマーたちを招待して、〈レ・プロメス〉のイメージの若返りを図るよう命じられた。クリストフは、どうしてそんなことをしなくてはならないのか、とうんざりした。マダム・グルグル、アマンディーヌ・クッキング、オドレイ・キュイジーヌ、バベット、クラクネットといった有名インフルエンサーたちは、オリーブ入りケーク・サレやローズフレーバー・マカロンなどの写真を投稿したり、旅先でのランチや食欲をそそるレシピを紹介したりしている。日曜にはSDGs的なカフェでブランチをし、火曜にはゴマやタンポポを使ったヘルシーメニューを摂る。こういうちゃらちゃらした女の子たちは、脳みその成長が子供時代で止まってるんじゃないか？〈レ・プロメス〉について書かれた彼女たちの記事には、「素晴らしいレストラン」、「引き継がれた才能」、「楽しい料理」などのワードが踊った。ナタリアは歓喜したが、ジェラール・ルグラはテレビ番組で怒りを露わにし、辛辣なことばを浴びせた。「ポール・ルノワールがいれば、こんなステルス・マーケティングなんて許すはずがない！」〈レ・プロメス〉に、早くも冬が到来しそうな気配がした。ポールの死に対する好奇心など長くは続かない。みんなの関心はすでに薄れつつあった。

クリストフは、常連客をつなぎとめるのが先決だと判断し、新たに創作料理を発表するのをやめた。ポールと一緒に構築している途中だったレシピさえ放置した。ディエゴは拗ねていて、ジルは不機嫌だった。クリストフが意見を尊重しているユミは、本音で話してくれなくなった。クリストフは孤独だった。日に日に不安を募らせた。どこか見えないところに緩みがあるからこそ、これほど小競り合いばかり起こるのだ。スタッフは、あまり忙しくない今の状態に退屈しているのだろう。ゲストが十人しかいないと、安心してリラックスする。だが、ミスはこういう時に起こりやすい。逆にホールが満席だと、心身共に引き締まった状態で仕事に臨める。海底深く下りていく時に、決して口笛を吹いたりしないのと同じだ。「どんなに結束の固いブリガードでも、しょせんは寄せ集めの集団だ」ポールは以前そう言っていた。「別々の一人ひとりの人間が、たまたま一か所に集まっただけだ。明白で、確実で、絶対的な目標がなければ、すぐにばらばらになってしまう」ポール・ルノワールがいなくなり、スタッフたちの心の中で眠っていた苦い感情が一気に解き放たれた。クリストフは、彼らをすぐにでも力強く引っ張り上げないといけない。でないと、伝染病が蔓延してしまうだろう。

＊

クリストフは額に浮かんだ大粒の汗をぬぐった。夜じゅうずっと、上半身裸になってサンドバッグを叩いていた。両手指の骨が痺れるように痛い。呼吸が整うのを待ちながら、アディダスのテニスシューズの箱を取り出してふたを開ける。皺くちゃになった一枚の新聞。手でそっと広げる。十六歳で止まったままの、若いジェロームの写真。いつの間にか、兄の年齢を超えてしまった。「悲劇的な事故の現場で、ひとりの青年が遺体で発見された」見出しのインクが消えかかっている。クリストフの記憶も同様だ。だが、破壊的なまでの魅力に溢れた兄の笑み、何も恐れていないようなあの笑い声は今もよく覚えている。その笑顔はあの十月の夜に消えた。両親は、苦しみを少しでも紛らわせようと、パリへと車を走らせた。ふたりは、かつての暮らしの破片から、新たな暮らしを組み立てようとした。もうひとり子供を作ろうとさえ試みた。ところがある朝、母のファネットはベッドから出てこなかった。真夜中に動脈瘤が破裂して、なんの前触れもなく亡くなってしまった。クリストフはそれから数か月、母の存在を感じつづけた。とりわけ夜は、息子が眠っているのを確かめようと、寝室の前まで忍び足で近づいてくる母の気配を感じた。そしてある日、母はとうとう消えた。苦しみとともに、静寂が訪れた。父と息子にとって、ふたりきりの暮らしはつらすぎた。

警察から電話があったのは、すでに眠りについてからだった。〈レ・プロメス〉に到着した時、ナタリア・ルノワールは若い憲兵の質問を受けていた。クレマンスは、ネグリジェの上にトレーナーを着た姿で、アームチェアに座り込んでいた。クリストフを見て顎で合図をする。

「被害はどの程度でした？」クリストフが尋ねる。

「貯蔵庫の食材が一部盗まれたわ」ナタリアが答える。

「警報機は鳴らなかったんですか？」

「コンセントが抜かれていたんです」女性の憲兵が答えた。「泥棒は天窓から侵入しました」

クリストフはショックを受けていた。警報機が鳴らなかった。保険にも入っていない。ナタリアはクリストフを少し離れたところに連れ出し、声をひそめた。

「侵入者は、食材にトイレ用洗剤を撒き散らしていったの。魚、肉、野菜のすべてに」

クリストフは大きく深呼吸をした。鼓動が速い。得体の知れない凶暴なものが入り込んできて、血液が煮えくり返っている。急いで厨房に向かった。すべてが台無しになっていた。オマール海老とアカザ海老が、甲羅を下に向けていけすに浮かんでいる。床の上には、空になった洗剤のボトルが転がっていた。いったいどこのどいつがこんなにひどいことをしやがったんだ？ ホールに戻る時、監視カメラが作動していないことに気づいた。プロのしわざか、あるいは内部に手引きする人間がいたのか。だが、プロの強盗には、オマール海老を殺す理由などない。

「これはただの強盗じゃない。破壊行為だ。この店をつぶそうとしたんだ」

クリストフは、床の上に落ちていたメニューブックをそっと拾い上げ、積み重ねてあったほかのメニューブックの上にのせた。

「反撃するぞ。あっと驚かせてやる。どうやらみんな、ここがポール・ルノワールの店だってことを忘れているみたいだな」

ナタリアは唖然としていた。

「あなたをスーシェフに選んだこと、ポールは間違っていなかったみたいね」

ナタリアは、夕方に受け取ったメッセージについてクリストフに伝えられずにいた。明日、『ル・ギッド』の編集長が〈レ・プロメス〉のディナーを食べにやって来る。

第二十一章

ぼくが〈ラ・ガルゴット〉をオープンしたのは、デュカス、ロブション、マクシマンといった同世代のスターたちが、星取り合戦を始めた時期だった。一方のぼくは、街の片隅に小さな店を構えて、友人、作業員、同じ建物の上階に住む老婆たちが来てくれるのを待っていた。リーズナブルな価格で食事を提供する、気さくな店にしたかった。路上の〝洗濯船〟だ。ピンチョスの提供を思いついたのはエンリケのおかげだった。カウンターに食材を並べて、ゲストが好きなものを選ぶシステム。カタルーニャ地方では、自己申告によって精算をするという。ぼくの店もそれに倣ったが、不正をする者はほとんどいなかった。支払いをごまかした者は、帰りぎわに目を見ないで挨拶をするからわかる。すぐにランチタイムは連日満席になった。室内に入りきれない客のために、外にテーブルを出すこともあった。その一方で、夜は閑散としていた。三、四人の老人がやって来て、ミネストローネを食べながら居眠りをしている状況だった。そこでぼくは、近所の住民や商店の人たちと親しくなり、小道の奥や中庭に面した部屋から、ラヴニール通りの袋小路へと誘い込んだ。常連客を作るには、巧妙な罠と食欲をそそる餌が必要だ。〈ラ・ガルゴット〉では、グリルしたソーセージをパイ生地に包んだもの、エスペレット産トウガラシ風味の牛タン、ビゴール黒豚の料理などが人気を博した。いずれもレ・アルの精肉店から仕入れた食材だ。パリ東端のラ・ヴィレットの食肉処理場が解体されて十年、レ・アルから中央市場がなくなって二十年がそれぞれ経過し、生鮮食品の卸売市場はパリから車で三十分ほどのランジスに移転していた。それでも、かつて中央市場があったパリ一区のモントルグイユ通りには、いまだにむかし気質（かたぎ）の頑固な精肉店が何軒か残っている。恐竜の生き残りのようなこうした店は、客や憲兵にわからないよう、かつては〝ルーシェバン〟（精肉店＝boucherの頭文字の「b」を末尾に置き、代わりに「l」を置いて、語尾に「em」をつけた隠語。loucherbem）と呼ばれていた。この手の店では一見（いちげん）の客は好きなものを好きなようには買えない。欲しいものを店の人間に伝えると、相手は肉を選別するようにして客を選び、相応の品を差し出すのだ。ぼくは、初めて行った時に「牛が左右に振りながら歩いている腰の部分」が欲しいと言った。すると店の人はおもしろがって、「兄ちゃん、自分で好きなのを取りな」と言ってくれた。ぼくは牛肉の塊を手に取って、ナイフでロムステック（ランプ肉）をひと切れカットした。さらにバスコット（肩ロース肉）に取りかかろうとすると、雄牛のように太い首をした赤ら顔の男が近づいてきて、ナイフの代わりにコーヒーカップを握らせてくれた。「兄ちゃん、そのなまり、どこの出身だ？」男は店のオーナーで、エーメ・セヴェールという名だった。パリにいる間はずっとこの精肉店の世話になっていた。だがセヴェールは、クリスマスの日に荒っぽい運転をする車に轢（ひ）かれて死んでしまった。ディナータイムが満席になりはじめると、ようやく自信がついた。黒板メニューも充実させた。スイーツ類も、自分の好きなものを楽しみながら作った。子供の頃に好物だった、ライスプディング（リ・オ・レ）、イル・フロッタント（カスタードクリームにメレンゲを浮かせたもの）、ババ・オ・ロム、洋梨やプラムを使ったフルーツタルト、そしてチコリ（アンディーヴ）のタルトも作った。タルト生地にチコリの根っこを並べて焼き、メレンゲをのせてバーナーで焼いたものだ。メレンゲのほろほろした食感とチコリの甘苦さが絶妙だ。ぼくは、自分でも気づかないうちにビストロノミーを実践していた。「ビストロ」と「ガストロノミー」を合体させたこの造語が、世間に知られるようになる二十年も前のことだ。

半年後、ぼくの名前は広く知られるようになった。その間、エンリケが友人たちを総動員して来てくれた。流浪の旅人、くず鉄屋、詩人、詐欺師といった、パリの北郊外をうろつくごろつきたちだ。中には本物のならず者もいたが、それでもひとりとして無銭飲食をする者はいなかった。唯一の悩みの種は、こうした連中はほとんど夜の常連客にはならないことだった。集客の見込みがはずれると、大きな損害を被る。うちの場合、一晩に最低でも五人の客が必要だった。幸いにも、料理業界と同じで、肉体労働者は上司や社長と一緒に食事をしたがるらしい。おかげで客数が増えて助かった。この小さな世界で、ぼくは身分や血筋で人間を差別せず、すべての客に同じように接した。この店は、作業員が社長と肩を並べて座れる例外的な場所だった。ただし、仕事で使う金属製品の店内持ち込みは禁止とし、入口のところの棚に置いておく決まりにした。それからもちろん、代金は必ず支払うこと。当時の客のひとりにニコがいた。青い目をした口達者な男で、ゴミ収集車に乗っているところをどこかで見かけた。〝ポマード尻〟ことアルマンドはゲイで、安物の香水の匂いを振りまきながら毎日ひとりでやって来たが、近くの低所得者用住宅に暮らす若いアラブ人と一緒に来ることもあった。時折、食事代より高額のチップを置いていったが、おいしいものを食べるとそうする習慣があるようだった。ぼくはきっぱりと、うちのコミには手を出さないよう釘を刺しておいた。

ある朝、近所で道に迷っている観光客のグループに出くわした。道案内を申し出たところ、なんとうちの店を探しているという。どうやら『ザ・ニューヨーカー』誌でぼくの店が紹介されたらしい。しかも、丸々一ページの記事だという（ジェール県出身の田舎者のために！）。執筆者はほかでもない、数週間前にぼくが店から追い出した人物だった。フォワグラをバターのようにパンに塗ったり、高級赤ワインのポムロールに氷を入れたりしたので、頭にきたせいだった。記事には「この店に来れば確実に、自分はフランスにいるのだという実感を味わえる。たとえ下僕扱いされても、雰囲気は完璧だ！」と書かれていたという。こうして、アメリカ人たちが続々と店を訪れるようになった。ぼくが邪険に扱わないと、少しがっかりしているようにさえ見えた。やがて、セレブたちもやって来た。アラン・ドロンとクリント・イーストウッドは、ぼくが〈ムーラン・ルージュ〉でデザートを作っていたのを覚えていた。とんでもない場所に店があると噂を聞いて、下層階級の者たちと触れ合うために足を運ぶ人たちもいた。ごろつき連中とアーティストたちは、いつも互いに刺激し合っていた。そしてご多分にもれず、最後にうちの存在に気づいたのはフードライターたちだった。

風の便りで〈ラ・ガルゴット〉の噂を聞きつけて、クリシーの薄暗い通りにやって来た。こぢんまりした店は食通や酒飲みで溢れ返り、ベーコンや炒めたタマネギの匂いが漂っている。その日の夜のメニューは、サバのヴィエルジュソース（オリーブオイルベースのトマトのソース）、やさしい味わいのパテ・アン・クルート、鶏肉の赤ワイン煮（コック・オ・ヴァン）・ジャガイモの蒸し煮（エトゥフェ）添え、桃を使ったデザート各種。いずれも非常に美しく、やさしく、郷愁を誘う味わいだ。オーナーシェフのポール・ルノワールの背後にはどんな女性がいるのか、会ってみたい気持ちにさせられる。なぜなら、こういう親しみのある料理は、幸せな女性のサポートなくしては作れないだろうと思われるからだ。パリ随一のレストランは、パリ郊外の町にある。また訪れたい。

『ガルガンチュエスク』　ジェラール・ルグラ、一九八三年四月十四日

当時、ぼくはジェラール・ルグラを知らなかった。〃ぽっちゃり〃や〃ビッグ・ベイビー〃といったニックネームでもまだ呼ばれていなかったと思う。だが今では、彼のグルメレポートは業界に大きな影響を与え、料理人たちを震え上がらせている。ぼくはフードライターにそれほど好印象を持っていないが、必要な存在であることは認めざるをえない。どんな偉業も語られないと歴史に残らない。ホメロスがいなくては、オデュッセウスの存在も知られていなかっただろう。だが、まずは自らの偉業にふさわしい語り手を見つける必要がある。ルグラがぼくにとってそういう存在かどうかはわからない。ただ少なくとも、彼の文章はぼくにある種の風格を与えてくれた。もはやぼくの店は、観光客向けレストランでも怪しげな連中がたむろする食堂でもなかった。自分の居住地区の外に出るのにガゼルのように怯えるブルジョワたちが、噛み殺されるのも恐れずにうちに食事に訪れる。それに、周辺地域は置いておくとしても、クリシー市はそれほど不穏な雰囲気ではなくなっていた。確かに、路上でわめき散らす麻薬や酒の依存症患者たちをたまに見かけることはあったが、ジャック・ドロール経済・財務大臣とクリシー市長の旗振りによって、このエリアは変貌を遂げつつあった。建物、壁、広場は、ほぼすべてが改装工事中だった。悪党たちは、刑務所、スペインやモロッコ、あるいはあの世へと姿を消した。クリシーでのごろつき稼業黄金期は終焉(しゅうえん)を迎えたのだ。彼らに取って替わったのは、ワックスで磨いた靴を履き、ネクタイピンをつけ、巷(ちまた)で〃若き(ゴール)成功者(デンボーイ)〃と呼ばれている連中だった。

「ホールスタッフ募集中って聞いたんだけど」半分閉まりかけたグリルシャッターの下から、若い女性がもぐり込んできた。薄暗がりの中、顔はほとんど見えなかったが、そのハスキーボイスと厚かましさは気に入った。「月曜に来てください。あなた向けの仕事を見つけましょう」本名はマリー＝オディールだが、みんなからベティと呼ばれていた。そのほうが可愛らしいし、はつらつとして聞こえるからだという。太ってむちむちしていたが、そこが魅力的だった。どんなことにも熱中し、常に動き回っている。女友達としては最高だった。彼女のパートナーはきっと幸せになれるだろう。そしてぼくは、自分がそのパートナーになると決めた。ふたりとも若かったが、すでに人生に疲れていた。愛のことばを囁く時間もなければ、赤いバラを贈ったり、デートの約束をしたりする余裕もない。ぼくたちは、レストランの上階の小さなアパルトマンで一緒に暮らしはじめた。ベティは店で給仕をした。文句も言わずに長時間働き、短い睡眠時間に耐え、ブリガードのうちでもっともタフな連中と一緒にジンを飲み歩いた。まるで小柄な男みたいだった。だが、それも始めのうちだけだった。ぼくたちは九月のある火曜、ランチタイム開始前の十時に結婚した。二か月後にベティは妊娠した。子供が生まれてもどうにかなると思っていた。ぼくは田舎育ちで、家畜を飼育した経験もある。子供を育てるのなんて、仔牛を育てるのとたいして変わらないだろうと思っていた。大間違いだった。子供をしつけるのは、世界でもっとも難しい仕事の一つだ。エスコフィエの本にも書かれていない。思いつきに頼りながら、自力でどうにかしないといけない。ウールのセーターを食う虫以上に、子供は人生を食い尽くす。

その日、ぼくは病院で夜を過ごし、朝になると急いで店に戻った。マティアスが生まれたのは、ぼくがデザートを出した瞬間だった。「うちの子はパティシエになるぞ！」そう言いながらみんなに酒をふるまった。ベティのところに戻れたのは午後になってからだった。ぼくは息子の誕生に立ち会えなかった——かつての男親にはよくあることだ。だがある時、マティアスはそのことについてぼくを非難した。まさかそんなふうに責められるとは思いもよらなかった。ぼくたち料理人にとって、月日はあっという間に過ぎる。失われた時間を取り戻そうとした時、あるいは単にひと息つこうと立ち止まった時、子供はすでにぼくたち親を非難する年頃になっている。

父親が息子を愛するには時間がかかる、とよく言われる。いきなり現れた新参者の存在に慣れなくてはならないからだ。だがぼくは、ひと目見た瞬間にこの子を好きになった。見た目は決して可愛くなかった。皺くちゃで、灰色っぽくて、熟成させた牛バラ肉のようだった。体重は二キロにも満たず、生まれてから十日間ほど保育器に入れられていた。ちっぽけで弱々しく、白いベビー帽を被せられたその姿を見ただけで、泣きたくなるほど幸せな気持ちになった。この子が、やがてぼくを悲しませることになろうとは、一生かかっても消えない悲しみをもたらすことになろうとは、当時は想像すらできなかった。半年が経った。カリスマ的な魅力はなかったので、この子を見て目の色を変えるおとなはいなかった。だが、嘘のように元気な赤ん坊になった。店が忙しかったので、ベティはしょっちゅう手伝いに駆り出された。そこでベビーシッターを雇うことにした。樽のように太った下町暮らしの女性だ。六人の子供を育て上げ、近所の子供たちも世話してきたベテランだが、どういうわけかマティアスはなつかなかった。彼女の姿を見た途端、獣のような声を上げて泣きだすのだ。しかたがないので、ぼくはある日、マティアスを入れた籠(クーハン)を店のカウンターのレジの隣に置いた。すると驚いたことに、マティアスはぴたりとおとなしくなった。退屈しのぎに、ぼくは息子にさまざまな話をして聞かせた。過去の挫折、意気消沈した出来事、騒音と臭いに対する近隣住民の苦情、支払いをしてくれない客、二重駐車をしたせいで溜めてしまった違反切符……。マティアスはぼくの口元を見つめながら、真剣に耳を傾けていた。このままだと料理人のイメージダウンになりそうだったが、それも悪くないかもしれないと思った。幸せな料理人などいるはずがない。いや、もし自分は幸せだと言う者がいたら、そいつは偽善者だ。料理人は、世界じゅうを敵に回して戦っている。約束した日に納品しなかったり劣悪な品質の食材を持ってきたりする業者、自分の思うようには働いてくれないブリガード、なかなか顔を見に帰ってやれない妻、うんざりするほど顔を見ている銀行員……そして誰よりもまず、夢に敗れたり挫折したりした自分自身を相手に戦っているのだ。

第二十二章

ジェラール・ルグラは、ひと切れのカラスミが舌の上で溶けていった時に、初めて感じたエロティックな興奮を今も覚えている。その少しあと、兵役で任務に就いたペイ・ド・ラ・ロワール地方のラヴァル市で、売春婦の太い両脚に挟まれて童貞を失った。自分は性への関心が薄いと気づいたルグラは、人生最大の媚薬である料理に身も心も捧げる決意を固めた。「人間は食欲を失ったら死ぬしかない」かつて母親は、殻つきエスカルゴの煮こみシャラント風を作りながら、陰鬱な口調でそう予言した。ルグラはなるべく死ぬのを先送りにしようと思った。世界は広く、料理は世界じゅうに山のようにある。人類が食することのできるすべての料理を味わい、人類が見ることのできるすべてのものを見尽くしてからでないと、その後も回りつづけるこの地球をあとにして死ぬことはできないと思った。ただ、死ぬ瞬間にお腹が空いたらどうしよう、という不安は消えなかったが。ポール・ルノワールの死はルグラを激しく動揺させた。あれ以来、もしかしたら次は自分の番ではないか、という嫌な気分が抜けなかった。ソリ滑りの事故と脳疾患には注意しなければ。「人間は必ずふたり同時に死ぬ」かつて母親は、ポトフを煮込みながらそう言っていた。だが、〈レ・プロメス〉を予約したのは、そうした危機感のせいではない。マリアンヌ・ド・クールヴィルがサプライズ来店すると、以前書いた記事で褒めてやった連中に教えてもらったからだ。最大の敵と同じステージでやり合える、またとないチャンスだ。高級料理を堪能できるのは名前に〝ド〟がついているやつらだけではないと、世間に知らしめる絶好の機会だった。ルグラは期待に胸をふくらませながら、鉄道駅へと向かうタクシーのシートに身を沈めた。

パリのリヨン駅、七時五十分。列車のドアが閉まる瞬間、ルグラのもとにその知らせが届いた。昨夜、〈レ・プロメス〉に泥棒が入ったという。嫌な予感はあったが、案の定だ。あの店を訪れるのはまだ早すぎたのだろう。ルグラは汗をかきはじめた。きっと何かが起こる。そう感じるし、ありありと想像もできる。仏像のようにどっしりとしたからだの内側から、ふつふつと予感が湧いてくる。上着の内ポケットにデンタルフロスが入っているのを確認し、少しだけほっとした。列車が動き出したら歯を磨きにいかないと。大丈夫だ、ジェラール、すべてうまくいく。何かの間違いに決まってる。

「何かの間違いだって？　ふざけるなよ。おれが電話をしたのは」と言って、ディエゴは腕時計に目をやった。「ほんの十五分前じゃないか。なのに全部売っちまったって？　まだ朝九時だっていうのに？」

精肉店の主人は肩をすくめた。うちの肉にいつも文句ばかり言っている客に、どうして得意客が欲しがっている分をやらなくてはならないんだ。ルノワールはいつだって、まるで野蛮人のような猟師たちや、家畜のために笛を吹いてるカンタルの畜産家から直接肉を仕入れていた。だが、ディエゴは激怒していた。いつもならガラス張りの向こうの熟成室に、巨大な牛肉の塊がいくつも吊られている。霜降りのガリシア牛、カンタルのサレール牛、柔らかさが特徴のリムーザン牛、たくましいアンガス牛やヘレフォード牛。静脈が浮き出ておどろおどろしい、まるでフランシス・ベーコン（それにしてもなんと運命的な名前！）が描いた絵のような肉がたくさんあるはずだった。ところが今日は何もなかった。この店の得意客がジュゼッペ・アルビノーニだと、ディエゴだって知らないわけではない。思わずカウンターの後ろに回って相手に殴りかかりそうになったが、クリストフは揉め事を嫌がるだろうとぐっとこらえた。礼を述べ、わずかな戦利品を抱えて店を出る。仔牛のもも肉を八百グラム、ラムショルダー一個、仔ウサギ三羽だけ。

ジルのほうも、状況はかんばしくなかった。マトウダイ、オマール海老、イシビラメが手に入らない。ブレストの魚市場から仕入れるには遅すぎる。レマン湖の漁師のヴァンサンの網にかかったはずの、イワナやフェラもすでに売り切れていた。年々、魚が獲れにくくなっている。冬が暖かすぎて、水温が九度を下回らない年が六年も続いているという。「湖はもう元に戻らない。やがてフェラは絶滅するだろうし、それとともに漁師もいなくなるだろう」と、ヴァンサンは言っていた。群れを作らない肉食の魚、マス、ナマズ、カワカマス、深海魚くらいしか生き延びられないという。

「それなら、カワカマスを使おう」クリストフは、厨房の真ん中にうずくまりながらそう言った。「カワカマスの骨は魚の中で一番厄介なんだ。身も泥臭いし……」

「ジル、ヴァンサンからカワカマスを買ってくれ。それから、ちょっとこっちに来て。ほら、これを前菜にする」

タイル敷きの床の上に置かれた三つのたらいには、溢れるほどの食用ザリガニが入っていた。まだゆっくりとハサミを動かしている個体もある。昨夜、店から自宅に戻ったクリストフは、ヘッドライトを持ってタロワールへ向かった。アヌシー湖畔は満月に照らされていた。本来なら禁止されている、むかしながらの漁法でエクルヴィスを獲った。額のライトで水面を照らし、虫や稚魚を取りに岸辺に上がってきたところを捕まえるのだ。たも網を握りしめ、真っ黒な水の上にかがみ込みながら、いろいろなことを考えた。クリストフの失脚を望んだ者たちは、実際はクリストフに貴重なチャンスを与えてくれた。料理人になって初めて、自分らしい料理を作る機会に恵まれたのだ。自分だけの名前を冠する初めての料理。強盗を手引きしたのは誰だったのかも考えた。怪しいのはヤンだ。あの一見好青年風の、美しい顔をした青年のしわざではないだろうか。いや、もしかしたら、スーシェフに任命されなかったのを恨んだディエゴかもしれない。あるいは、母親が病気でまとまった金を必要としているアロンゾという可能性もある。裏切り者には必ずそれなりの理由があるものだ。自宅に戻ってシャワーを浴びたクリストフは、こめかみの血管がどくどくと脈打っているのを感じた。酩酊によく似た、心地よい感覚。ホールがすでに満席であるにもかかわらず、シェフが無理を承知で追加の客を入れると決めた時の、あの感覚とよく似ていた。リスク、喧騒、そして寛容。ある夜、厨房内に急いで二卓のテーブルをセッティングし、十二人のスペイン人家族に食事を提供したことがあった。ディエゴが、まだ十五歳にもならない娘に色目を使っていたのを覚えている。これでようやく自分らしさを取り戻せる！　クリストフは着替えながらそう思った。ポールが亡くなってから、ずっとふわふわした無気力状態に陥っていた。オマール海老を毒殺されたことで、昏睡状態から無理やり引き戻されたのだ。自分を攻撃してきたやつらに、今度はこっちがアッパーカットを食らわせてやる。

アヌシーの旧市街マルシェ。正午。ルグラは、ピアノソナタ第六番ニ長調を口ずさんでいた。モーツァルトは気分を軽やかにしてくれる。ただ街をぶらつくだけでも、粋なことをしている気分にさせられる。だがルグラは、数メートル先に〈レ・プロメス〉のシェフ、クリストフ・バロンがいることに気づかなかった。サヴォワの神託によって、波瀾万丈の運命を予言された男。ルグラの不安に対する答えを与えてくれるはずの張本人だ。クリストフは、並べられた野菜カゴの間にしゃがみ込んでいた。かつて野菜栽培者だった人間にとって、自分で育てたのではない野菜を選ぶ作業は常に骨が折れる。店で売られている野菜の大半は、早く収穫しすぎたか、溺死したみたいに水ぶくれだ。今は秋。コロンビア産マンゴー、モロッコ産ミニトマト、ベネズエラ産アボカドの季節だ。クリストフは、セップ茸とパースニップを探しにきたが、結局はフェンネル、キクイモ、ルタバガ（カブに似た根菜）、ポワロー葱、マーシュ（ノヂシャ）、ラディッシュ三束を購入した。買った食材をバンに積み込んでいる時、知り合いの大柄な男を見かけた気がした。その男は、ココット鍋料理が名物の小さなレストラン〈レ・ココット〉に入っていった。

ココット鍋に入れられた五枚の鴨胸肉の薄片は、適切に火入れされているとは言いがたかった。中はジューシーさが足りず、外もカリッとしていない。二皿目の、鴨もも肉、スパイス、オレンジをパイ生地に挟んだパスティーヤは、オレンジコンフィが大きすぎてほとんどその味しかしない。つけ合わせもパッとしない。サラダのサヤインゲンは生茹でで硬く、黄桃とタマネギピクルスには「プラムのヴィネグレットソース」と銘打った水っぽいマヨネーズがかかっているだけ。スパイシーな鴨とまったく調和していない。料理が熱いのか冷たいのかもよくわからない。わざわざ立ち寄る必要なし。

ジェラール・ルグラは、書いたグルメレポートを読み返しもせずに雑誌の編集部に送ると、ノートパソコンを閉じた。機嫌が悪かった。今夜食事をするはずの〈レ・プロメス〉から、なんの連絡もない。街じゅうに噂が飛び交っていた。〈レ・プロメス〉は二度と店を開けられないだろう。貯蔵庫の食材がすべて盗まれたらしい。ナタリア・ルノワールは娘と一緒に逃げ出したんだって。まるでヴァレンヌ国王一家逃亡事件のようだ……。ルグラはそんな噂はちっとも信じていなかった。しかし現に、〈レ・プロメス〉の鉄柵は閉じられたままで、ルグラがかけた電話にも折り返してこない。唯一の希望は、マリアンヌ・ド・クールヴィルだった。彼女のために、店は開けざるをえなくなるだろう。そうなれば、ルグラもあとについて無理やり入り込んでやる。女の背中を追ってこっそりと忍び込むのだ。その様子を想像して、思わずほくそ笑んだ。昼寝をしようとベッドに横たわりながら、さっき書いたレビューはちょっと辛辣すぎたかな、とちらりと思った。いやいや、オート＝サヴォワ地方にいながら、ドンブ産仔鴨を勧めるような馬鹿な料理人に情けをかける必要などない。

「シェフ、今夜の分はこれしかないぞ」

〈レ・プロメス〉の厨房。肉部門。午後二時。ディエゴは、バルサが試合に負けた夜のような渋面を作った。クリストフとふたりの部門シェフが、黙ったまま並んで立っている。ステンレスの作業台の上に、牛肉の塊が二つ、和牛ヒレ肉が一枚のっている。ディエゴが、友人のレストラン経営者から無理を言って譲ってもらったものだ。だが、クリストフが考案したコース料理に使えそうなものは何もない。コース料理は、道のりであり、ことばであり、詩だ。ポールは頭で考える人だった。ジャズを聴きながら散歩道のルートを考える。だが、クリストフはからだを動かす必要がある。食材に触れながら、色彩を想像する。「みんな、コーヒーを飲んで休憩していてくれ。すぐ戻る」クリストフは小部屋に逃げ込んだ。ひとりになると、小声でポールに呼びかける。ずっと隅のほうで待機していたけれど、ようやくチャンスに恵まれた、今しかない、という時が来たら、シェフ、あなたならどうしますか？　いや、これは馬鹿げた質問だ。これがポール・ルノワールなら、自らの頭文字を冠した《ＰＲ風グリル》を出して、店じゅうをうっとりさせるだろう。ピカソなら、テーブルクロスの上にハトのデッサンをささっと描いて、それを支払い代わりにするだろう。だが、自分にも何か方法があるはずだ。クリストフはそうつぶやき、ふとコルクボードに目を留めた。四角い付箋に猟師の連絡先が書かれている。そうだ！　上階のシェフのアパルトマンに冷蔵庫があるじゃないか！　あそこなら何も盗られていないはずだ。

クレマンスがアパルトマンのドアを半開きにした。父親が亡くなってから、ずっとアバクロンビー&フィッチの薄紫色のトレーナーで過ごしている。昼も夜もいつも同じ格好だった。クリストフは、彼女ときちんと話をする時間を取らなかったことを悔やんだ。意気地がなかったのだ。なんて声をかけたらいいかわからなかった。

「やあ、クレム。元気？」

「お母さんは？」

クレマンスはボーズのヘッドフォンを耳からはずして首にかけ、そそくさと髪を直した。

「買い物に出かけたみたいだけど」

「お父さんのキッチンを見せてもらってもいいかな?」

クレマンスはヘッドフォンを再び耳に戻した。クリストフが〈レ・プロメス〉に来た時、クレマンスは八歳だった。ふたりで一緒に成長してきたのだ。クリストフは厨房の内側で、クレマンスはその外側で。彼女は大きな目を見開いて、三つ編みにしたブロンドの髪の端を噛みながら、石蹴り遊びのように動きつづける料理人たちをじっと観察していた。クリストフが、マヨネーズの作り方や生地の伸ばし方を教えてやることもあったが、ろくに見ようとしなかった。いつも父親の姿を目で追っていた。ごくまれに、厨房に入って父親に近寄ろうとすることもあった。するとポールは、まるで不用品を扱うように彼女を引き離し、「ここは小さな子供が入るところじゃない!」と、誰に言うでもなく大声で怒鳴りちらした。ムッシュ・ヘンリーはクレマンスの手に小菓子を一つ握らせて、やさしく外に連れ出した。料理人の子供は、親の背中を追いかけながら生きていく。だが、ようやく捕まえたと思った時に親はいなくなっているのだ。

ポールのキッチンの奥に設置された巨大な冷凍・冷蔵室に入った時、クリストフはからだの震えを抑えられなかった。有名ブランド肉、燻製肉、乾燥肉、ヒレ肉、ローストチキン用肉、フランクステーキ、トモサンカク、マルシン、メガネ、ローストビーフ用肉、ロース、肩バラ肉、ソーセージ、ピエ・パケ(マルセイユ名物羊の足と胃の煮込み)用肉、パテ、フォワグラ、スペイン牛のセシーナ(生ハム)……ありとあらゆる肉類がそろっていた。天井からぶら下がっているイベリコ豚の肩ロース肉とハムは、この高所の無菌状態の貯蔵室の中でしっとりと汗をかいていた。ピンク色の脂を指ですくって舐めると、とろりとしていて、干し草とヘーゼルナッツの後味がした。唾液がほとんど出ないのは塩分が多いからだ。絶品だった。この部屋は食肉のルーヴル美術館だ。食物連鎖の守護聖人であるホモ・

サピエンスに捧げられた神殿だ。ベジタリアンにとっては遺体安置所だが、ジェラール・ドパルデューなら聖堂とみなすだろう。クリストフは長く迷いつづけた。必要なのは特別な食材だけではない。ストーリーも見つけないと。

亡くなる数週間前、誰もいないホールの真ん中で、ポールは静かに背中を震わせていた。泣いているとわかるまで時間がかかった。友達なら、そっと肩に手を置いて、アルマニャックのふたを開けただろう。だがクリストフは、つま先立ちでその場から逃げ出した。倒れた巨人など見たくなかった。不安な気持ちにさせられた。しかしあれ以来、ずっとある思いに囚われている。もしあの時、ポールのそばに近寄っていたら、未来は変わっていたのだろうか？　はるかむかし、ポール・ルノワールは、二度と会わないはずだった少年と約束を交わし、本当にそれを守ってくれた。その夜、クリストフは恩に報いる機会を逃してしまったのだ。

ポールから教わったのは、仕事のやり方だけではない。忍耐力、自己の律し方、細部へのこだわり。「おまえはいつも慌てている時にミスをする。慌てるのは準備をしていないからだ。どんな動作も一つずつ、明確な目的をもって行なわなくてはならない」最初の三週間はずっと立ったまま、ほかのスタッフが働くのを見ていなくてはならなかった。ナイフに触れるのさえ許されなかった。それが厨房に入るための唯一の条件だった。観客になること。黙ったまま、心と目だけを動かす。目で見ながら、耳で聞きながら覚える。ポール・ルノワールはそうやって少しずつ、注意深く、クリストフを料理人に育ててくれた。早朝に一緒にハーブや新芽を摘みに行ったり、ブリガードが帰った深夜にさまざまな技術を教わったりした。薄切り、みじん切り、乳化のやり方……やがて、ソースの作り方、砂糖の活用法も教わった。クリストフが〈レ・プロメス〉に入ったのは、ディエゴとジルより遅かったが、最終的には血の気の多いディエゴが肉料理担当シェフ、クールなジルが魚料理担当シェフになり、クリストフがスーシェフに就いた。物事を構築するには、何一つなおざりにしてはならない。ポールはまるで作曲家のように、毎日新しい音をスタッフに提供した。一つの理想郷に惚れ込んだシェフは、スタッフも全員そこに身をゆだねるよう求める。シェフの理想を突きつめるために、とことんやり抜くソウルメイトたち。彼らは決して〝幸福なシーシュポス〟ではないのだ。ポール・ルノワールがいなくなっても、ポール・ルノワールは死なない。その伝説は決して消えない。死んでしまったのは、父親、友人、ブリガードの長、そして指導者としてのポールだ。なぜ銃の引き金を引いたのか？　クリストフには、その答えは一生わからないだろう。ただ、近い距離にいる赤の他人として、彼の晩年の七年間を共に過ごしてきただけだった。

＊

「肉が古すぎる。マリネにしておくべきだったな」

ディエゴは、クリストフに手渡された分厚いヒレ肉を手で触れながら、困惑した表情を見せた。捌いてから三週間以上経っているようだった。乾燥させたり、燻製やマリネにして香りを引き出せればいいだろうが、単に加熱するだけではおいしくならない。

「上にもっといい肉がいっぱいあるんだろう？　仔羊やルビアガレガ牛を使ったらどうだ？」

「おまえが手にしてるのは、ポールが亡くなった前日にしとめたシカなんだ。おれはこれを使いたい」

ポールはこのシカを殺したのと同じ銃で死んだのだろうか、とディエゴは思った。

「いいか、ディエゴ、聞いてくれ。この肉にたっぷりの香辛料と香草をまぶして、魚のように塩釜焼きにするんだ。塩から出した時、熱で圧縮された血液がゆっくりと身の中に浸透する。糖とアミノ酸が加熱されて褐色になるメイラード反応との相乗効果で、肉に風味がもたらされる。きっとおいしく仕上がるはずだ」

「ジビエが苦手なゲストには？」

「仔ウサギを買ってきただろう？　干し草を入れたココット鍋で蒸し焼きにしよう」

午後七時近く。風雪で白く覆われた夜。ヤン、カサンドル、クリストフ、ジル、ディエゴ、ユミがホールに集まり、一つのテーブルを囲んでいた。ディエゴは爪を噛み、ジルは押し黙っている。ヤンが場を仕切っていた。修正済みのディナーメニューに視線を落としている。

「じゃあ、今夜は、アカザ海老、まだ未定だけど何かの野菜、カワカマス、ジビエの順で。残すはデザートだけど」

「口直しはチコリのソルベ。あとはサプライズで」ユミが言う。

「ヤン、《当店のシェフ・パティシエールのサプライズ》としてくれ」

ヤンは驚いた顔でクリストフを見た。ポールなら決して許さないだろう。たとえ、お気に入りのパティシエールが作るものでも、メニューに載せる料理をシェフが知らないなんてありえない。本当に一流店のコース料理にふさわしいデザートかどうか、わからないではないか。

「《サプライズ》より、むしろ《ポール・ルノワール・シェフへのオマージュ》としてほしい」ユミが言った。

今度は、ヤンも黙ってメモを取った。クリストフが手を叩く。ホールと厨房のスタッフが全員集まった。隅のほうにナタリアの姿もある。みんな、シェフが力強いことばで鼓舞してくれるのを待っていた。クリストフは黙ってみんなを見回した。

「ジル、今、何時だ？」

「十九時です、シェフ」

「カサンドル、ホールの状況は？」

「準備万端です。テーブルフラワーとして、スイートピーとキンギョソウを生けてあります」

「ヤン、予約のキャンセルはないな？」

「はい全員いらっしゃいます。本日は満席です」

クリストフは、脊髄を伝って上ってくる震えを心地よく受け入れた。そして、落ち着いた口調で最後にこう言った。

「じゃあ、あとはドアを開けるだけだな」

その時、店から四キロほど下ったところにあるホテルでは、薄紫色のカーペットが敷きつめられた暖房の効きすぎた部屋で、ルグラの携帯電話が点滅していた。今夜八時、「スペシャルサプライズコース」を味わうために、サルジェル氏が〈レ・プロメス〉に午後八時に予約を入れていると、知り合いが教えてくれたのだ。そう聞いたルグラはますます上機嫌になり、念のためにズボンのボタンをはずした。案の定、勃起していた。

第二十三章

人生は自転車のようなものだ、とアインシュタインは言った。バランスを崩さないためには、前へ進みつづけなくてはならない。ぼくは猛スピードでペダルをこいだ。〈ラ・ガルゴット〉の真正面の、以前は手芸材料店だった空き物件を買い取って、小さな厨房を作った。墓場のように涼しい地下の貯蔵室は、製菓室に改造した。二号店〈ラ・プティット・ガルゴット〉のオープンを祝うために、二つの店の間の空きスペースにグリル機を設置した。足がガたつくテーブルや樽を置いて、仔羊肉を焼いて食欲をそそる香りをあたりに漂わせた。五歳になったマティアスは、集まった人たちの間をちょこまかと歩きまわった。ベティは、地域じゅうの人たちと挨拶のキスを交わした。その夜、ラヴニール通りには自由の風が吹いた。前人未踏の大地に向かって、帆船を走らせたくなる風だ。もし、家族が一番幸せだった瞬間を一つ挙げろと言われたら、ぼくはこの時を選ぶだろう。

だが数か月も経つと、ベティは不機嫌になった。深夜二時に来襲して、強引にシャッターを開けさせる連中にうんざりしていた。あの三人の酔っぱらいのせいで、近所の人たちが目を覚ましちまうんだよ！　友達だからしかたがないと弁護しても無駄だった。「友達なら、あんたの私生活を尊重するはずじゃないか！　あんたが子供の顔を見るのは、週にたったの十分だけ。しかも、あんたと一緒にベッドに入るのを待ってる妻もいるっていうのに！」そのとおりだった。だが、続けて現れた思いがけないニュースのおかげで、ベティの怒りは一時的におさまった。〈ラ・ガルゴット〉が一つ星を獲得したのだ。「高級店しか載せない」と批判されてきた『ル・ギッド』が、どうやら大衆を取り込む努力をはじめたらしい。ぼくはラッキーだった。厨房のラスティニャック（バルザック『ゴリオ爺さん』の登場人物。出世のためならなんでもする野心家）、あるいは、ジャガイモとトリュフの間を取り持つミッシングリンクのようなものだ。「ロケーションからは想像できない料理、無骨な見た目を裏切るおいしさ」新聞や雑誌に賞賛のことばが躍り、政治家たちが次々と来店した。クリシー市は一躍流行スポットになり、ぼくの仔羊のプロヴァンス風・ハーブ風味（ブドウの葉に包んでローストしたラムラックに、ほぐした仔羊肉のコンフィを詰めたカブと、酸味のあるブドウのコンディマン（ペースト状の薬味またはソース）を添えたもの）は、ある料理雑誌（名前は忘れたが）の「今年の料理」に選出された。名声に似た何かを手に入れたのだ。そしてその直後、まるで料理の匂いに誘われたかのようにやって来た人物がいた。かつての盟友、ジャック・タルデューだ。ぼくが〈ムーラン・ルージュ〉を辞めてからは、ずっと音信不通だった。ジャックが店の前にオープンカーを停めると、すぐに三人の若者が近づいてきて、中を覗いて光沢のあるウッドパネルに触れた。「おいおい、手は洗ってあるんだろうな、おまえら」ジャックが青くなって尋ねた。ぼくたちは、ヴーヴレ（ロワール地方のAOC白ワイン）を飲みながら、むかし話をした。ぼくが仔牛のレバーをバニュルス（南仏ルシヨン地方の天然甘口ワイン）で溶き伸ばし（デグラセ）している時、ジャックは〈ムーラン・ルージュ〉を辞めたと打ち明けた。馬鹿騒ぎはもう終わりだ。〈マキシム〉でピエール・カルダンとコラボすることになったんだ。素敵な紳士だよ、今度きみにも紹介する。ジャックはぼくを質問攻めにした。どうしてクリシーでやることにしたのか、どういう業者と取引しているのか、食材の貯蔵はどうしているのか。新鮮な食材しか使わないんだ、とぼくが言って、表面がへこんだ巨大な冷蔵庫を指し示すと、ジャックは驚いたような、噴き出しそうな表情になった。「こんな屋台みたいな店で一つ星を取っちまうんだから、本物のレストランを出したらどこまで伸びるんだろうな、きみってやつは！」と、唸り声を上げながらソファに倒れ込む。翌日、再び現れたジャックは厨房の中まで入ってきた。椅子に座り、膝の上にマティアスをのせる。そばでは、ベティがスクランブルエッグを作っていた。ぼくはなんだか、よその一家団欒を邪魔している気分になった。「きみの息子は頭がいいな。きっと偉くなるぞ。推薦人が必要になった時は……」ジャックには、まわりに興奮をもたらす才能がある。彼が帰ると同時に嵐も立ち去った。

ベティの静かな攻撃がとうとう勝利を収めた。以前から、ブルジョワたちが暮らす閑静な高級住宅地に住みたいと言いつづけていたのだ。ぼくにボディブローを浴びせつづけて丸三年。結局、パリ十六区にあるモザール大通りの、ブルジョワ向けオスマン様式アパルトマンを借りることになった。階段にカーペットが敷かれ、真っ白な天井にメレンゲのような装飾がついた建物だ。ジャン＝ユードという著名な司祭の名を冠したチーズ店があり、車は横断歩道の手前できちんと停車し、小型の愛玩犬が室内飼いされている地区。まるで別世界だった。ベティは狂喜した。マティアスは、初めの頃こそ浮いていたが、あっという間に新しい世界に馴染んだ。ぼくはほとんど家に帰らなかった。家計のやりくり、子供の学校に関する面倒な手続きは、すべて妻に一任した。マティアスはあまり友達ができず、教師から持て余されていた。第六学年（中学校の一年目）を留年した時、ベティはひどく心配した。大丈夫さ、ぼくだってバカロレア（大学入学資格）を持っていないのに、ここまでになれたんだから。「あ、そう。でもあんたの『ここまで』って具体的にどこよ？」

ベティの言い方には棘（とげ）があったが、決して的はずれではなかった。年月が経ち、フランソワ・ミッテランが大統領に再選され、ぼくの一つ星もそのあとを追うように七年連続獲得を成し遂げた。パリの一流料理人たちが集まって酒を飲んだり、その場にいない者への陰謀を企んだりするパーティーにも幾度か参加した。こういう場でがぶ飲みする高級ワインは、偽善のほろ苦い味がした。モンテーニュ大通り沿いの店、〈ローラン〉、〈ルドワイヤン〉などに集まった面々は、ぼくの経歴、熱意、好奇心、南西部なまりを尊重はしてくれたが、一緒にいると自分の本来の立場を嫌でも思い知らされた。ぼくには、ボキューズのようなカリスマ性はなく、デュカスやロブションのような威厳もない。何人かの〝友人〟たちが、目を輝かせながら深刻そうな口調で教えてくれた噂によると、ガストロノミー業界のエリートたちは、ぼくを〝鼻が少しばかり利くお調子者〟とみなしているらしい。口は達者だが、大都会に迷い込んだセミと同じでたいした害は及ぼさない人間。クリシーで一つ星なんて、おかしいったらありゃしないよ！　彼らにとってのぼくは、テレビに出てふざけてばかりいるジャン＝ピエール・コフやジャン＝クロード・ブリアリと同類だった。あるいは、ピガール地区の居酒屋、パリ郊外の貧民街にあるいかがわしいバー、マルヌ川沿いのギャンゲット（大衆（ダンスホール））のオーナーと同等だった。ジェラール・ルグラからは、あいつらをぎゃふんと言わせてやれよ、と言われたが、ぼくは、このままで幸せだから放っておいてくれ、と言い返した。ところが内心では、ぼくは名誉が欲しくてしかたがなかった。コックコートにもっと等級の高い勲章をつけたい。だが、今の店では無理なのだ。

「なあ、あんたとこで一番いいワインを出してくれよ」エンリケは、頭を丸刈りにして、軍服を着て、ジュート製の大きなバッグを肩に引っかけていた。白いケピ帽をカウンターの上に置く。

「外人部隊の一員としてレバノンに行くんだ」二年ほどまったく姿を見せなかった。その間、誰とどこで何をしていたのか知らないが、いきなり自由への切符を持って現れたのだ。「そういえばこの間、ジャックを見かけたぞ。最近会ったか？」ジャックは、パリ郊外のバー、カフェ、老朽化したタバコ屋、廃業した商店などを次々と買いあさってはビストロに改装し、昼はタパス、夜は煮込み料理を出す店をやっているという。ぼくは呆気にとられ、開いた口がふさがらなかった。いや、ここはむしろ感心すべきだろう。ジャックはぼくに、社会で成功するコツを教えてくれたのだから。たとえ友人を叩きのめしても、決してやましさを感じてはいけないのだ。確かに歴史上、野心家は何をやっても許されてきた。エンリケは、ぼくを悲しませたことに気づいたらしく、それ以上は何も言わなかった。「無茶はするなよ。必ず生きて帰ってこい。戻ったら連絡してくれ」ぼくはそれくらいしか言えなかった。ぼくたちは抱擁を交わし、エンリケは口笛を吹きながら行ってしまった。ひとりになるとすぐ、激しい憤りに苛まれた。ジャック・タルデューは、ぼくのアイデアを盗み、ぼくと同じ業者と取引をしている。おそらく、うちの店と同じような黒板メニューを出しているのだろう。あのくそ野郎、そんなふうにいとも簡単にうまくいくと思っているのか？　はらわたが煮えくり返る思いで、そのままモザール大通りのアパルトマンへ向かった。いつもなら帰宅しない時間帯だが、ベティに会いたかったのだ。ところが、妻は留守だった。代わりにマティアスがいた。ソファにもたれ、煩わしそうな顔をこっちに向ける。ジョイントを手にしていた。売人らしい男がそばにいて、ぼくに気づいて逃げ出した。ぼくはどす黒い怒りにとらわれた。父親がこんなに一生懸命に働いているのに、こいつときたら！　友人に裏切られた上、血を分けた息子にさえ馬鹿にされるなんて！　こんなことに貴重なこづかいを使いやがって！　ぼくはマティアスの部屋に入ると、そこらじゅうのものを手あたり次第につかんだ。本人が描いたらしい下手なデッサンを次々と破り

（自分に才能があると信じこみ、デッサン帳のすべてのページに何かを描きなぐっていた）、サッカー界のレジェンドであるプラティニのサイン入り額縁を壊した。ぼくたちの時代、教育とは親の背中を見せることだった。父はその父の背中を見て育ち、息子は父の背中を見て育つ。マティアスも、両親が必死に働いている姿を見てきたはずだった。ぼくたちが多くを犠牲にし、疲労困憊しているのを知っているはずなのに、感謝するどころか年金生活者の息子のようにふるまっている。ここから出ていけ！　二度と戻ってくるな！　マティアスは、勢いよくドアを閉めて出ていった。それ以来、息子と一緒に食卓につくのをやめた。ぼくは毎晩のように〈ラ・ガルゴット〉の上階で寝泊まりした。かつて家族で住んでいた部屋を、アプランティに貸すために取っておいたのだ。言いたいことは、ベティを通してやり取りした。マティアスが謝ってくるのを待っていたが、結局何も言ってこなかった。ベティはしょっちゅう泣いていた。ねえ、仲直りしてよ。お願い、あたしのためだと思って。だがふたりとも折れなかった。ぼくはよい父親ではなかった。理想の父親からはほど遠かった。だが、マティアスも決してよい息子ではなかった。そしてぼくは、この教育の失敗の責任を負おうとしなかった。親は自分にできることをし、仕事を突き詰めて、子供は親に従うしかないのだ。

ある夜、アラン・デュカスが食事にやって来た。〝ドン〟が姿を見せる時は必ず理由がある。ぼくは、前菜にカエルのもも肉、メインに牛ほほ肉、そしてデザートにミシュランのタイヤほど大きなババ・オ・ロムを出した。デュカスはすべてをむさぼるように食べた。「〝坊や〟がここでしている仕事には、大いに感銘を受けるよ」デュカスは誰に対しても、〝坊や〟というちょっとイラっとする呼び方をする癖がある。年齢はぼくと二つしか違わないのだが。どうやら、一対一で話をしたくて来たらしい。おい、パリじゅうの噂になってるぞ。きみがタルデューのことを「ぶん殴ってやる」と言っているとね。だがデュカスはどちらの味方になるつもりもなく、あくまで仲裁に来たのだという。本当に？　じゃあ、どうしてジャックは一緒に来なかったんだ？　デュカスは渋面を作った。それはもちろん、きみに殴られるのが嫌だったんだろう。なあ、ここはぐっとこらえて、水に流してやってくれないか。たいしたことじゃないだろう。わたしだって、いつかきみのようなビストロを出したいと思うかもしれない。なあ、きみのためにわたしに何かできないか？　ぼくは頭をかいた。そうだな、あんたに頼みたいことがないわけじゃない……。アラン、ひどく反抗的な青年がいるんだ。そいつをあんたの店で使ってくれたら、いい薬になると思う。

デュカスは立ち上がった。

「ああ、それからもう一つ。そいつがたとえぼくの息子でも手加減は無用だ。徹底的に厳しくしてほしい」

第二十四章

レストランのエントランスに、ジェラール・ルグラの巨大なシルエットが現れた。フェルト帽を被り、ウールの分厚いコートを着ている。まるで、映画『黒い罠』のオーソン・ウェルズのようだ。その巨大な影は、まるで油だまりのようにホールに広がり、厨房のほうへと這っていった。カサンドルがつま先立ちをして、背後からコートを脱がせる。「こちらへどうぞ」

「おや、マダム。あなたもですか。偶然ですね！」

マリアンヌ・ド・クールヴィルが、携帯電話から顔を上げてルグラを仰ぎ見た。

「ルグラさん。あなたはわたしを嫌っていると聞きました。残念です。わたしはあなたの文章が好きなので。あなたの記事を読むと、あなたの大先輩に当たるフードライターのロベール・クルティーヌを思い出します」

ルグラは肉食獣のような笑みを浮かべながら、自分の席に向かってのしのしと歩きつづけた。通されたひとり用テーブルのそばに、後ろ足で立ち上っている実物大の木彫りの熊が置かれている。ポール・ルノワールが、地元の職人に作らせたものだという。クルティーヌだと？　なんて忌々しいことを言いやがる。ルグラはぶつぶつとつぶやきながら、アームチェアにどっかりと腰を下ろした。あのクルティーヌのやつは、アクション・フランセーズの党員で、ナチの味方で、裏切り者で、業界の恥さらしなんだぞ！　あいつはかつて、ドイツのジクマリンゲンで、あのペタン元帥と一緒に食事をしたこともある。どうやら食事はまずかったらしいが。《もっともすぐれた対独協力者（コラボラトゥール）のひとり》とみなされながら、日刊紙『ル・モンド』に記事を書きつづけた。ルグラもかつて、一度だけ〈マキシム〉でクルティーヌに会ったことがある。ガラガラヘビのようにおぞましい男だった。

「最高級牡蠣〝ロワイヤル〟のメダイヨン・レジャン風クリーム、シタビラメのポーピエット（巻物）・グルメ風、トゥルヌドー（牛ヒレ肉の背脂巻き）のサラ・ベルナール風、肥育鶏の美食家風、コー地方風サラダ、チーズ、〝イデアル〟風アイス、ルーアン産デュシェス（梨の一種）」

　バス会社を経営するドルーアン兄弟の招待で、シモン・アルベロと〝食通の王〟の異名を持つキュルノンスキーが、ルーアンの〈ラ・クーロンヌ〉で味わったとされるメニューだ。ルグラは目を閉じ、料理が出てくるのを今か今かと待ちながら、自分も参加したかったかつてのディナーのメニューを、気を紛らわせるために心の中で読み上げた。もし記憶に間違いがなければ、そのディナーで飲まれたのは、一九一五年のモンラシェ、一八九六年のシャトー・ピション＝ロングヴィル、一九一一年のジュヴレ・シャンベルタン、そして一九一三年のクリュッグだったはずだ。時代は移り、あれから多くのことが変わってしまった。残念でならない。ルグラはため息をついた。飲酒は控えめにすべし。脂っこいものと甘いものに要注意。ゆっくり腹八分目に食べること。ああ、もう、うるさい！　ルグラは思わず声に出していた。腹が減った！　「ルグラさま、お呼びでしょうか」ディレクトゥールが心配そうに飛んできた。

「ルグラさまは食事をご所望なんだよ」ルグラはわめいた。「まわりを見ろ。ほら、みんなげっそりしている。お腹がぺこぺこなんだ。味覚を目覚めさせてくれるアミューズ＝ブーシュはいつ出てくるんだ？　味蕾に刺激を与えてくれるサヴォワワインは？」

ルグラは、身振り手振りを交えながら、大げさな口調で嘆いた。ほかの客たちは、それを見てほっとした顔をした。ヤンはカサンドルに目くばせをし、厨房に知らせに行くよう指示を出した。ルグラはヤンを横目でちらりと見た。カヴァイヨン産メロンのように、丸くてきゅっと締まった尻をしている。それを見て、急にアレクサンドル・デュマの小説を再読したくなった。小走りで厨房に向かったカサンドルは、危うくクリストフとぶつかりそうになった。出番前に脇幕に隠れて舞台を見ている俳優のように、ホールのゲストたちをこっそり眺めていたのだ。

「シェフ、皆さんが苛立ってます」

クリストフはかすかな笑みを浮かべた。心からリラックスしているように見える。フランス料理界を牛耳っている女性と、フランスでもっとも辛口なフードライターを、同時に迎えた料理人とはとても思えない。トランス状態に陥った死刑囚といったところかしら、とカサンドルは思った。

「カサンドル、ホールの中央でコースメニューを読み上げてくれ。町じゅうに布告する田舎の役人の要領で」

「大声を出すんですか？」カサンドルがおどおどしながら尋ねた。

「にっこり微笑んでみろ。そうすればうまくいく」

クリストフがメニューを差し出した。カサンドルはわずかに顔をしかめた。

「本当にいいんですか？　わたしが出しゃばったら、きっとヤンが怒り狂う……」

だが、クリストフはもうその場にいなかった。

湖畔のエクルヴィスのショーフロワ（加熱した料理を冷やして供する前菜）

カサンドルは、プリントアウトされたばかりの一枚の紙を手にしていた。よく通る声で読み上げる。みんなが彼女に注目した。「タロワール名物のエクルヴィスを使った料理を、二種類お出しします。一つは、ローストして、コンフィにしたニンジンのコンディマンを添えたもの。もう一つは、腹部の身のタルタルにエクルヴィスのスープを添えたものです」

地元の高地のフェンネル

暗闇に潜む、二枚のカミソリの刃。ヤンは決して許してくれないだろう。それでもカサンドルは笑顔でメニューを読みつづけた。「地元の高地産のフェンネルの鱗茎を、牛肉の赤ワイン煮（ブフ・ブルギニョン）仕立てにしました。つややかでカリッとした食感のコンフィにしてあります。野菜の栽培について造詣が深いシェフが、村の中心にある教会のように、野菜をメインにした料理を作りました」

地元の湖のカワカマス

「カワカマスは、地元の伝統食材、地域の人たちの思い出の味です。今日は、バターとヴァーベナを使ったサバイヨンソースでお出しします。百八十度で熱した、クレーム・ブリュレ風の味わいをお楽しみください」ヤンは時々ひどく恐ろしい。下唇を噛みながら、氷のように冷たい目でこっちを見ている。

「今夜、皆さんに味わっていただく鹿肉は、ポール・ルノワールがしとめたものです。塩釜焼きにして、トウヒで燻製をかけたものを鋳物ホーロー鍋にてお出しします。樹液とハチミツの後味を楽しんでいただけると思います」

ひそひそ声が聞こえた。雪が降っている庭で、コックコート姿の男がすいすいと木に登っているのが見えたからだ。

「あちらはディエゴ、当店の肉料理担当シェフです。今まさに、トウヒの枝を集めようとしています」カサンドルが淡々と述べた。

歓声と声援。デザートを読み上げる声は、みんなの耳に届かなかった。カサンドルは脇に退(しりぞ)いた。

ルグラは大いに楽しんでいた。やっぱりあの若いシェフは意外性に満ちている。木に登っていたやつもいい役者だった。ホールでのふるまいより、庭での行動のほうが印象的だ。だがこうしたすべては、しょせんは演出、愉快な余興にすぎない。本番はこれからだ。マリアンヌ・ド・クールヴィルも同じように思っているだろうか。あの女は機知に富んだ人間だ。一緒に食事をすべきだったかもしれない。ああ、ようやくエクルヴィスのお目見えだ！　美尻のディレクトゥールも一緒に！完璧だ。ルグラが調理法について質問すると、ディレクトゥールは澱(よど)みない口調で答えた。「エクルヴィスの頭で取ったソースによって、とろりとした食感がもたらされています」ところが、ゴール間近で彼はつまずいた。「それでは、お食事の続きをお楽しみください」食事の続きだと？　おい、若いの、おれはまだカトラリーに触れてもいないんだぞ？　前にどこかの店のディレクトゥールにも、食べている途中なのに「お食事はもうお済みですか」と言われたことがある。その時はあまりに頭にきてすぐに席を立ち、そのまま戻ってこなかったのだ。

ホールには、心地よい空気が流れていた。ワルツを踊るような給仕の動き。シルバーカトラリーが立てるカチカチという音は、帆船のマストに張られたロープが鳴る音によく似ている。裏手では、スタッフが太平洋上を滑るようにして働いていた。クリストフはほとんど声を上げなかった。コースメニューを一つに絞る利点はここにある。今夜の〈レ・プロメス〉は、「三つ星レストランでもっとも静かに仕事をするブリガード」という噂にたがわぬ店だった。全員が神経を集中させて一丸となって動きまわる中、時折、謎めいた呪文が飛び出す。その声に切迫感はほとんどない。ルートチャービル、コショウ、ビスク……できたぞ、持っていけ！　心臓が破裂しそうにドキドキしているのは、製菓室のユミだけだった。かつてポールはしょっちゅう、キャスターつきの小さな椅子に座ったまま、仕事をしているユミのまわりをぐるぐると回っていた。ポールが囁く声が聞こえる。「きみの作ったこの《モン・フジ》は確かに小さな山だけど、これは大きなデザートだ」。ポールに会いたい、さみしい。こんなこと、今までどんな男性にも言ったことはなかった。でも、ポール〝先生(センセイ)〟には伝えたい。

深夜零時。ミニャルディーズの時間だ。クリストフはホールに出て、テーブルごとに挨拶をして回った。ゲストたちはみな、歓喜と好奇心に満ちた表情で迎えてくれた。満腹になり、ほろ酔いの状態で、散り散りに帰っていく。マリアンヌ・ド・クールヴィルもクリストフに礼を述べた。とてもよかった、と彼女は言った。とくにデザート。でも客観的な意見とは言えないかも。わたし、栗が大好物なの。

「あとでうちの調査員の意見も聞かないと。ほら、今帰ろうとしている彼よ。フィリップ、こんばんは。気をつけて帰って。外は雪みたいだから」

禿げた中肉中背の、六十代くらいの男性だった。遠慮がちに挨拶を返し、そそくさと出ていく。

「不眠症になったりしないでね。こうしたことは、もうすぐたいしたことじゃなくなるはずだから」

唇の端に皺を寄せて、子供のような笑みを浮かべる。マリアンヌ・ド・クールヴィルは、謎めいたことばを残して外へ出ていった。

ジェラール・ルグラは、額に汗を浮かべ、真っ赤な顔をしてトイレから出てきた。自分のテーブルまでの数メートルが、果てしなく長い距離に感じられる。カサンドルは、ルグラが今にも倒れるのではないかとハラハラして見守っていた。彼女は、この巨漢の男に同情心を抱いていた。食べものを咀嚼するのにさえ苦労していた。太っているせいで、これまで悪口を言われたり、嘲弄されたり、軽蔑の目で見られたりしてきたのではないか。カサンドルも幼い頃は太っていた。スイカと呼ばれてからかわれたり、男の子たちから足を引っかけられたりしていた。

「お嬢さん、すまないね、もたもたして」ルグラが息を切らしながら言った。「長いキャリアを引きずって歩いているものだから」そう言って、腹をそっと撫でる。

「このシャツの下には、フランス料理史の大半が詰まっているんだ。いいことを教えてあげよう。わたしの腹のすべての皺には、かつての偉大なシェフから今どきの新米シェフまで、料理人の名前が一つずつ刻まれている。ただ残念なのは、たとえその料理人がいなくなっても、わたしの皺はなくならないということだ。ほら見てくれ、わたしのボキューズは相変わらずここにたっぷりと残っている。不公平だ」

「とても個性的なやり方で、料理人の名誉を称えてらっしゃるんですね。もっとも美しい敬意の表し方と言えるのではないでしょうか」

ルグラは片方の眉を上げた。

「おいおい、シェフ。このマドモワゼルはいい子だな。どうしてホールのディレクトゥールにしないんだ？」

いつの間にかクリストフが背後にいたと知って、カサンドルは飛び上がった。

「コーヒーにされますか。それともシャルトリューズ（ハーブのリキュール）でも？」過剰な慇懃（いんぎん）さを排した口調で、クリストフは尋ねた。

「むしろ、きみの時間を一分欲しい」

ルグラは、意味ありげな目くばせを送った。

「さて、三つ目のやつはどうだい？　失わずにすみそうかな？　さっき、大編集長さまと話をしていただろう」

クリストフはルグラの隣に腰かけた。

「噂を流したのはあなたでしょう。否定するのはあなたの役目ですよ」

「おいおい、おれはみんながひそひそ声で話していたことを、大声で言っただけさ。きみは誰よりもよく知ってるだろう、ポールがずいぶん前から調理をしていなかったことを。座礁したのは、船長のプライベートボートであって……」

「彼女は何も言ってませんでした」ルグラのことばを遮りながら、クリストフが言う。それから少しして、こうつけ加えた。

「というかむしろ、自分にはもう関係がないと思っているようでした」

ルグラは前のめりになった。

「どういう意味だ？　もう関係がない？　クビになったのか？　修道院にでも入るのか？」

「今度お会いしたら、ご自分でお訊きになったらいかが。そんなことより、どうでした、今日のお食事は？」

ジェラール・ルグラは返事をしなかった。肉汁のようにねっとりした汗が、首の皺と皺の間をしたたり落ちる。もう関係がないだと？　あの女、まさか……。その時、クリストフの視線を感じた。動物園の檻の中にいる獣の反応を見るような、少しも臆することない目つきだった。罠にかけられ、身動きができなくなった気がして、すぐにでも立ち上がって逃げ出したくなる。勘定書を押しやった。「頼むよ。タクシーを呼んでくれ。眠たくなってきた」


夜遅く。ジェラール・ルグラのメモ。

タロワールの湖畔で、シェフ自らが前日に獲ったという、新鮮そのものの美しいエクルヴィス。丁寧に調理されているが、斬新さはない。だが、別皿で添えられたサツマイモのムースリーヌ・サフラン風味は、好奇心がかき立てられる一品。

野菜にはあまり関心はないのだが、このフェンネルは嬉しい発見だった。オーブンでコンフィにして、ほどよく色づいた鱗茎部を、半分にカットして提供。生のまま薄く輪切りにした鱗茎を上から被せ、鮮やかな緑色の葉を散らしている。ハチミツビネガーでデグラセしたジュ

（汁焼き）はまるで肉汁のようで、この食材を主役にした一皿を見事に引き締めている。

カワカマス（洗練されているとはいいがたいこの魚を使うとは、大胆な選択！）を使った、シンプルで美しい一品。ヴァーベナ風味のバターで軽くコンフィにした、身が引き締まった真っ白な切り身に、旬の野菜（ニンジン、パースニップ、黒丸ダイコン）のロースト、ほのかにレモンの香りがするふんわりしたカワカマスのムースを添えて。骨で取った出汁が秀逸。

塩釜焼きにされたジビエ料理（亡くなる前日にポール・ルノワールがしとめた鹿肉との説明に、ホールが静寂に包まれた）は見事だった。かすかなスパイシーさが感じられる。つけ合わせは、円柱形にカットしたジャガイモに、臓物（鳩か？）のコンフィを詰めてサクッと仕上げたもの。香り高いトリュフ片をいくつか散らし、青野菜を少量添えて、コクのある肉汁をソース代わりに。〝ＰＲ〟という頭文字が冠されても意外ではない一品。

だがもっとも印象的だったのは、《ポール・ルノワール・シェフへのオマージュ》と銘打たれた、秋らしい色合いのデザート、《モン・フジ》・栗とカシスのムースリーヌ添え、と言っていいだろう。ルノワールから話を聞いてはいたが、日本人女性のユミ・タケダは実に素晴らしいパティシエールだ。食事を始めた時以上の興奮とともに食事を終えたのは、久しぶりの経験だった。文学作品を読む時と同じで、これ以上心地よいことはない。

ぜひ再訪したい。

第二十五章

ジャン・カステーニュの人のよさそうな顔を初めて見た時は、のちにあれほどの憎しみを向けられることになるとは思わなかった。〈シェ・イヴォンヌ〉の土地と建物を買い取り、〈ル・トゥル・ガスコン〉と名を変えて、新たにレストランを始めていた。ディナーのコラボを持ちかけられ、一も二もなく承知した。ちょうど息抜きが必要だった。それに、新しいオーナーに会ってみたかった。オーシュ駅に到着すると、カステーニュが妻とスーシェフを伴って迎えに来てくれた。スーシェフのフィルマンは、無口で、新芽がついたばかりの大ぶりの枝のような男だった。カステーニュは、歴史書に出てくる中世フランスの軍人、ベルトラン・デュ・ゲクランに似ていた。イノシシのようにどっしりした体軀で、陽の光を浴びて熟したマルメロの実のように大きな顔をしている。きみの参加はまわりの注目を集めているよ、と道中でカステーニュに言われた。ちょうど店が暇になりつつあったという。ルノー20の運転席に座ったカステーニュは、太ったからだを無理やり縮こませている後部座席の妻に、バックミラーを通して期待に輝く目線を送っていた。店は以前と変わっていなかった。高額な工事をするには及ばないと思ったのか、前の雰囲気を残したまま営業していた。メール・イヴォンヌの額入りの写真も、レセプションの上の壁に掛けられたままだった。消えかけた火の匂い。子供時代の熾火が揺れている。だが、農場内のほかの建物は廃墟になっていた。放置されていた家畜小屋には、祖母がよく横になっていたソファーベッドが置かれていた。ぼくたちを見守ってくれていた大鍋には、澱んだ水が溜まっていた。ぼくの思い出はすっかり脇に追いやられていた。

〈ル・トゥル・ガスコン〉は、レストランガイドには掲載されていなかった。だがカステーニュにとってここは人生最後の店で、なんとか長く続けていきたいと願っていた。コラボ・ディナーは大成功だった。たくさんの人が訪れ、ホールに誰かが現れるたび、大きな笑い声が厨房にも届いた。賑やかで楽しい夜だった。カステーニュがぼくを「船長」と呼びはじめると、スタッフもみんな真似をした。ぼくがエシャロットのみじん切りをしようとすると、カステーニュは、ほら、みんなしっかり見ておけ、と注意を促し、「今からパリ流のみじん切りを見せてくれるぞ」と言ってまわりを笑わせた。その夜のメニューは、ミニファルシのプロヴァンス風（トマト、ズッキーニ、ナス、ピーマンなど夏野菜の肉詰め）、メカジキの輪切りのロースト・ナスのカネロニ添え・サマートリュフ風味。そしてもちろん、〝トゥル・ガスコン〟（直訳すると「ガスコーニュの穴」で、ガスコーニュ地方伝統の「食中の口直しと酒」の意）としてリンゴのソルベとアルマニャック、続けてセガラ産仔牛ヒレ肉のパイ包み焼き・仔牛のジュのディアブル風、そしてデザートとして店のスペシャリテである《コロンビアコーヒー風味のパルフェグラッセ、ブラックチョコレートの冷製スープ》。料理をすべて出し終えたあと、カステーニュに押されてホールに出たぼくは、割れんばかりの拍手で迎えられた。エントランスで最後の客を見送った時は、もう声が枯れていた。この気持ちは、この温かい雰囲気のせいか、ゆっくり更ける夜のせいか、それともコオロギの声のせいか？いや、きっと単なるノスタルジーだろう。翌日、祖母の墓参りをしながら、ぼくはお告げの印を探した。だが、イトスギの天辺（てっぺん）はびくともしなかった。駅のプラットフォームで、みんなに温かく見送られた。夫を喜ばせてくれたお礼にと、カステーニュの妻からコンフィチュールやフォワグラの瓶詰めがどっさり入った箱をもらった。カステーニュはぼくの手を握りしめ、「またいつでも好きな時に来てほしい」と言ってくれた。

パリに戻ると、ベティは怒り狂っていた。マティアスが出ていったせいだった。電話をかけても出ないのだという。「あの子はあんたに対して腹を立てているはずなのに、あたしに仕返しをするんだよ！」じゃあ、電話をかけなければいい、とぼくは言った。妻が不機嫌でも気にならなかった。考えるべきことがほかにあったからだ。そのせいで、血管が激しく脈打っている。〈ル・トゥル・ガスコン〉と比べると、〈ラ・ガルゴット〉の厨房は小さすぎた。息が詰まってしかたがない。クリシーも以前より汚らしく騒がしくなった。カステーニュは、ぼくのアドバイスを求めて週に何度も電話をしてきた。妻が関節炎になった、レクトゥール村で満席にするのは無理だ、などと愚痴を聞いてもらいたがる。料理人に孤独はつきものだ。ぼくには〈ル・トゥル・ガスコン〉の未来が目に見えるようだった。過去の栄光にしがみついたまま、ほかの多くの家族経営の店と同じ運命を辿るだろう。〝ガスコーニュの〟かどうかは知らないが、自ら開けた〝穴〟の中に消えていくのだ。「逃亡」ではなく「新たな出発」と思わせるには、理由を与えてやればいい。ある夜、疲れ果てたと訴えるカステーニュに対して、ぼくは一つ駒を進めてみた。「あなたの店が落ちぶれたり、ピッツァ屋に乗っ取られたりする羽目になるのは見たくない」だが、相手は危険を感じ取ったようだった。数か月間、連絡が途絶えた。ぼくは自分から電話をかけて、明確な条件を示した。双方にとって納得のいく値段で、レストランを買い取りたいんだ。カステーニュが金に困っていること、妻がいずれは店に出られなくなるだろうことを、ぼくは承知していた。だが、彼は頑なだった。考えると言ったきり、何週間経っても連絡がなかった。相手の沈黙が続くにつれて、ぼくの気持ちはますますつのっていった。もはやそのことしか考えられない。家族の店を取り戻し、祖母が築いた栄光の道に自分も足跡を残したかった。カステーニュは、ぼくを強奪者、あるいは乗っ取り屋呼ばわりするようになった。なぜぼくが急に心変わりしたのか、父には理解できなかった。ポール、どうして今になって？　おれがあれほど言っても決して帰ってこなかったくせに。ぼくの決意の固さを理解してくれたのは、エンリケだけだった。エンリケは、アヘンを密売したことで外人部隊から解雇され、レバノンから戻ってきていた。あの土地はあんたのものだ。エンリケはきっぱりと言った。あんたの許しを得ることなく、誰もそこに住むことは許されねえ。

運命は、ぼくに悲劇的な力添えをした。ある夜、〈ル・トゥル・ガスコン〉は火災に見舞われて大きな損害を被った。そのニュースはラジオでも流れた。耳を傾けながら、恐ろしいことが起きたと思った。ひとりの青年が命を失ったのだ。早めに仕込みをするために店に来ていた若いコミだった。定休日の月曜だったのに！　ぼくはしばらく呆然としていた。数日間は、ほとんど眠れなかった。見知らぬ青年だったが、それでも葬儀に参列した。とても無関係とは思えなかった。カステーニュは亡霊のようになっていて、うつろなまなざしでぼくを見た。

「ジャン、心の底から残念に思うよ。本当になんと言ったらいいか……」

カステーニュは低い声で言った。

「それを言う相手はおれじゃない。あそこにいる人たちだ。彼らの人生はめちゃくちゃになってしまった」

顔を向けた先に、一組の男女がいた。小柄な男性とその妻。喪服を着ているが、質素な身なりをしている。妻はスカーフで涙をぬぐい、夫はつま先を見下ろしていた。ふたりの間に、七、八歳くらいの男の子がいた。ぶかぶかの黒っぽい服に身を包んでいる。その子と目が合った。死とは何かを理解するには幼すぎる年齢だった。

「いくら考えても、どうしてこんなことになったのかさっぱりわからない」カステーニュは言った。「漏電じゃないかって警察に言われたけど、店を買い取った時に絶縁のために電気工事をしてもらったばかりなんだ……。レストランが丸ごと燃えちまうなんて信じられない。保険会社は、おれが火をつけたんじゃないかって疑うんだ！　こんなことになるなら、もっと前に売っておけばよかった」

カステーニュは顔を上げた。顔面がぴくぴくと痙攣している。その目には怒りと不信感が浮かんでいた。

「結果的に、あんたの思いどおりにことが運んだな。そうだろう？」

だが、すぐに気を取り直したようだった。

「悪い、ポール。おれはもう駄目だ。モニークは葬儀に出ることさえできなかった。あの子をすごく可愛がっていたんだ。ジェロームという名前だった。才能があって、とてもやさしい子だった。きっと大成しただろうに」

カステーニュは、別れの挨拶もせずに、疲労をにじませた背中を向けて立ち去りかけた。それから振り返ってこう言った。

「あの家は呪われてる。あんたにくれてやるよ」

農場の大半は焼失した。家畜小屋で生き残ったのは、あの大鍋だけだった。灰の臭いが数キロ四方に漂っていた。樹木も何本か焼け焦げていた。父が現れた。すっかり意気消沈していた。ぼくたちは黙ったまま、一緒に焼け跡を歩いた。それから突然、父はこんなことを口にした。「結局、すべてを失ってからでないと、おまえは戻る決意をしなかったな」

*

「パリで二番になるより、村で一番になりたいんだ（ユリウス・カエサルのことばのもじり）。この格言を知ってるだろう。ぼくは今三十五歳だ。働きはじめて二十年が経つ。自らの野心を追求すべき時期が来たんだ」

　ベティはこれ見よがしにあくびをした。

「好きなようにすればいいじゃない。あんただっておとななんだから」

「きみも田舎を好きになるよ。一軒家、土地、そして健（すこ）やかな暮らしが手に入る。きみは庭いじりをしたり、読書をしたりすればいい」

「田舎に引っ込むのは、あんたにとってすごくいいことだと思う。あたしたちふたりにとってもね。留守中、レストランはあたしが回しておくから」

「ベティ、そうじゃない。レストランを売りはらって、一緒に田舎に行くんだ」

　ベティは一緒には来なかった。落ち着いた頃に会いに行く、という約束だけはどうにか取りつけた。二号店の〈ラ・プティット・ガルゴット〉は適切な価格で売却した。一号店の〈ラ・ガルゴット〉は、ベティとスーシェフに一任した。農場では、再建工事が急ピッチで進められた。地元の人たちは悲劇の記憶を消したがっていた。地方議会からは補助金も出してもらえた。店のかつての輝きを取り戻したかった。とりあえず、ぼくの記憶に残っている姿には戻したかった。ぼく自身も、やすりをかけたり、ペンキを塗ったり、ニスを塗ったりした。夜間には夢の中でも働いた。そして火事から半年が過ぎた頃、とうとう新しいレストランが誕生した。以前と同じ、いや、ほぼ同じ姿で。ホールの中央に、銅の台座にのせてあの大鍋を飾った。四席ぶんのスペースをつぶして、誰も手出しができないところに堂々と君臨させた。こうして〈ポール・ルノワール〉は火曜の朝に開店した。華々しく祝ったり、招待客を呼んだりすることなく、ごく静かなスタートを切った。

『シュッド＝ウエスト』紙に初めて掲載された記事には、「伝統を重んじる、本格的で洗練されたクリエイティブな料理」と書かれた。ジェール県産仔鴨のローストのオリーブ添え、牛ほほ肉の煮込み・灰焼きジャガイモ添え、木曜限定のガトー・ド・リ、金曜限定のイル・フロッタントなどを目当てに、客が続々と訪れた。イヴォンヌの時代と同じように、食後にはテーブルにアルマニャックのボトルを置いた。オープンから二か月後、ベティがやって来た。ぼくがこちらに来てからは、ほとんど話をしていなかった。ぼくの一日は長く、妻が何をしているかはわからなかった。ほら、こういうところで暮らしてるんだ。あそこには池が、こっちには家畜小屋がある。さあ、おいでよ。ぼくはベティの手を取り、一緒に干し草の上に寝転がろうとした。だが、ベティはその手を振りはらった。ポール、あたしは疲れてるの。ベティは日曜の午後の列車で帰っていった。急な用事ができたとのことだった。経験則からいって、夫婦間での難破事故の原因究明は難しい。ブラックボックスもなければ、喧嘩や不仲の履歴も残っていないからだ。ぼくたちの場合、怒鳴り合ったり、皿を投げつけたりすることもなかった（ふたりとも食器が高価だと知っているという理由もある）。唯一言えるのは、決定打になったのは一本の電話だということだ。マティアスが戻ってきたの！ベティはアトリがさえずるような声で言った。すごく変わったわよ、見違えたわ！　放蕩息子（いや、僥倖（ぎょうこう）息子と呼ぶべきかもしれない）のご帰還によって、あらゆる交渉の道が閉ざされた。ベティはもう二度と田舎に来ないだろう。正直言って、せいせいした。これでようやく、耳元で囁かれる勝利の女神の声に堂々と耳を傾けられるようになったのだ。

そのためには、嵐をも恐れないブリガードが必要だった。ぼくは力自慢の若者たちを雇い入れた。口下手だけど努力は惜しまない《ガスコーニュの青年隊》（十七世紀に設立された連隊）だ。星をつかむために、共に汗と涙を流して戦える者たち。すぐに辞めてしまう者もいれば、必死に食らいつく者もいた。要求した唯一の礼儀作法は、ぼくに余計な時間を取らせないこと。農場内の古い民家を三つのステュディオ（ワンルームのアパルトマン）に改装し、優秀なスタッフには食事つきで無償で提供した。カステーニュのスーシェフだったフィルマンも雇い入れて、同じポストに就けた。ぼくたちは互いに理解し合えた。フィルマンには、家族もいなければ、これといった趣味もない。ぼくが温和な警官だとしたら、彼は目つきの鋭い夜警だ。想定外のトラブルが起きた時の、保険のような存在。損な役回りだが、レストランには保安官の役割を果たす人間が必要なのだ。良質な映画に必ずよい悪役がいるのと同じだ。スタッフたちのエネルギーを集結させるために、あえて彼らを怒鳴りつけることもあった。この怠け者ども！　ぼくはラクダか？　ラクダに見えるか？　見えない？　じゃあ、どうしていつもおまえたちを背負わされている気がするんだ？　え？

店をオープンして一年後、ぼくのコック帽の上に蝶のように星が留まった。フランスを縦断してここまで飛んできたのだ。だが、初の自分の店である〈ラ・ガルゴット〉と同等の栄誉では、〈ポール・ルノワール〉には物足りなかった。ぼくはこの店ですでに、高級レストランに匹敵する調理を行なっていた。客に気後れさせない日常的な料理を、正確に、手間ひまかけて作り上げていた。

いつものビストロ料理でも、調理法次第で忘れられない体験を生み出せる。たとえば、野ウサギのテリーヌ。ごくシンプルなレシピだが、何百回作っても常に最高レベルに仕上げなくてはならない。こってりしているのに、ほろほろした肉質。美しいピンク色。口に入れてもどぎつさはなく、ジビエらしさはありつつも、繊細さとバランスのよさが感じられる。つまり、知的なテリーヌ。「ウマを描いてみろ」ピカソは、自分の真似をしたがる学生たちにこうアドバイスしたという。早く一人前になりたいと焦るスタッフに、ぼくが言ったのも同じことだった。テリーヌを作ってみろ。オムレツを焼いてみろ。ぼくが目指していたのは、俗に〝おばあちゃんの料理〟と言われるクラシックな料理を、完璧に仕上げることだった。うちのゲストたちも、そして『ル・ギッド』も、そこをよくわかっていたと思う。〈ポール・ルノワール〉がオープンして三年が経った。マトウダイを捌いている時、電話が鳴った。内臓でべとべとになった手で受話器を取る。女性のようなか細い声。ルグラだ。「グランシェフ倶楽部にようこそ」その一時間後の一九九三年二月一日、〈ポール・ルノワール〉が二つ星を獲得したと『ル・ギッド』が発表した。その夜、ベティから電話があった。てっきり祝福してくれるのかと思ったら、離婚したいと言われた。

ぼくは読みもせずに離婚届にサインをした。せっかくなので、この機会にマティアスの近況を尋ねた。モナコのデュカスの店から戻ってきて、あちこちの店で研修をしたが、どこでも長くは続かなかったという。「性格の不一致よ」とベティは言った。マティアスはよく考えた末、今後の計画を立てたという。ぼくは鼻で笑った。計画ぐらい、失業者やホームレスだって立てられるさ！　キリギリスが歌うようなベティの声を聞いて、新しい恋人ができたのだとわかった。まあ、せいぜい楽しむがいいさ。若さはあっという間に失われるが、料理人の妻は上手に歳を取れない。だからこそ、料理人はしょっちゅう妻を取り替えるのだ。やがて、〈ポール・ルノワール〉はフランス名店百選に選出された。とうとうフランス・ガストロノミー業界の名士の仲間に……いや、彼らが集う会館の玄関先に立てたのだ。半開きになった扉から中を覗くと、知った顔がずらりそろっている。高名な先輩シェフたちが、中に入るようぼくを促す。ただし急ぎすぎてはいけないよ、と念を押しながら。ポール・ボキューズからは祝福の手紙を受け取った。『シュッド＝ウエスト』紙と『ラ・デペッシュ・デュ・ミディ』紙は、どちらがぼくに好かれているかで言い争った。青果店は一番いい品を回してくれて、警官はぼくの駐車違反を見逃してくれた。役人たちは、欲をひた隠しにし、涼しげな顔で店の前に列を作った。だが、うちの店では誰にでも公平に代金を請求する。すると役人はすぐにいなくなり、食通だけが残った。きっとイヴォンヌも喜んでくれているだろう。ぼくは夢を実現させた。祖母の息子にはできなかったことを、孫のぼくがやってのけたのだ。

ある日、父が店にやって来た。見るからに痩せて、だらしない服装をしていた。二つ星の獲得を祝福してくれたが、自分のことはあまり話したがらなかった。家庭菜園をしたり、友人とトランプ遊びをしたり、たまに大工仕事をしたりしているらしい。厨房内に座らせると、顔見知りのスタッフたちをただじっと眺めていた。ぼくは父に、牡蠣、アカザ海老、アドゥール川産サーモンなどの料理を出した。父はどの料理も頷きながら黙って食べていた。営業が終わると、建設中のステュディオに案内した。興味深げに眺めていたが、何も質問はしなかった。ぼくたちは、再会を約束して別れた。「ああ、そういえば、おまえの母さんから電話をもらったんだ。自分の分け前が欲しいんだとさ」父は拒絶する勇気のない人だった。

第二十六章

〈レ・プロメス〉に平和と繁栄の時が到来した。十一月が過ぎ、十二月になった。クリスマスはすぐそこだ。『ル・ギッド』の最新版は一月末に刊行されるという。マスコミやSNSが「自殺」や「ポール・ルノワール・シェフの悲劇的な死」といったテーマを大々的に取り上げることはなくなり、代わりに「トップの継承」を語り、オート・ガストロノミーに静かな革命をもたらした三十代のシェフを称えた。ブロガー女子たちはクリストフの魅力を賛美した。アマチュア・ボクサーで、バイクが好きで、責任感があって……「でもタトゥーをしてないのが残念。してたらインスタにあげられるのに」ジェラール・ルグラは「守られた約束（プロメス）」と題した記事で、星つきレストランの主要な客層に当たる高齢の新聞購読者たちの間でも、新しいシェフの評判はよいと述べた。地産地消を推奨するクリストフの考え方は、ヨガを実践し、ポキボウルを食べ、環境保護写真家ヤン＝アルテュス・ベルトランの作品を好む、都会のアクティブな若者たちの共感を呼んだ。クリストフは公の場で、エコロジーや自然環境保護について語った。温暖化で氷が溶けるのを憂慮し、アルプスの湖もいずれ消えてしまうだろうと述べた。サステナブルな食生活や、環境に配慮した農業を呼びかけるのは、クリストフにとってごく自然で、当たり前のことだった。穏やかで、思慮深く、知的な瞳を持つ、シェフらしくないシェフ。幼い頃に兄を亡くしたエピソードも、世間の同情を集めた。クリストフは、今をときめくシェフとしてテレビ番組に引っ張りだこだった。本人も「レストランとブリガードのため」と、それを受け入れた。シェフがいなくても、ディエゴとジルだけで店は回せる。クリストフは月刊男性誌『GQ』の表紙を飾り、インタビュアーから「あなたは未来のシェフか」と尋ねられて「いや、自分は現在のシェフで十分です」と応じた。クレバーだと言われた。クリストフの知名度が上がるほど、〈レ・プロメス〉の評判も高まった。それに気づいたナタリアは、ますますクリストフを公の場に押し出そうとした。暗闇の中に見出した色彩。この冬はどうにか乗り切れそうだ。今冬は温暖になると、天気予報でも言っていた。結局、みんなハッピーエンドが好きなのだ。シェフ崩御(ほうぎょ)、シェフ万歳!（「国王崩御、国王万歳!」という決まり文句のもじり）アルビノーニやマティアスをはじめとする略奪者たちは、じめじめした穴ぐらへすごすご引き下がった。いつもなら、岩に張りつくカメノテのように、テレビスタジオに出ずっぱりのルグラさえ姿を見せなかった。〈レ・プロメス〉の運命は、眩い光に導かれているように思えた。

ある朝、ジルとディエゴは、クリストフから緊急に呼び出された。ふたりは、ナポレオンに招集されたシエイエスとデュコのごとく駆けつけた。ナポレオンは嵐に見舞われたように髪を振り乱していた。小部屋の中で三人で膝を突き合わせる。象徴としての新しい時代は、この部屋から始めなくてはならない、とクリストフは言った。

「新しい時代?」ディエゴが恐る恐る尋ねる。

「これからはもう、知らないふりをするのをやめるんだ。おれたちは崖っぷちに立たされている。集約農業、農薬、温暖化、生物多様性の危機、ミツバチの群れの減少……このまま手をこまねいてはいられない。金持ちに料理を提供しながら、終末が訪れるのをただ待っていては駄目なんだ」

くそ。ディエゴは思った。こいつ、有名になって頭がおかしくなりやがった。おれたちを視聴者と勘違いしてやがる。

「これからは、〈レ・プロメス〉を研究所にする。おれたちシェフは前哨戦に取りかからなくては。人間は自然と結びついている。だからこそ、植物の秘密や先人の知恵など、忘れられていることを学びなおす必要がある。牛乳を凝結させてチーズを作るのに、かつてはヨウシュイブキジャコウソウ（ワイルドタイム）を使っていたって知ってたか？　ほら、知らないだろう？　でもこの植物、十年前からうちのハーブ園で育てられてるんだよ」

クリストフはマーカーをつかみ取ると、コルクボードの代わりに設置したホワイトボードの上に図を描いた。いくつかの円を描き、その周囲に矢印を描き、その上に大文字で文字を書く。

「自然との接し方の決まりを作ろう。牧草地や家畜を買って、必要とあれば羊飼いも雇う。自分たちで魚を釣って、在来種の作物だけを使って、無駄づかいをやめて、毎週農家を訪れて傷んだ作物を半額で買いつける。それから、これが一番大事なことだが、〈レ・プロメス〉で使うあらゆる食材はここから百キロ以内の場所で飼育されたり栽培されたものだけとする！」

「グーグルマップでの百キロ？　それとも直線距離の百キロ？」

クリストフはディエゴを睨みつけた。どうやらもっと慎重にことばを発したほうがいいようだ、とディエゴは思った。料理人クリストフは、指導者（グル）クリスが耳元で囁いたことばをマジで信じているらしい。

「じゃあ、これからはオマール海老も牡蠣も使わないのか？」

「そうだ」

「キャビアもトリュフも?」

「フェラの卵をキャビア仕立てにすればいい。トリュフはなくても済ませられる」

「自分たちで釣ったフェラを使うってこと?」

「そうだ。レマン湖で船を手に入れよう。ジル、おまえは釣りができる。許可の申請をまかせたい」

これまでひと言も発していなかったジルは、黙ったまま頷いた。

「うちのゲストに受け入れてもらえると本気で思ってるのか?」

「順応してもらう。よりよい食事を提供するためなんだ。そう、おれたちは、乳糖(ラクトース)フリーでグルテンフリーの初の三つ星レストランになる」

「こういう変更について、ナタリアも承知なんだな?」

「ディエゴ、これは変更じゃない、改革だ。やがて、フランスじゅうのすべてのレストランが、〈レ・プロメス〉のあとを追わざるをえなくなるだろう。おれたちは新世代のリーダーになるんだ。先人たちより、誠実で責任感のある料理人になる」

クリストフは上着の襟を正した。近頃、ボクシングを再びまじめにやりはじめていた。服の下で筋肉が引きつれる感覚が気持ちいい。昨日からはヒゲも生やしはじめた。ゴシップ誌『ガラ』の記者に勧められたのだ。

「ナタリアにはおれから説明する」クリストフは立ち上がりながらそう言った。

「ポールは? もし生きていたら、あんたの改革についてなんて言うと思う?」

クリストフがじりじりと後方に下がる。

「真っ先に賛成してくれたはずだ」

クリストフは、携帯電話を耳に当てながら部屋を出ていった。室内がしばしの静寂に包まれる。
ディエゴがジルのほうを振り向いた。

「何も言わなかったな」

ジルが肩をすくめる。

「何を言えっていうんだ？　体制が変わるまでは、彼がシェフだ。彼が失敗したら逃げ出すし、成功したら一緒に成功するだけだ」

まずはどこから手をつけよう。クリストフには、自らの計画の完遂のために、いくつもの山越えをする覚悟があった。だが、ここには山が多すぎる。ホテルとレストランだけでも、改善点がたくさんある。断熱対策、暖房システム、スパのメンテナンス、価格設定、多すぎるスタッフ、シルバーのカトラリー、手入れに高額な費用がかかる刺繍タペストリー。とにかく不要な贅沢品が多すぎる。ポールは、ポルシェを二台所有し、大量の食材とワインを貯蔵室に溜め込んでいた。顔つきがいいからという理由だけで、気まぐれに人を雇うこともあった。「店を立て直します」ナタリアは、クリストフをアパルトマンに招き入れた。裸足のままだった。室内の壁はオークル系とモーヴ系に塗りなおされていた。アイボリーの分厚いカーペットを、サクランボのような足指で弄んでいる。クリストフは、家畜を育て、魚を釣り、ミツバチを飼うとは言わず、遠方で生産されたり高価すぎたりする食材はもう使わないとだけ告げた。地元の食材のみを使い、節約してやっていく。ちょうどいいわ、とナタリアは言った。まさにその件についてだけど、今年は昇給も年末手当もないの。ほかのスタッフにはあなたから伝えておいて。ナタリアはヴォーグ（タバコ）に火をつけた。話し合いは終了した。

モンマン教会の鐘楼を見下ろしながら、クリストフはポールのことを考えた。七年前、あの小道を一緒に歩いた。自分の足元を見つめるよう教えてくれたのはポールだった。アルパインドック（タデ科の多年草）、ハナウド、ヒナギク、クマニラ、セイヨウナナカマド、ジュニパーベリー、ネトル、キクバアカザ、イヌバラ、ブルーベリー。植物の詩情、それはそよ風だ。「いずれは、肉に野菜を添えるのではなく、野菜に肉を添えるのが当たり前になるだろう」ポールは変化をすでに感じ取っていた。だが、まさにこれからという時に姿を消した。オート・ガストロノミー業界に本気で改革をもたらそうとは思っていなかったのだ。

一週間後の朝七時。スタッフは全員臨戦態勢に置かれた。霧の湿気が服に貼りつく。客室係の女性たちさえ招集されていた。大きな長靴を履き、手押し車を渡されて、いったい何が始まるのかと途方に暮れているようだった。室内でまだ眠っているゲストたちを起こさないよう、小声で話したり、無言で合図を送ったりし合う。前日、近隣の農家の人に、スパの裏手の緩やかな丘の草刈りをしてもらった。今日はその土地に小さな段々畑を作るのだ。スタッフたちは、クリストフの話に黙って耳を傾けた。見るからにわくわくしている者、逆にやや不安そうな者もいる。シェフが自ら、鋤で土を掘り起こし、荷車を引き、ぜいぜいと苦しげに息を切らしている。まるで、たったひとりで地球の自転の方向を変えようとしているかのようだった。明日はこの畑にブロッコリー、キャベツ、ニンジン、ルタバガ、セロリ、エンドウマメ、ルバーブ、カリフラワー、ホウレンソウ、ルッコラ、ビーツ、チリメンキャベツ、ニンニクなどを植えるという。種まきは冬にするのがいいなんて、誰も知らなかった。

「野菜の品質は、育った環境に左右される。広さ、光、日当たり、温暖な気候。野菜は人間と同じで、大事に育てられる必要があるんだ」

ナタリアは、霧の向こうにうっすらと見える彼らの姿を、アパルトマンの窓辺から部屋着姿で見下ろしていた。スコップの先端やつるはしの柄が見え隠れする。まるで藪の中で死体を掘り返しているようだ。昨日、マティアスから電話をもらい、長い時間をかけて話をした。夫が亡くなってから、初めて迷いを感じていた。

これほどのびのびしたのは久しぶりだ、とクリストフは思った。素晴らしい一日だった。しばらくすると霧は晴れ、作業は思ったより早く進んだ。サヴォワワインのアプルモンとクリューズ・ド・シャンベリーを、みんなで分け合って飲んだ。男性陣は汗まみれになりながらも楽しそうだった。ディエゴでさえ不平を言わなかった。ヤン・メルシエが美しい顔を汚しているのを見て、クリストフはある種の喜びを感じた。シャワーを浴び、ランチタイムの営業をこなし、一時間の休憩を挟んで、再びシャワーを浴びてから（サービススタッフは汗の臭いを落とすために必ず浴びなくてはならない）夜の営業に入った。そして今、最後のゲストたちが帰っていく。厨房に立ち寄ってクリストフに礼を述べたり、一緒に写真を撮ったりする人たちもいる。クリストフは自らの役割を演じることに徹した。『トップ・シェフ』を観ている食通気取りの人たちからの、「ちょっとしたアドバイス」にも笑顔で耳を傾ける。「すごくおいしかったけど、盛りつけがイマイチかな。自分ならああはしない」ようやく静寂が訪れる。スタッフが厨房を清掃する。クリストフは、翌日の準備を済ませたホールに上がった。装飾過多だ。ここに来るといつもそう思う。金ぴかの飾り、鏡、ディスプレイコーナー。どうして一流レストランは、どこもかしこも金持ち好みのインテリアにするのだろう？　クリストフにはわからなかった。自宅の居間で食事をしている雰囲気を作り出し、富裕なゲストたちを安心させるためだろうか？　ムラーノガラスの大きなシャンデリアの下で立ち止まる。これを見るといつも『海底二万里』に出てくる巨大タコを思い出す。もし自分のものなら、すぐにでも撤去してしまうのに。ひととおり見回った頃、どこかから押し殺すような声が聞こえた。もう誰もいないはずなのに。クリストフは耳をすました。地下からすすり泣く声が聞こえる。

「ユミ、何かあったのか？」

背後でクリストフの声がした。大理石のペストリーボードの上に手をのせて、冷たい表面をかすめるように動かしながら生地を伸ばす。昨夜、スカイプで両親と話をした。クリスマスのあとで大阪に帰る約束をした。ところが今日、シェフにこれから三か月は無休だと言われた。今年は年末の休暇はなく、年末手当も出ない。普段ならしかたがないと思うだろう。いつものユミは、そんなことで不平を言わない。だが、弟が呆然とする姿が目に浮かんだ。ハルはスカイプで、学校の友達のことや、歌うロボットや光る縄跳びなど近頃ハマっているおもちゃの話をしてくれた。ところが、途中で咳が止まらなくなってしゃべれなくなった。母親は、これでも少しよくなったのだと言う。だが、その日は嘘だと語っていた。腹部の痛みがぶり返したのだ。ユミは知っている。ハルの病気は治らない。

ユミはコック帽を被っていなかった。カーブを描く首の上のほうで髪をお団子にまとめて、うなじが露わになっていた。クリストフは、ユミと初めて会った時を思い出した。フランス語はあまりできなかったが、流暢に話せる者たちより早く仕事を覚えた。ふたりの間には、仕事仲間に対するリスペクトと、曖昧さを許さない上下関係しかない。バイクでふたり乗りをした時、ユミはクリストフの腰に腕を回さなかった。厨房でも、一度も相手に触れたことはない。ユミは氷の世界に君臨し、クリストフは火の世界を引き受けている。ところが今、クリストフはユミのうなじをじっと見つめていた。とても柔らかそうだった。

「ユミ、頼むから何か言ってくれ」

ユミは驚いて振り返った。ふたりは向かい合った。ユミはアーモンドミルクと炒ったヘーゼルナッツの、クリストフは甲殻類のビスクの匂いがした。ユミはタブリエをつけたまま、パンツを脱ぎ、刺繡入りのショーツを足元に落とした。ブラウスの裾をまくり上げて、小麦粉まみれのペストリーボードの上に座る。黒ずんだ性器は柔らかそうで、豊かな陰毛が逆さピラミッドの形に剃られていた。パンの生地のように柔らかい肌。クリストフの手は汗ばみ、胃が逆流しそうになった。最後に女を抱いたのは二年前だ。ナイトクラブで若い子を引っかけた。だが自分が達する前に相手が眠ってしまい、最後までですることは叶わなかった。クリストフがいきなり入ってきたので、ユミは悲鳴を上げそうになった。からだを丸めて、相手の腰を押し戻す。ユミは木製のハチミツ用スプーンを手に取り、クリトリスのまわりのひだに擦りつけた。クリトリスが膨らみ、スグリの実のように赤くなると、ユミはスプーンの先端をまっすぐ奥に突っ込んだ。どうすべきかをよくわかっている、迷いのない動作だった。クリストフは、こうした一連の私的な動作を、なす術もなく眺めていた。

目をそらしているべきか、それとも自分がリードを取るべきか、と悩んだ。「来て」ユミがクリストフの腰をいざなった。目を半分閉じ、クリストフの肩に顎をのせる。何千という快感のポイントを刺激しながら、中を埋めつくそうとする男の動きに身をまかせる。相手のものでからだじゅうが満たされる感覚に、気を失いかける。クリストフが最奥まで辿り着いた時、ユミは意識を取り戻した。両脚が震えている。自分が相手に惹かれているのか、ユミにはわからなかった（悲しいせいかもしれないし、遠い存在だし、上司だし）。クリストフが自分に惹かれているとも思えなかった。でも今は、もっと速く、もっと激しくしてほしかった。あたしを罰して。罪を償わせて。ユミは上半身を起こし、クリストフの耳たぶをしゃぶった。あたしは嘘をついていたの。ポールがいなくなって、あたしのインスピレーションは枯渇した。もう何もできない。腰の奥まで抜き差しされる獣のリズムに合わせて動く。ユミは快感をこらえた。もうすぐイキそうだった。兆候があった。下校時間にハルを迎えに行った時に食べた、リンゴのタルトのひと口目の味を思い出す。逆光の中、太陽光線をまたぐようにしてこっちに歩いてくる弟。眩いほどの幸せ、輝くようなやさしさに包まれる。熱い湯にからだを沈める時の感覚。耳鳴りがする。黙ったまま、くずおれるように倒れ込む。クリストフはユミから身を離し、小麦粉の上に音も立てずに射精した。ユミは、下半身にタブリエだけをつけたまま、呆然としていた。ふたりは互いに目をそらしていた。ユミがクリストフに背中を向けて、ゆっくりとショーツをはく。クリストフはその腰のあたりを眺めていた。小さくて、丸くて、西洋の女性より垂れ下がった尻。髪を下ろした姿を初めて見た。さらさらで、豊かで、つややかな髪だった。クリストフは急に恥ずかしくなった。こんなことをすべきではなかった。自分らしくない。そこで、まるで言い訳をするかのように、なるべく平静な声を心がけながら言った。

「おれたちは星の授与式に招待されてるんだ。きみも最優秀パティシエ部門に選抜されている」

ユミは少しだけクリストフのほうにからだを傾けた。

「店の代表として喜んで出席します。でもとりあえず今は、あなたの部屋で眠ってもいい？」

第二十七章

ガスコーニュ地方の有名人といえば、これまで『三銃士』のダルタニャンくらいしかいなかったのに、急に著名人が続々と訪れるようになった。うちの店は、サン＝セルナン大聖堂やバイヨンヌ祭と並んで、フランス南西部に来たら立ち寄るべきスポットになった。ジェラール・ドパルデューが来た時は、ハチミツとエスペレット産トウガラシを塗った乳飲み仔豚を串刺しにして、弱火を当てながらローストした料理を出した。個人的に親しくなったドパルデューは、その後も次々と俳優仲間を連れてきてくれた。ジョン・マルコヴィッチは、いつも午後六時に夕食を摂りたがった。ロバート・デ・ニーロは、しち面倒くさい菜食主義者だった。「ポール、もしぼくがきみのレトロな店に行かなくなったら、それはぼくがきみを置き去りにして先に進んでいる証拠だからな」と、友人の二つ星シェフが言った。料理業界のスターたちが招待されていた、ビアリッツでのマスコミ主催のイベントでのことだ。聖杯を巡る戦いの火蓋が切って落とされたな、とみんなが言った。その場では笑い飛ばしていたぼくは、ホテルの部屋でひとりになった途端に渋面を作った。くそっ、あの馬鹿を今にぎゃふんと言わせてやる。あいつより先に三つ星を取ってみせるぞ。だが正直なところ、ほんの一瞬だけ自尊心が満たされたことを除くと、二つ星は頭痛の種しかもたらさなかった。感じの悪い客――業界では〝ご要望の多いお客様〟と呼ばれる――が増えていき、彼らを満足させるために法外な費用を費やした。その上、確かにぼくはフランス南西部のシェフとしては名が知られるようになったが、結局は田舎の領主、臣下のいない小国の王にすぎなかった。一流シェフとしてぼくの名前を引き合いに出す者もいなければ、巨匠と呼ぶ者も現れない。冷静に考えれば、今手にしているもので満足すべきだったのだ。ところがぼくは、遮るものが何もない大空を見るために、もっと高いところへ行きたかった。誰もが三つ目の星が一番美しいと言った。そこに到達して初めて、料理人の人生は完成され、すべての犠牲がむくわれる。あとはもう死んでもいい、と。ぼくはすでに料理にすべての情熱を捧げてきた。命を捧げる覚悟もできていた。

三つ星を狙うには、よく言われるように、まずは二つ星の地位を固める必要がある。三年後、ぼくのその地位は十分に固まったように思われた。いやむしろ、二つ星止まりになってしまう危険性が高まった。先がまったく見えなかった。毎年、料理評論家たちは全員一致で、ぼくの店を「フランス優秀レストラン」の一つに選出した。そして、マゼ産鴨とビルベリー、カエルのロートレック産ピンクニンニク風味、パルミジャーノ・レッジャーノのスフレ、ペペロンチーノのソルベといった、うちのスペシャリテを絶賛した。ある年は、もしかしたら次は三つ星か、という噂が立つ。ところが翌年は、絶対に無理、と言われる。そしてその次の年には再び期待が高まる。ぼくは『ル・ギッド』の権力と権威を疑ったことは一度もない。神から支配権を授かった君主を疑わないのと同じだ。『ル・ギッド』は、世界のガストロノミー界において唯一無二の存在だ。ほかのレストランガイドは、すべて貧弱なまがいもの、皇帝のコスプレをした家臣にすぎない。だからといって、ぼくは『ル・ギッド』にひれ伏さなくてはならないとは思わなかった。その聖なるお告げをいただくために、お膝元に参上するなんて断じてお断わりだった。料理を作ってもいない人間の忠告に従うのは、料理人としてのプライドを手放すのと同じだ。絶対的指導者の指示にやみくもに従っていたら、フランス料理は画一化され、やがて衰退してしまう。だからこそぼくは、パリを訪れてひざまずいて懇願したりはしたくなかった。

神々が暮らすオリンポス山への出入りを許されたジェラール・ルグラによると、ぼくは〝二つ星の地位が固まったシェフ〟とみなされているらしい。それはよいことなのかと尋ねると、ルグラは弱々しく頷いて「悪いことじゃない」と述べた。だがその言外の意味をぼくはすでに知っていた。期待の新星シェフがそれほど期待どおりではなかったとわかると、みんなの好奇心が薄まり、すぐに代わりが求められる。まだ世に知られていない、才能あるフレッシュなシェフへと関心が移っていく。そういえば、きみの息子が店をオープンさせたらしいな。ぼくは心の底から驚いた。ベティは電話の向こうで、お気に入りの教訓の一つをぼくに懇々と言い聞かせた。

「文句を言う代わりに、ちょっとは喜んだらどうなのよ！　聞きたいことがあるなら、お友達のジャックに連絡したら？　あの人はあんたの息子を信頼して、チャンスを与えてくれたのよ。そうそう、あんたが聞くのを忘れてるようだから教えてあげるけど、マティアスのレストランは〈レ・グー〉って名前だから」

ぼくは、電話機を、受話器を、そしてベティの声を壁に投げつけた。くそっ、どいつもこいつもくそくらえだ！　その怒声は、きっとパリ十六区のローリストン通りまで届いたことだろう。かの地では、放蕩息子とうわべだけの友人が協力し合い、得意げに、嬉々として、ぼくを苦しめようとしている。ジャングルの奥地に暮らす年寄りをやり込めることができて、さぞご満悦だろう。厨房に戻ると、ぼくはかんしゃくを起こし、怒りを爆発させ、怒鳴り散らした。それからタイル敷きの床に突っ伏して倒れた。その衝撃で前歯が一本折れた。「不整脈。要経過観察」医師はカルテにそう書いて、ぼくに休養を勧めた。ルノワールさん、バカンスのご予定は？　抗鬱薬を何種類も処方されて、ぼくは笑いながら診療所をあとにした。

「ポール、息子と仲直りをするいい機会なんじゃないか？　電話してやれよ。父親らしく、やさしいことばをかけてやるといい」

「父親らしく？　笑わせないでくれ。きみに何がわかる、妻も子供もいないくせに。向こうからこっちに電話をするべきなんだよ！　いずれにしても、ぼくはあいつの電話番号なんか知らん」

「おれは知ってるぞ。教えようか」

　ジェラール・ルグラは、うちの店のテラス席に座っていた。休業日だった。当時、ルグラはまだ杖を使わずに歩いていた。ぼくたちふたりは厳密には友人ではない。互いの近況を知らせ合ったりはしない。その代わり、ガストロノミー業界に対するある種の見解、そして結果的にフランスに対する見解によって結束している。ルグラは確かにずる賢い策士かもしれないが、それはあくまで仕事のためで、決して偽善者ではない。ほかの同業者とは違って、何にも従属せずに独立性を守りつづけている。ある年に絶賛したシェフを翌年にこき下ろしたこともあった。まるで一旦皇帝に捧げた月桂冠を燃やしてしまうかのように。それに、ルグラには高い教養がある。彼の思想の源は料理だけではないのだ。この日のルグラは、前日食べた〈ポール・ボキューズ〉のペリゴール産トリュフで消化不良を起こしており、軽いものを欲しがった。ぼくは鴨胸肉のクリーム煮（シュプレーム）を出すことにした。肉はロゼにして、ミニビーツとスグリを焼いたものを添えた。ぼく自身のためにはプラム酒をなみなみ一杯注ぎ、ルグラにはハーブティーを出した。分厚い唇をカップにつけて、水に飛び込むのをためらう人のように恐る恐る飲んでいる。

「なあ、おれは自分のちょっとした直感を信じるたちなんだ」と、ルグラが言う。「そして今日はなんだか予感がするんだよ」

ぼくは、先史時代の生きものを見るような目を向けた。ルグラの話し方はどことなく奇妙だった。天上の人に話しかけているように、視線を空に向けている。

「きみの店には新しい血を入れなくてはならない。きみが育ててやって、代わりにきみの料理に生気を与えてくれる誰かが必要だ。きみをぎりぎりまで追い詰めてくれる若者がいい」

思いがけない話に、ぼくは危うく喉を詰まらせそうになった。ルグラがネトルのソルベを飲み込む。

「アルカションに小さなレストランがある。シンプルな店だが、すべてがそろってる。自家菜園の野菜、地元で収穫された桃、めちゃくちゃおいしい牡蠣。ぜひ行ってみるといい。海辺の町で週末を過ごすと気分転換になるぞ。きみは顔色がよくない。早めに行くべきだ。じゃないと、〝見捨てられた世代〟の仲間入りになるぞ」

見捨てられた世代。いつの時代にもいる連中だ。聖別を受けたあとの、皺くちゃになったベールのようなシェフたち。それでも最後まで希望を捨てない。だが〝見捨てられた世代〟と認識されたが最後、頭上で黒い星が爆発し、ひそかに追放処分（オストラシズム）が開始される。マスコミからは声がかからなくなり、イベントにも呼ばれなくなり、他者の威光を借りてささやかな注目を集めるために、有名シェフとのコラボディナーをせざるをえなくなる。ぼくはルグラに挨拶し、その場を辞することにした。「ジェラール、今夜は泊まっていってくれ。部屋は準備できている」ルグラは立ち上がるのにゆっくりと時間をかけた。一つ一つの動きを、まるで重力に逆らって行なっているかのようだった。

「『軍を勝利に導きたいと思うなら、勝利を妨げるものは何もないと確信できるほどの自信を、兵士たちに抱かせなくてはならない』マキャベリのことばだ」

涼しい夜だった。明日は朝露が降りるだろう。

「ポール、あの店にランチを食べに行けよ。おれがきみに言いたいのはそれだけだ」

ルグラの警告は、自分でも驚くほどぼくを狼狽させた。その予言のせいであらゆることが加速しているように思えた。日々のささいな心配ごとが、急に聖書レベルの重大な意味を持ちはじめた。ある日、厨房に入ったら喉を刺激する大麻の匂いがした。ぼくはすぐさま、スターリン時代の裁判のようにブリガード全員を一列に並ばせた。ポケットの中身を外に出させ、バッグを開けさせる。尋問は二十分間に及んだが、成果はなかった。犯人が見つかるまでは、おまえたちがもらったチップはすべてわたしが預かる！　動じる者は誰もいなかった。告げ口をする者もいなかった。


その店の名前は〈オ・ビュロ〉といった。《巻き貝》――馬鹿げた名前だ。ぼくは、入江と牡蠣養殖場が見渡せるテラスに席を取った。全部で十五席。ちっぽけな厨房にはスタッフがふたりだけ。ホールでは、太鼓腹にタブリエをつけたオーナーが歩きまわり、常連客とおしゃべりをしたり、トーションでカモメを追いはらったりしている。この日のメニューは、ウリのギリシャ風サラダ・ザル貝とマテ貝添え・ヨードが豊富な貝エキス入り、そして、サン＝ジャン＝ド＝リュズ産ビンチョウマグロの切り身・フェンネルとカリカリポワロー葱添え・酸味のあるヴィネグレットソース。材料は新鮮で、味のバランスもよく、香りも高い。オーナーは厨房には入らなかった。ようやく厨房から出てきたシェフを見たぼくは、飲んでいたコーヒーが気管に入りそうになった。女性じゃないか！

「そう、女性なんだよ！　きみんとこの男たちに口輪をはめておかないと！」

ルグラは大笑いした。ぼくの感想が聞きたくて、当日の夜に電話をかけてきたのだ。

「微妙なところもあったんだ。ヴィネグレットソースの酸味はマグロには強すぎた。盛りつけもごちゃごちゃしすぎてたし」

「なあ、ポール」ルグラが話をさえぎった。「おれを信じろよ。若さゆえの未熟さはあるとしても、あの子は、一部の古参シェフには一生かけても理解できないことをすでにわかってる。シンプルこそが最強だってことをな。三十年は先取りしてるぞ！　おれには未来の才能が見抜ける。そして料理界の未来はすでに始まってるんだ。きみのテクニックとあの子の才能を融合させたらどうなると思う？　二年後には世界のトップに立てるぞ」

一カ月後、ぼくはアルカションの駅構内のカフェにいた。

「エヴァ・トランシャンです。ナイフが『よく切れる』という意味のトランシャンと同じ綴りです」

エヴァは二十二歳だった。ほかの人間なら、よその店のシェフをいきなり引き抜くなんて、オーナーに申し訳ないと思うかもしれない。だがぼくはためらわなかった。時間がなかったのだ。パリではマティアスの店が人気を集めている。意外ではなかった。ぼくの提携先のシリアル食品メーカーと同様、〈ルノワール〉の名前をうまく利用しているのだろうから。エヴァは次の土曜にオーシュ駅に降り立った。ぼくと一緒に出迎えに行ったフィルマンは、エヴァにちらりと視線を向けた。女性シェフを初めて見たのだろう、奇妙な生きものを見る目つきだった。マニキュアなんか塗ってやがる、という声が聞こえてきそうだ。ブリガードにもエヴァを紹介し、フィルマンの直属の部下として第二スーシェフに任命した。そしてフィルマンと同様に、農場内のステュディオの一つに住まわせた。

「あの女、きっとすぐに根を上げますよ、シェフ」

「フィルマン、ぼくは彼女ならやれると思っている。きっとうまくやっていけるさ。ひとまず、荷物を運ぶのを手伝ってやってくれ」

ルグラは正しかった。エヴァは勘がよかった。突然湧いたひらめきを、皿の上に一生懸命に表現しようとしていた。ぼくは、何でも思いきってやってみるようアドバイスした。まわりをよく観察して、あちこちを歩いてみること。すべてがインスピレーションの源になる。どんな匂いも、悲しみさえも。だが、エヴァは焦っていた。少しでも早く成長したがった。食材に戦いを挑み、ゲストに反抗し、慣れ親しんだ味を無理やり破壊しようとした。ぼくはその熱情を鎮めさせた。料理はやさしさなんだ。エヴァには準備期間が必要だった。悩みながら、精神的に成長しなくてはならない。そうやって少しずつ、時には失敗しながら、数多くの仕事をコツコツとこなすことで、ぼくたちふたりの個性は一つに溶け合っていった。そして一年後には、師匠と弟子という役割分担がなくなり、上下関係さえ消えて、ふたりの個性で料理が彩られるようになった。こんなふうに誰かと一つになって仕事をしたことはこれまでになかった。その後も二度となかった。クリストフのように才能ある料理人とでさえ、決定するのはぼくで、実行するのは彼と、役割が分担されている。クリストフの才能が本当の意味で開花するには、本人がぼくから離れるか、ぼくが消えるしかないだろう。あいつを束縛しているのはわかってる。息苦しく感じる時もあるはずだ。だが、ぼくはもう六十二歳だ。さなぎが蝶になるのを見守っている余裕はない。エヴァの時は違った。ぼくたちの立場は同等だった。それぞれ料理の両側に立ち、黙って仕事をした。だがブリガードは不満そうだった。エヴァの存在は彼らを困惑させた。

営業終了後、ぼくの家でふたりで一杯やることもあった。一九九五年の大規模ストの影響で、サン＝テティエンヌのピエール・ガニェールが破産し、閉店したと知った時もふたりで驚いた。レストランを閉めざるをえなくなった料理人なんて、海の藻屑と消える船乗りのようなものだ。エヴァはモペッドを買い、それに乗って村に買いものに出かけた。ＬＰレコードをよく買っていた。ステュディオからは、いつもトランペットやサックスの音が聞こえていた。マイルス・デイヴィス、チェット・ベイカー、コルトレーン。エヴァの誕生日に、ぼくは厨房にステレオを設置して、ＣＤを五枚購入した。壁にスピーカーを取りつけて、ＮＡＳＡがデザインしたというリモコンを備えた。これをきっかけに、スタッフたちは叩いた肉のように態度が軟化した。ただし、ミートハンマーではなくバスドラムのおかげだったが。みんなともうまくやっているようだった。男性スタッフたちとサッカーをしたり、フィルマンに冗談を言ったりしていた。エヴァは自分の意見を主張する時に決して声を荒らげない。冷蔵庫にコミを閉じ込めたりしない。スタッフの尻を撫でたりしない（冗談でやる以外は）。

それから二年間はずっと熱に浮かされたようだった。ぼくたちふたりの以心伝心の動きによって、厨房の連携が密になり、詩的になり、自発的になった。料理というより、夢を作り出しているようだった。ブリガードはぼくたちに追いつこうと、必死に後ろでペダルをこいだ。ＢＢＣから取材の申し込みが来た時（局の幹部のひとりが近くに別荘を持っていたのだ）、準備のために店を二日間休業することにした。ツイードのスーツを着たふたりの記者が、二十四時間かけて店じゅうを隅々まで見て回った。スタッフは誰もがきれいにヒゲを剃り、コロンや石鹸の香りをまとった。流暢に英語を話すエヴァが、みんなに指示を与えた。ぼくはこの時、のちに画期的と称される、仔牛の胸腺(リ・ド・ヴォー)を海水で茹でる料理を思いついた。ポシェしたリ・ド・ヴォーに、ニンニクとレモンコンフィ風味のパン粉をまぶして焼く。その時、厨房ではボサノバがかかり、アストラッド・ジルベルトが夏のリゾート地を喚起させる曲を囁いていた。それを聴きながら、ぼくはふと思いついて、焼き汁にブラジルの蒸留酒のカシャッサを加えて煮詰め、炒ったような香りをつけた。これでシグネチャー料理の完成……いやほぼ完成だった。最後に署名(シグネチャー)として、赤い実をいくつか散らし（火が入らないよう最後に加える）、愛らしくて女性らしい酸味を添えた。甘みは刺激に、とろみは個性になる。これぞ料理の醍醐味だ。一つの味を作り出すことで新しい気づきが得られ、未知の世界へと誘われる。このリ・ド・ヴォーは、その後もぼくの代表料理の一つでありつづけた。ポシェする以外に、カルダモン風味やコーヒー風味のローストにしたり、凍らせたイチジクのピューレやピスタチオのアイスを添えたりと、さまざまなアレンジバージョンも作った。BBCの番組は思わぬ反響を呼んだ。ストックホルム、ヨハネスブルグ、バンクーバーからも予約の電話をもらった。たった一日で十か月先まで満席になった。ぼくはクリスタルグラス、シルバーのカトラリー、ベルナルドの食器を注文した。資金が足りなくなったので、ベティに電話をした。すぐに〈ラ・ガルゴット〉を売却しなければならないんだ。ベティはジャック・タルデューに電話を代わった。ずっと音信不通だったのに、どういうわけかこの時は彼女と一緒にいたらしい。ジャックは「家族のものでありつづけるために」自分が店を買い取ると申し出た。経営は引き続きベティに一任するという。

提案された金額が納得のいくものだったので、急いでいたぼくはそれで了承した。マティアスの近況を尋ねると、ジャックはいけしゃあしゃあとこう言った。「これまでになく才能を開花させてるよ。ぼくが自分の息子のように世話をしている」ぼくは胸に痛みを感じた。マティアスを取られたと思ったわけじゃない（そうさ、あいつにだって父親を選ぶ権利はある）。〈ラ・ガルゴット〉のせいでもない（あの店を手放すのは想像したほどつらくなかった）。どうやらベティはずいぶん前からジャックと関係していたらしいと、今さらながら気づいたからだ。おそらく、初めて店に来た時からそうだったのだろう。全然知らなかった。ぼくは馬鹿だ。

　ある夜、店に出てきたエヴァは髪を短くしていた。だが、誰も驚かなかった。エヴァはどことなく変わった。うまくいっている日もあれば、表情が暗かったり、イライラしたりしている日もあった。ミスをしたりもたもたしたりしている者を、怒鳴り散らすこともあった。盛りつけがうまくいかなかった皿を、壁にぶつけて粉々にしたこともあった。ぼくは彼女を事務所に呼び出した。ぼくの厨房でああいうことは二度としないでくれ。一、二日休養するといい。だが彼女は言った。大丈夫です、シェフ、今はたまたま何をしてもうまくいかない時期なんです。

「ポール、きみは今、時代の波に乗れている。馬鹿なことは考えずに、自然体で行くんだぞ」ルグラは興奮を抑えられないようだった。フィルマンとエヴァにだけは、こっそりと事情を打ち明けた。だが、ほかのスタッフには何も言わなかった。スパルタ人重装歩兵隊（ファランクス）に、わざわざ嵐が来ると告げて慌てさせる必要はない。彼らは二十時間ぶっとおしで働いていた。それをどう思うかは、ぼくには関係ない。いいおとななのだから、それぞれが自分で考えるべきだ。あとは到着を待つだけだった。神秘のベールをまとった、影のような存在の調査員たち。食事をしていない時の彼らは、いったい誰と、どういう話をしているのだろう？　バスタブいっぱいのトリュフや、山と積まれたウニの夢を見たりするのだろうか？　映画に行ったり、本を読んだりするのだろうか？　愛人や恋人はいるのだろうか？　仕事以外の趣味はあるのだろうか？　孤独なアウトサイダー。要するに、料理人と同じくらいクレイジーな連中だ。彼らを憐れみたくなる時もある。ゲストの車のタイヤを窓からそっと確認するたびに、自分を憐れむのと同じように。『ル・ギッド』の調査員たちは、クレルモン＝フェランにある、かの有名メーカーのタイヤをつけた車に必ず乗ってくる。

その金曜の夜は、すべてがちぐはぐだった。ホールスタッフの動きは鈍く、厨房スタッフもぎくしゃくしていた。ゲストのひとりが食事中文句ばかり言っていて、それに苛立った隣席の人が「せっかくの食事がまずくなる」と苦情を言いはじめたので、喧嘩になる前にふたりの席を離さなくてはならなかった。営業が終わると、ぼくはフィルマンに怒鳴り散らした。オーケストラになめらかな演奏を取り戻させるのは彼の役割だ。店に穏やかな雰囲気を作り出すのも彼の役割だ。少し前から、フィルマンはブリガードを統率する感覚を失っているようだった。失敗ばかりして、もしかしたら恋でもしているのか、と疑ったほどだった。だが、彼のほんのわずかなミス一つで、ぼくの時間と金が消えていくのだ。おまえ、二つ星の店をまかされることの意味がわかってるのか？　おまえはたとえ店の外にいても、トイレに行く時やバゲットを買う時でさえ、自分の行動の責任を負っている。そしてタブリエを身につけたが最後、おまえは店の外にいる時の百倍以上の責任を負ってるんだ。もし今日、調査員が来ていたらどうなっていたと思うんだ？　ぼくはかつてないほど怒りを爆発させた。遠くから声を聞いただけで誰もが黙り込んでしまうほど、あるいは大地が揺れるほどの激しい叱責だった。フィルマンはずっと俯いていた。はい、シェフ、わかってます。はい、シェフ、おっしゃるとおりです。数日後、ぼくはフィルマンの代わりにエヴァを第一スーシェフに就けた。こうして、再び日々は過ぎていった。

ほんの数秒の出来事だった。ぼくは背を向けていて、何も見ていなかった。肉料理担当シェフのロドルフが、床に倒れてからだを丸めてうめいていた。両手で腹を押さえている。まわりには、粉になった皿と五個のエスカルゴが散乱していた。そばにはフィルマンが立っていた。赤く染まったナイフを右手に持っている。ラジオからは、グレン・ミラーの『イン・ザ・ムード』が流れていた。ぼくはただ、冷める前に早くオマール海老の料理を出さないと、と考えていた。

第二十八章

「何も面倒を起こさないためには、何もしないに限る」これは、長い間『ル・ギッド』の幹部におけるスローガンだった。ただし、彼女が現れるまでは。ところが彼女が編集長に就任してからというもの、新年度版が三回発行される間に、フランスを代表する名店が七軒も王座から転落した。マリアンヌ・ド・クールヴィルは、アンタッチャブルと呼ばれた〈ポール・ボキューズ〉の首を斬った時に、〝ドラキュラ〟の異名を得た。地方自治体から中央政府に至るまで、公務員たちは誰もがやきもきしていた。偉大なるグランシェフたちにまったく敬意を示さない、あのいかれた女はいったい何だ？　あんなことを続けていたら、このフランスという国自体が疲弊(ひへい)してしまうことがわからないのか？　パリ経営大学院(HEC)の優等生だったマリアンヌ・ド・クールヴィルは、何かに情熱を燃やすタイプではなかった。これまでなるべく目立たないように生きてきた。そうした地味で気まじめな性格がゆえに、ユーロネクスト・パリ（旧パリ証券取引所）に上場したばかりの、福利厚生に手厚い家族主義的な企業の財政をなおざりにする結果になったのだ。彼女は金銭に興味がない。愛情を捧げる相手も自分だけだ。グループ会社に勤めて十五年が経った頃、『ル・ギッド』のインターナショナル・ディレクターに就任した。いまや「＃ＭｅＴｏｏ」をはじめとして、ハッシュタグでリベンジを仕掛ける時代だ。ハラスメントや〝ガラスの天井〟があちこちで取り沙汰されている。報復のトレンドに対し、企業は敏感に対応しなければならない。こうした背景が自身の就任に影響しているとわかっていたマリアンヌ・ド・クールヴィルは、この決定を決して後悔させないと幹部会議で誓った。

ジェラール・ルグラはこれまでずっと、最前列の席を二つキープしてもらっていた。大きな尻を片方ずつのせるためだ。ところが、〝ご令嬢〟が編集長に就任してからというもの、ルブタンのハイヒールを履いた広報担当女史にわざわざ取材許可を申請しなくてはならなくなった。このおれが三文記者と同じ扱いを受けるとは！　そこでルグラは、一大セレモニーである星の授与式をボイコットし、当日の夜はブラッスリーに行ってチキンポトフ（プール・オ・ポ）に舌鼓を打つことにした。ヨーロッパじゅうどんな店へ行っても丁重にもてなされる彼にとって、一般客として〝善良な人びと〟と隣り合わせで家庭料理を食べるのは、戦闘行為そのものだった。コーヒーマシンの音を聞きながら、かつてのポール・ルノワールの店、〈ラ・ガルゴット〉を思い出す。クレーム・ブリュレを食べながら、母親が作ってくれたプリミティブアートのようなブリュレの思い出に涙する。食後は長い距離を歩いてまっすぐ自宅に戻る。それから、同業者たちから数時間遅れで、受賞者たちを賞賛したり、この名声も束の間に終わるだろうと予測したりしながら、総評の原稿を書く。それでも、フランス通信社の速報で取り上げられるのは、毎年必ずルグラの原稿だった。ここ数年はそういう状態だったからこそ、その日の朝、赤と金に彩られた招待状を郵便物の中に発見して心から驚いたのだ。封筒の中には、マリアンヌ・ド・クールヴィルのメッセージも同封されていた。「素晴らしい記事を書く絶好のチャンスを逃さないでください」

ラ・ヴィレット公園、午後七時。道路は渋滞していた。霧雨の中、クラクションが鳴り響く。四角い池の中央に、巨大な球体が鎮座していた。アスファルト色をしたハトたちが濁った水を飲んでいる。クリストフは、ラ・ジェオードが開業した年にすでにここを訪れていた。当時、このドーム状の建築物は、非現実的な空想世界と幸せな家族の未来の姿を象徴する存在だった。しかし現在、映像技術が大衆化したことで、一九八〇年代に最先端だったこのオムニマックスシアターはすでに時代遅れになっていた。それでも夜間にライトアップされたラ・ジェオードは、かつての栄光を取り戻したかのようにある種の貫禄さえ感じられた。

「すげえ」クリストフはつぶやいた。「ずいぶん大がかりなことをするんだな」

ラ・ジェオードの周囲には、時計の文字盤のように十二個のスピーカーが配置されていた。流れているのは、ヴァンゲリスの楽曲『新大陸発見／コロンブスのテーマ』。闇の中をレーザー光が走る。フォードアセダンがレッドカーペットのそばで停車した。屈強な男たちが重いドアをうやうやしく開ける。中から出てきたナタリアは、ユミを抱擁し、クリストフの耳元でそっと囁いた。「今日は誰も殴っちゃ駄目よ、シェフ」香水の匂い。ヤン・メルシエが時々つけているのと同じ香りだ。三人でエントランスへ向かうと、研修生らしき三人の女性が小走りで近づいてきた。マノン、アリス、リュイザ。三人とも若くて可愛らしい。二十歳前後で、スーツ姿にバッジをつけている。入口は奥の右手です。どうぞよい夜を、マダム。どうぞよい夜を、ムッシュ。映写室へと続く長い廊下の壁には、故人となったグランシェフたちの肖像が飾られていた。夫の写真の前を通りすぎる時、ナタリアは目を伏せていた。映写室の四百席はすでにほぼ埋まっていた。料理関係のあらゆる職業人が集まっている。ソムリエ、ディレクトゥール、若きオーナーシェフ、コート・ダジュールのリゾートホテルのシェフ、上場企業グループのオーナー、「世界のベスト・レストラン50」に選ばれたイタリア人女性シェフ……。「フランス料理界を舞台にした本格小説」の執筆を口実に、シャンパンをただ呑みしようとのこのこ訪れた、髪を逆立てた小説家もいる。

まずは、駆け引き&ごますりタイムだ。ジャック・タルデューがナタリアに挨拶のキスをする。「きみの堂々とした姿を見て、きっとポールも喜んでいるよ」それからクリストフに向かって、挑戦的な目を向けながらほほ笑んだ。「やあ、きみか、ぼくらを時代遅れにしようとする若き天才シェフは」だが、若き天才シェフは話を聞いていなかった。こちらに近づいてくる男に気を取られていたからだ。ジュゼッペ・アルビノーニ、イタリア料理店〈センサツィオーニ〉のシェフ。彼は、クリストフに手を差し出しながらこう言った。「この間の意見の相違は水に流そう。アヌシー盆地をサン・セバスティアンのような美食の街にするためには、ぼくたちが力を合わせないと。今度、うちにディナーを食べに来てほしい。その時に話をしよう」クリストフは意外に感じながらも、相手の手を取った。「〈レ・プロメス〉で起きたこと、心から残念に思ってるよ」アルビノーニはそうも言った。「あんなひどいことをするなんて、ぼくたちの仕事に対するリスペクトのかけらもない」

クリストフは、ポール・ルノワールの葬儀をもう一度やり直しているような気がした。ただし今回は、ポルシェ、ネスプレッソ、シャンパーニュメゾンのマムのスポンサーつきだ。ルグラは薄暗い隅にじっとしたまま、タブリエの下に鋭い短剣をしのばせながら陰謀を企む連中を眺めていた。その時、会場の照明が落とされた。話し声が小さくなる。ステージ上にマリアンヌ・ド・クールヴィルが現れた。ダークな色合いのスーツ姿で、青白い顔をしている。しぐさだけで静聴を促した。

「ここからは会場がよく見渡せます。シェフ、ソムリエ、パティシエの皆さん、ようこそ。皆さんにお会いできて光栄です。フランス料理界において、これほど未来に希望が感じられたことは、これまでなかったのではないでしょうか。新世代のシェフたちが、熟練シェフたちに指導され、見守られながら、レストラン業界に新しい血を注いでいます」拍手喝采。「最新版の発表に入る前に、今年亡くなられたひとりの偉大なシェフに哀悼の意を表します。あまりに突然すぎる、悲しいお別れでした。わたしたちが彼を忘れることは決してないでしょう」

ラ・ジェオードの巨大スクリーンに、ポール・ルノワールのさまざまな写真が次々と映し出された。〈ボキューズ〉での修業時代のまだ垢抜けていない姿、海軍の制服を着て直立不動している姿、クリシーの店の前で撮った写真、息子と一緒の写真、葬儀の時の遺影……そして最後は、ポールの後ろ姿だった。暗闇に向かって歩き出そうとしている。タブリエの紐を解きながら――おそらくカメラマンに声をかけられたのだろう――ちょうど後ろを振り返ったところだった。会場に再び照明がついた。

「ポール・ルノワール・シェフにも、ぜひこの場にいていただきたかった。きっと彼なら、この特別な夜にぴったりのことばを聞かせてくれたでしょう。さあ、それではセレモニーの始まりです！」

初めに、さまざまな特別賞が矢継ぎ早に発表された。ダイバーシティを尊重するシェフへのパープル・スター賞、最優秀若手シェフ賞、クィア・キッチン賞など、新たに設立された賞もあった。ディオニソス・クロノパウロスがフランス最優秀ソムリエ賞を受賞し、赤いブドウのバッジを受け取る。すると、「またホテルのソムリエか！」と、会場から怒号が上がった。「フランス人ですらないじゃないか」とつぶやく声も聞こえる。ユミがステージに呼ばれた。マックス・マランに授与された最優秀パティシエ賞の次点に選ばれたのだ。着ていたワンピースが賞賛された。そしていよいよ運命の時。星の授与の時間がやって来た。緊張と静寂。突然、会場が暗闇に包まれた。送風機の音しか聞こえない。ルグラは胸を高鳴らせながら立ち上がった。まわりからひそひそ声が聞こえる。スポットライトが現れ、しばらく会場じゅうをさまよったかと思うと、最後にマリアンヌ・ド・クールヴィルの上にぴたりと止まった。彼女が歩くのにつれて、徐々に明かりが広がっていく。

「大げさな演出ですみません。でも、皆さんに注目していただきたかったのです。先ほども申し上げたように、フランス料理界において、これほどたくさんの才能ある人たちが登場したことは、いまだかつてありません。わたしは心からそう思っています。フランス料理は、文学、高級ブランド、そしておそらく反骨精神に並ぶ、この国の宝です。ただ、大きな権威は羨望の的になります。他者の成功を奪おうとする者も現れます。わたしは、そうしたことはあってはならないと思っています」

ルグラは身震いした。なんという断固たる口調だろう。「わたしは」と述べる声が実に力強い。武具を身につけた伯爵夫人。だが、意外なほどよく似合っている。

「最新版は空白の一年とすることに決めました」

あちこちで小さなざわめきが起きた。やがてそれが大きなどよめきに変わった。ステージ上で、マリアンヌ・ド・クールヴィルが声を張り上げる。その手には、青白い表紙の『ル・ギッド』が一冊握られていた。

「これから三百六十五日間、フランスには星つきレストランが一つもないことになります！」

全員が立ち上がった。電話の音が鳴り響く。あの女、頭がいかれやがった！　嘘だ、ジョークに決まってる！　やりやがったな、ちくしょう！　グランシェフたちは唖然としていた。ジョルジュ・ブランはアームチェアにぐったりと座り込んでいる。アラン・パッサールはヒステリックな笑い声を上げている。ブルーノ・ヴェルジュは痛快そうな顔をし、ジャン＝フランソワ・ピエージュは自分を鼓舞しようとしている。敗北を喫するのは、永遠の負け犬たちだけではなくなったのだ。空白の一年は料理人にとっての悪夢だった。かつて二〇〇〇年代に突入する時も、「すべての星を白紙に戻したらどうか」という話が浮上した。だが直後に否定され、とっくに済んだ話だと思われていた。馬鹿げた冗談にすぎないはずだった。子供に対して、バカンス中の午前中に海に行くなと言うのと同じだった。マリアンヌ・ド・クールヴィルは、フランス料理界を消毒するのに燃料用アルコールを使用した。ビュッフェテーブルのほうへ移動する者たちがいる。海の幸のスタンドの前に、いつの間にか三つ星シェフたちが集まっていた。三つ星獲得が噂されていた二つ星シェフもいる。誰も牡蠣には手をつけようとしない。事態は深刻だった。記者たちがプレスリリースでその旨を伝えようとした時、それを思いとどまらせようとするかのように穏やかな声が響いた。

「皆さん、せっかくの夜を台無しにしてしまって申し訳ありません」マリアンヌ・ド・クールヴィルだ。「今、皆さんはわたしを恨んでいるでしょう」

猛獣たちがレイヨウを取り囲み、今にも喉元に飛びかかろうとしている。ルグラはレイヨウの声に耳を傾けた。

「でもいずれは、わたしに感謝するようになるはずです。『ル・ギッド』とフランス料理界の運命は深く結びついており、決して切り離すことはできません。しかしこの業界に存在するのは、王国の貴族のようなあなたがたグランシェフだけではありません。チェック柄のクロスをかけたテーブルでハウスワインを出す、田舎のオーベルジュや大衆レストランのシェフたちをはじめとする、実力と精力に溢れる料理人たちも存在しています。『ル・ギッド』は、マスコミの賛辞よりもゲストの満足感を大事にし、雲の上の存在である星よりも良質な食材を優先するような肝っ玉の太い料理人たちも、自分たちの子供であると考えています。そういう料理人たちも、あなたがたのうちでもっとも力がある人たちと同等の権利を持っているのです」

シェフたちは激怒し、弁解を始めた。星が欲しいのは、スタッフの努力に報いたいからだ！「隣のパラス・ホテルよりこの店の料理のほうがおいしい」と言ってくれるゲストたちに喜んでもらいたいからだ！　マリアンヌ・ド・クールヴィルにとって、こうした言い訳はとっくに聞き飽きていた。返答をする必要すら感じなかった。三つ星が刺繡されたコックコート姿のシェフたちも、驚愕し、怒鳴り散らした。われわれは、一つ星シェフや星なしシェフたちのために憤っているのだ！　すでに名声を手に入れたわれわれには、もうこれ以上の報酬は必要ないが……。マリアンヌ・ド・クールヴィルは、笑いだしそうなのを必死にこらえた。彼らのやっていることは言っていることと矛盾している。

「皆さんのご不満はよくわかります。ですが、よく考えてみてください。皆さんが永遠にあると思っている『ル・ギッド』は、いずれなくなるかもしれないのです。単なる民間企業が最終審判決を担うことを、この社会はいつまで許してくれるでしょうか？　弊社の調査員が法廷に出頭し、おまえの審査が正しいという証拠を見せろと命じられる日が、近い将来に訪れないとは言い切れません。この場合の法廷とは、マスコミの比喩ではなく、本物の裁判所です。確かにマスコミも名声を失墜させるのに有効ですが……。わたしの決断は残酷かもしれませんが、これは一種の抵抗運動です。いつか、今夜の出来事を皆さんにご理解いただける日が来るのを願っています」

マリアンヌ・ド・クールヴィルが話し終えると、会場の後方からまばらな拍手が起きた。ゴマすりどもめ！　トリコロール襟のコックコートを着た男性（パン・オ・ショコラ対ショコラティーヌ論争における、前者擁護のリーダーとして知られる料理人だった）が、殺人鬼のような目つきで拍手が起きた方向を睨みつける。マリアンヌ・ド・クールヴィルは一礼をしてステージを降りた。出口へ向かう彼女のためにみんなが道を空ける。スピーカーからは『パイレーツ・オブ・カリビアン』のテーマ曲が流れていた。が、突然それがぴたりと止まった。スクリーンにポール・ルノワールの肖像が現れる。目の前で繰り広げられたショーを、楽しんでいるような笑みを浮かべていた。今夜、歓喜していたのは、おそらくジェラール・ルグラだけだろう。招待状に書かれていたことは嘘じゃなかった。よし、これからすごい記事を書いてやる！

マリアンヌ・ド・クールヴィルは、ラ・ジェオードの前庭に出て携帯電話の電源を入れた。受信したメールには「即時解雇」と書かれていた。

第二十九章

　スタッフ全員が憲兵の取り調べを受けた。日頃からスーシェフにいびられていたコミたちは、ここぞとばかりにフィルマンを悪く言った。弁護士は「ついかっとなった」と述べ、裁判官は「被疑者は急所を狙っておらず、殺意はなかった」と判断した。前科がなく、計画的犯行でもなかったため、寛大な判決が下された。禁固二年、執行猶予十一か月。法廷で、フィルマンは一度も口を開かなかった。いったいどうしてあんなことをしたのか、ぼくは彼の表情から理由を探ろうとしたが、判決が言い渡された時も顔を上げなかった。同じ日、おばと名乗る高齢女性がフィルマンのステュディオに姿を見せて、自分が贈ったというコーヒーメーカーを持ち帰った。「もう必要ないだろうからさ」一か月後に知ったのだが、フィルマンは怪我の治療で入院した病院の個室で、ビニール製の医療用エプロンの紐で首を吊ろうとしたらしい。ロドルフは、腹に包帯を巻いたまま仕事に復帰した。エヴァには二週間の休みを与えた。ある夜、エヴァがぼくの家にやって来た。コートも脱がず、出したお茶に手もつけず、ぼくの前に座ってじっとしている。神経がたかぶり、疲れきっているようだった。数か月前からロドルフに追い詰められていた、と言った。エヴァは「追い詰められる」という言い方をした。下着の中に手を入れられ、タブリエの下から性器を押しつけられた。エヴァはそうした出来事を、自分以外の人間が体験したことのように、まるで他人事みたいに淡々と説明した。刃傷事件の日、ロドルフは別のスタッフひとりに手伝わせて、エヴァを冷蔵庫に閉じ込めたのだ。

「彼らはわたしのズボンを下ろして、両腕をつかんで……」

話の途中で、ぼくは家を飛び出して店の厨房へ向かった。ロドルフはいなかった。戻ってくると、エヴァは立ち上がっていて、椅子の背もたれに両手を置いていた。

「どうして言ってくれなかったんだ？」

「ひとりで解決できると思ったんです。シェフに失望されるのが怖くて」

ぼくはくずおれた。

「それを知ったフィルマンが、あたしの代わりにあいつらを」

エヴァはそれ以上は言わずにかぶりを振った。

「シェフ、告訴するつもりはないんです」

ぼくには理解できなかった。説得を試みたが、彼女の決心は固かった。

「厨房の冷蔵庫で強姦された女として、残りの人生を生きろっていうんですか？　無理です。だったらひとりで秘密を抱えているほうがいい」

エヴァは両手でぼくの手を握った。エヴァに触れたのはこれが初めてだった。

「シェフはいつもあたしによくしてくれました。こんなことになって、本当に申し訳なく思ってます」

エヴァ、申し訳ないのはぼくのほうだ。何も気づかなくて。不注意だった。二度とこんなことが起こらないようにする。約束するよ。もう誰にも触れさせないから。ロドルフたちは二度とこの店に足を踏み入れられないようにする。

「シェフ、なんていうか……実は、父と電話で話したんです。そんなことなら、もうアルカションに戻ってこいと言われました。あたしがいなくなってから、〈オ・ビュロ〉はすっかり閑散としてしまったらしくて」

エヴァは無理に微笑もうとした。そう、カモメを追い払っていたオーナーは、エヴァの父親だったのだ！　彼もきっとぼくを恨んでいるだろう。エヴァは、ここに来た時と同じように、大げさな感情表現をせずに静かに出ていった。最新の『ル・ギッド』が発表されてからわずか数週間後に、ぼくは大切なスタッフをふたりも失ったのだ。ロドルフとその手下は店から追い出した。彼らはすぐに反撃に出た。不当解雇でぼくを訴えた裁判で、ふたりが勝訴した。エヴァの証言なしでは、解雇の正当化はできない。ロドルフたちは店を出る際に、トイレを詰まらせて、二千フランのヘネシーパラディを一本持ち去った。この事件における唯一の救いは、エヴァがのちに考えを変えてすべてを証言し、そのおかげでまわりの考えが変わったことだ。ただし、それには二十年の年月が必要だった。

一九九八年は、フランス人にとってよい年だった。大統領はジャック・シラクで、ピエール・ガニェールが三つ星を取り戻し、サッカー・フランス代表がワールドカップで想定外の優勝をもぎ取った。

最初に攻撃をしかけたのは『ラ・デペッシュ・デュ・ミディ』紙だった。見出しは「厨房での暴力とハラスメント。ポール・ルノワール、執行猶予に」おそらく、試食会に招待し忘れたフリージャーナリストのしわざだろう。本文中には「信じられない長時間労働」、「ひどい労働条件」、「従業員軽視」、「身体検査」といったことばが躍った。感心するほどよく調べてあった。過去数年間にうちの店で短期間働いていた馬鹿たちが、泥沼から水面に上がってくるコイのように、ここぞとばかりにしゃしゃり出てきたのだろう。あるパパラッチはマティアスにも会いに行った。父親の悪口を聞けると思ったようだが、息子は「あんたが話してる人のことを、おれはよく知らないんだ」と答えたという。実にあいつらしい返答だ。それにしても、この攻撃を陰で操っているのはいったい誰だ？　何を企んでいるんだ？　ぼくは店で黙々と仕事をしつづけた。雑誌にもテレビにも出ず、ほかの料理人たちのテリトリーを侵害することもなく、業界のルールを尊重しながら働いた。スタッフによりよい労働環境を与え、よそより高額な給料を支払った。しかし、予約のキャンセルが相次いだ。匿名の手紙を何通も受け取った。みんなにとって、ぼくは叩きつぶすべき存在になった。ぼくの高いコック帽は遠くからでもよく見えたので、格好の標的になった。あの男は償いをすべきだ！　同業者は誰ひとり、ぼくの味方になってくれなかった。「あいつは人が変わってしまった」ジャック・タルデューはそう言った。それ以上のフォローは何もなかった。

翌年の『ル・ギッド』で二つ星が剝奪された。スタッフたちは茫然とした。ぼくは吐くほど苦しんだ。『ル・ギッド』の本部に会見を申し込んだが、すげなく却下された。これは何かの間違いだ！　プレスリリースによると、「厨房での暴力が告発されたこと」が要因だという。冗談だろう？　ナンセンスだ！　卑怯者！　本部の発表によると、星が復活するかどうかは今後の捜査次第だという。だが、捜査なんてとっくのむかしに終了しているのだ。パリの人間は面倒を嫌う。で、今度はなんだ？　あいつらはぼくが森の奥に隠遁するのを望んでいるのか？　ぼくに消えてほしいのか？

「きみはこれからしばらくの間、ブラックリストに載ってしまう。今回ばかりはおれにも何もできない。この件に関して、きみは孤立無援なんだ」

電話の向こうのルグラの声は沈んでいた。きっとその息はアニス酒臭かっただろう。口調にいつもの鋭さがなかった。

「ポール、きみは手にしていたはずの運命を逃してしまったんだよ」

ルグラは通話を切った。それから三年間、ぼくは彼の声を聞かなかった。

初めの頃は、抵抗していた。これまでと同じように、オマール海老、イシビラメ、トリュフや和牛肉を仕入れた。馬鹿げたプライドとうぬぼれのせいだ。メニューの価格を下げたり、従業員を解雇したりもしなかった。自分はまだ大丈夫なのだと、みんなに知らしめたかった。そんなに簡単に屈したりしないぞ、と。だが客観的に見れば、うちの店がかつての賑わいを取り戻す見込みはゼロだった。星の後ろ盾がない状態で、こんな価格設定は常軌を逸している。心理学を学びはじめたばかりの学生だって、これが自殺行為であることは容易にわかる。死を目前にした騎士の最後の突撃だった。ベティは、今のうちに店を売却するほうがいいと言った。ぼくに廃業を無理強いするな！　そんな権利は誰にもない！　いいか、誰にもだ！　店は静まり返っていた。気詰まりで、息苦しいほどだった。客がひとりやって来ると、三人のスタッフが一斉に駆け寄った。気が変わって帰ってしまわないかと心配だったのだ。ある夜、エントランスに猫背の人影が現れた。父だった。店内は空っぽだった。ぼくは、父を立たせたままにしているスタッフを叱りつけた。

「父さん、今日はたまたま暇なんだ」

「ちょうどよかった。おまえと食事がしたい」

父と一緒にきちんとしたディナーを摂るのは初めてだった。ふたりきりで向かい合わせに座ったことも一度もなかった。とりとめのない話をした。ゼネスト、サッカー・ヨーロッパ・リーグ、鐘楼が崩壊した村の教会。急ぐ必要はなかった。料理に集中している時はふたりとも口をつぐむ。夜はつま先立ちして通り過ぎていく。別れ間際に、父はぼくの腕を取った。

「結局、おまえが正しかったんだ。おまえみたいに才能のある人間は、こんなところに居場所はない。見る目がある人たちにしか、おまえがやっていることはわからない。ここは田舎者ばかりだからな」

翌朝、電話が鳴った。父は息を切らしていた。

「昨夜は、せっかくの食事を台無しにしたくなくて言えなかった。ポール、おれは病気なんだよ。厄介なやつに肺を侵されてる」

「ぼくに何かできることは？」

「おまえはもう十分やってくれている」

レストランを救う。ぼくが今すべきことはそれだけだった。そうすれば、もしかしたら父も救えるかもしれない。ぼくはメニューの価格を下げた。スタッフの給料は据え置きにして、就労年数が短いスタッフたち――コミ三人、部門シェフひとり、ソムリエひとりに辞めてもらった。進行中の工事も中止した。スタッフに手伝わせて、プールを作る予定だった穴をスコップで元通りに埋めた。支出はなるべく控えた。アドゥール川産サーモンや天然ホタテ貝よ、さようなら。市場と自家菜園で手に入れた、地場産食材だけを使いはじめた。フィルマンとエヴァが使っていたステュディオは、近辺で映画を製作している撮影隊に貸し出した。店では、メール・イヴォンヌの料理に再びスポットを当てた。外国人ゲストはいなくなり、地元の客が戻ってきた。こんなふうにして数年間は細々と営業を続け、父もどうにか生きつづけた。週末ごとに父に会いに行った。サクランボの蒸留酒漬けやプリンを手みやげにした。なんだか不思議だった。次々といろいろなことが起きた。すべてがゆっくりと進み、それと同時にひどく急速だった。初めは気づかなかった。それでも時々、本当にこのままでいいのか、自分は深淵へと落下している最中ではないか、と思わされた。

二〇〇三年二月二十四日、ベルナール・ロワゾーは、息子のバスティアンに庭で遊んでくるよう命じてから寝室に上った。そして猟銃で頭を撃った。その知らせを聞いて、誰もが悪夢だと思った。ロワゾーとは面識があった。控えめで、完璧主義者で、仕事は順調だったが、プライベートで苦労していた。自らの成功を見せつけるために、友人たちに気前よく食事をおごった。一九九八年には、株式市場で最高値のついたレストランのシェフになったが、より高く評価されたいという渇きは癒やされなかった。アメリカの作家チャールズ・ブコウスキーは言っている。この世の中の大きな問題は、知的な人間が疑念ばかり感じているのに対し、愚かな人間は確信に満ちている点にある、と。ロワゾーは知的で、疑念に苛まれ、孤独だった。彼に引き金を引かせたのは、『ル・ギッド』でもなければ、デリカシーのない記者が書いた記事でもない。孤独だった。

それから一か月後、アメリカとイギリスが主体となった有志連合が、イラクに宣戦布告した。フランスは参戦しなかった。それに怒ったアメリカ人たちは、ボルドーワインを排水溝に捨て、フレンチフライを〝フリーダムフライ（自由のフライ）〟と呼び、タイムズスクエアでフランス国旗を燃やした。そしてとうとう二〇〇三年八月十日、アメリカ国防総省主体で繰り広げられたフレンチ・バッシングは、『ニューヨーク・タイムズ・マガジン』の特集記事で頂点に達した。「最新版ヌーヴェル・キュイジーヌ。スペインはいかにしてフランスに取って代わったか」マルク・ヴェイラは、フランスを裏切るつもりはなかったと思うが、〝料理業界の新生エルドラド〟とスペインを絶賛した。フランス料理の権威を徹底的に失墜させた武器には、科学的な名称が冠されていた。分子ガストロノミーだ。親善大使は、スペイン人のフェラン・アドリア。インテリの美食家や製薬業界のロビイストたちの寵児だ。たった一夜で、彼が経営する〈エル・ブジ〉は、一年のうち六か月間の営業期間中は連日満席になった（年間で八千人しか入れない店に、二時間で二百万件もの予約が殺到したのだ。史上初の出来事だった）。〈エル・ブジ〉は世界でもっとも有名な店、「死ぬまでに一度は行きたいレストラン」「ガストロノミーの聖地」になった。アメリカ人兵士たちはバグダッド入りし、液体窒素はヨーロッパを席巻する。遠心分離、瞬間凍結、脱水などが、轟音を立てながら料理のバイブルになだれ込んだ。スイスのドゥニ・マルタンは、ブーダンの粉末に液体ピューレを添えた料理を出した。アドリアは、口で味わうのではなく、鼻から吸入するトマトコンソメを生み出した。フランス人物理化学者のエルヴェ・ティスは、卵を使わないチョコレートムースを実験室で発明した。ゲル化剤、乳化剤、着色料、ＰＨ調整剤は、新世代シェフたちのバイブルにおける神として君臨した。至るところで誰もが「伝統料理における古くさい決まりをぶっ壊そう」とした。バランスのよい味は流行遅れになり、アンバランスが最重要視された。食材がマイナス二十度からプラス六十五度へと、舌が耐えられないような温度変化を遂げても許容された。実験用ラットが大量に使われた。ぼくには、試験管料理や高圧ガスによる泡化に対抗しうる力量がなかった。エヴァでさえエスプーマを使いはじめたと人伝てに聞いた。ぼくはコンロ派でありつづけた。反動的な危険思想の持ち主だった。

＊

料理人には三種類の友人がいる。まずは、つき合いの長い友人や幼なじみなど、自分を心から好きでいてくれる人たち。第二に、自分の仕事をリスペクトしてくれる相手。そして第三に、これが大半なのだが、自分を羨んだり憎んだりする者たち。当然のことながら、風向きが悪くなると友人は少なくなる。ぼくはここに第四の友人をつけ加えたい。失ったと思っていたのに、突然再び現れる者たちだ。「やあ、パティシエ坊や！」正直言って、意表をつかれた。ジャック、エンリケ、そして〈マキシム〉と〈ムーラン・ルージュ〉の元同僚たちが総出でやって来たのだ。みんな顔は皺だらけになり、声はしゃがれ、仲間うちの二、三人は死んでしまったという。ぼくはシルバーのカトラリーを出した。メニューは、ソーセージやパテなどの豚肉加工品、地鶏料理、ババ・オ・ロム。ワインは、ピック＝サン＝ルーのラ・ソワ一択。ブリガードは生き返ったようにきびきびと働いた。よく飲み、よく食べ、よく笑う。料理を出し終えると、スタッフもテーブルについて食後酒やコーヒーを味わった。夜はあっという間に更けた。何人かが庭でのんびり過ごしている時に、ジャックがぼくを隅に連れ出した。

「なあ、ポール。きみは破滅に向かっている。時代は変わったんだ。ブラジエやボキューズはもう終わりだ。世間に求められていることをやるべきだ。泡とか粉末とかそういうやつだ。いいか、こいつはすごいぞ。なんといっても金がかからない。皿の上に何ものせなくても、勘定書にはたくさんの数字を書き込める。なのに誰からも恨まれない。とりあえず、再建できるまではこれを使ってくれ」

ジャックはぼくに札束を差し出した。

「きみの金なんかもらえない。よくない時期は必ずいつか終わるさ」

「きみは馬鹿げたことをしている」

「ああ、今回に限らないさ」

ジャックはかぶりを振った。いつもなら嫌みの一つでも言うはずだが、黙ったままほかの連中のところへ戻っていく。

「あの意地っ張りめ」という声。さらに小声で「あいつはもう終わってる」試験管のひと突きで死ぬ。なんという皮肉。

父を診てくれている看護師から電話をもらった。大至急来いという。寝室は薄暗かった。ハワイのような暑さの中、父は震えていた。息が苦しそうで、喉がぜいぜいと音を立てている。それでもレストランの近況を知りたがった。

「少しずつよくなってきてる。なんとか頑張るよ。大丈夫、うまくいくさ」

「よかった、よかった」父はほっと息をついた。

枕元の、水の入ったコップを指差す。ぼくはそれを父の口元に運んだ。コップを元の場所に戻そうとした時、父がぼくの手首をつかんだ。「いいから、ここにいてくれ」ぼくは父の口元に耳を近づけた。

「ポール、許してくれ。父さんはおまえを疑っていた」

父は目を閉じた。

「嫉妬してたんだ。おまえが羨ましかった。イヴォンヌに〈ラ・トゥール・ダルジャン〉に連れていってもらったのが、おまえだったことに嫉妬してた。ふたりにしかわからない話をしてたことや、おまえの才能を妬んでいた。おまえと一緒に働きたいと思ったけど、それは間違いだった。そんなことをしていたら、おまえは〝ポール・ルノワール〟にはなれなかっただろう」

ひび割れた唇に弱々しい笑みを浮かべ、黄色い歯を露わにする。

「ぼくたちの店は大丈夫だよ」

父はがさついた手を上げて、ぼくの頬に触れた。「ポール、泣いてるのか?」父はその日のうちに息を引き取った。亡骸は祖母の隣に埋葬された。遠くのほうに、傘を差したすらりとした人影が見えた。母が、ぼくが近づいていくのを待っている。ぼくは振り返らずに墓地をあとにした。自分自身から逃げ出したのだ。死の床にある父親に嘘をつくなんて、自分はなんという人間なんだ。ベティに電話をして父の死去を知らせた。心から悲しんでくれているようだった。だが、店に関しては何も言わなかった。それから三か月後、マティアスが一つ星を獲得した。


「また会いましょう、シェフ」スタッフはみんな理解してくれた。少なくともそういうふりをしてくれた。別の仕事を見つけるから、と。押収されてしまわないうちに、みんなにセラーのワインを分け与えた。ぼくは従業員を裏切り、家族の遺産を見捨てるのだ。俯いて店をあとにする。みんながぼくを見て何かを囁く。だが、ぼくが目の前を通ると口をつぐんでしまう。財産の一部は、業者への支払いのために押収され、残りは競売にかけられた。買収したのは、アイルランドの不動産企業グループだった。ホテルを建設し、丘の上にプールを作る予定だという。ゴルフ場もいいかもしれない、と担当者は言った。ぼくは、破産して手放した土地に二度と入らないという誓約書にサインをした。四十五歳ですでに老人となり、ぼくの天下は終わった。

第三十章

「ガストロノミー零年」、「二日酔いの料理業界」、「『ル・ギッド』のブラックジョーク」、「全デリート後のリスタート」……昨夜、フランス料理界を激震が襲った。そして今日、その衝撃は全世界にまで広まっている。フランスには星つきレストランが一つもなくなったのだ。いったいどうしてこんなことになったのか？　弊紙記者のジェラール・ルグラが分析・解説する。

料理人に関心を抱くのは美食家だけ、というのはむかしの話だ。いまや政界でも料理人は高い注目を集めている。各国の首脳は、先祖のパイオニア精神を賞賛し、宿屋、労働者、なめし職人、野菜栽培者、放牧の番人、チーズ職人の子孫である自らのルーツを自慢げにひけらかす。そして彼らは料理人についても、自分たちと同じように強い意志によって這い上がってきた者たちだと褒めそやす。しかし実際は、選挙において有能な仲介役になりうるからこそ、料理人とそのレストランは政治家に擁護されているのだ。自覚の有無にかかわらず、料理人にそれだけの力があるのはまぎれもない事実だ。村に星つきシェフがひとりいれば、鉄道が敷設されたり、古い食品店が保護されたりするのに、村長や議員よりずっと役に立つ。「腕のよい料理人を用意してくれ。そうすれば、会談でよい条約を結んでみせよう」十八世紀末から十九世紀初頭にかけて活躍した政治家のタレーランも、すでにそう述べている。

星は、授与された本人とその周囲に恩恵を施す。銀行の信用をもたらし、夫婦、ホテル、レストランを救い、経済成長に取り残された地域の衰退を食い止める。TGV駅やカルチャーセンターを作るより安上がりで効果的だ。とくに郊外のカルチャーセンターは、周辺にたむろす麻薬密売者に火を放たれるリスクもある。エマニュエル・マクロン大統領の第一任期の初頭に、官報に掲載されたにもかかわらず、たいして話題にならなかった公式発表があった。「『ル・ギッド』は国家の財産だ。フランス政府はその独立性を保護することに努める」政府は『ル・ギッド』のグループ会社に、編集長を輪番制にする案を提示した。そして、元首相のひとりが意欲に燃える中で、編集長の公募が行なわれた。結果的に、グループ会社はそれまで無名だった若い女性に白羽の矢を立てた。マリアンヌ・ド・クールヴィルだ。非の打ちどころがなさそうに見える女性をトップに就けた裏には、政治的な駆け引きがあった。弱体化していた『ル・ギッド』が、実は眠っていただけだったと思わせるためだ。最初の犠牲となったのは、星の栄光の陰で落ちぶれていた老舗レストラン。迂闊にも、自分たちは永遠に星に守られていると信じ込んでいた連中だ。マリアンヌ・ド・クールヴィルは在任中の五年間を通して、自らに課せられた崇高でありながら不愉快な仕事を遂行しつづけた。フランス料理界が威信を取り戻すために奮闘し、必要とあればメスを入れて血を流した。彼女の敵はとうとうその首を要求し、本人もそれに同意した。グループ会社は、政府のロビー活動の圧力を受けて、ある議員に副編集長のポストを与えた。だがマリアンヌ・ド・クールヴィルは、編集長の座を下りる前に、枕の下に小さな爆弾を仕込んだ。特権の廃止だ。ガストロノミー版「一七八九年八月四日の夜」（フランス革命期に封建的特権が廃止された日）。政府は空になった金庫を引き継ぎ、調査員による審査を一からやり直さなくてはならなくなった。

　わたしは個人的には喜んでいる。『ル・ギッド』が独立性をしっかりと見せつけてくれたのに加えて、眠っていた王国にとうとう何かが動きはじめたからだ。外国人料理ジャーナリストたちが、フランス料理の画一化を嘆いていたのは間違いではなかった。パリのボボ（ブルジョワ・ボエーム＝経済的な余裕がある自由人）たちのお気に入り、わがまま坊やのビストロノミーは、姉のガストロノミーにも大きな影響を与えた。シェフたちは、雑誌に掲載されるためにタトゥーを入れ、雌（めん）ドリを三羽飼育し、誰それさんが丹精こめて作ったビーツにピクルスを二個加えた料理を作る。自称反逆児が料理人のデフォルトになった。健康にいいからと、グルテンフリー、脂質ゼロ、糖質ゼロ、楽しみゼロの、魅力のない料理が作られる。野ウサギの王家風（リエーヴル・ア・ラ・ロワイヤル）、女王の一口パイ（ブーシェ・ア・ラ・レーヌ）、仔牛の腎臓のクリーム煮（ロニョン・ア・ラ・クレーム）といった伝統料理は、覇権主義的な美食反対派ロビイストたちによって公然と侮辱された。

　ブリア・サヴァラン、エスコフィエ、ボキューズ……こんなにも食事が退屈になってしまったことを、あなたたちが知ったらどう思うだろう！　本当の意味で独創的な料理を、わたしはもう長いこと味わっていない。アドリア一派を批判する者たちもいるだろう。だが少なくとも彼らの料理は、わたしたちをあっと驚かせてはくれる。今回の一時的な星剝奪は、フランスの料理人たちの自尊心に火をつけるだろう。料理人は猟犬だ。走るスピードを上げるには、ライバルの存在を感じ、その尻を追いかける必要がある。「空白の一年」は、新たなる才能を発見する一年になるだろう。特別待遇も、見返りのためのえこひいきも、これで終了だ。マリアンヌ・ド・クールヴィルは兵役義務を復活させたのだ。

今年、才能あるふたりの人物が姿を消した。一方はもう一方のために、もう一方は最初の一方のために。マリアンヌ・ド・クールヴィルについては、何も心配もしていない。彼女は知的で気骨のある女性だ。そしてわたしの友人、ポール・ルノワールは丘の上で安らかに眠っている。彼の伝説はまだ始まったばかりだ。

ジェラール・ルグラ

部屋の中央に置かれた小さなストーブの中で、ルグラの記事がゆっくりと燃える。クリストフはユミの腕の中から脱け出した。皮膚の薄い唇に、やや塩気のある親密な味が残っている。立ち上がって伸びをし、シーツにくるまった彼女のなめらかな曲線を眺める。胸は大きく、腰回りはほっそりしているが、上腕は職業柄鍛えられてがっしりしている。ありふれた幸せとはこういうものだろうか。眠る女、コーヒーの匂い、地に足のついた生活。だが、きっとそれだけでは満足できないだろう。自分の運命はもっとずっと先にある。二日前にパリで起きた出来事は、自分が待ち望んでいたことが起こる兆しだった。一九七〇年代から続いていた、誰もがよく知るフランス料理界はもう存在しない。『ル・ギッド』の編集長が正式にその死を宣言した。星が消滅し、料理人たちは文字どおり地上に引き戻された。狂ったように星を求めてきたせいで、レストランは多額の借金をし、料理人はエネルギーを使い果たし、創造性(クリエイティビティ)は抑圧された。だが本物のアーティストは、他人の評価など気にするべきではない。これからの一年は、この世界を再構築するために与えられたのだ。〈レ・プロメス〉に来るよう、ナタリアから連絡があった。ちょうどいい。言わなくてはいけないことがある。

＊

早生アンディーヴ。そうだ、自分はあれに似ている。ノール地方でシコンと呼ばれるあの野菜。ジルは八時に目を覚ました。二日酔いで、上腕が筋肉痛だった。楽しく酔っぱらった日の翌朝は、いつもひどい顔になる。鏡の前で薄い胸筋に力を入れ、上半身に引っかき傷があるのを見つけて目をそらす。昨夜、部屋に男を連れ込んだ。そいつは朝早く出ていった。枕元のテーブルに電話番号を書いたメモが置かれている。名前はもう忘れた。どうでもいい。電話はかけない。かけるつもりは毛頭ない。先のことを考えるのはやめよう。休みの日は、悲しみと憂鬱な気分にとらわれがちになる。気分を上げるために、今日の予定を付箋にリストアップする。午前中はアパルトマンを片づける。タロワールに広さ四十平米の部屋を借りていた。午後は『クイズ　チャンピオンを目指せ』か、あるいはほかのクイズ番組を観る。それにしても、ナギは人気司会者だけあってあちこちで引っ張りだこだ。頭痛がおさまらない。シェフは亡くなり、星は消滅した。アヌシーにいつづける理由はもうない。ブリガードの連中とは、誰ひとりとして友情を築けなかった。でもクリストフのことはリスペクトしてる。ユミに会えないのはさみしくなるだろう。ここで得たささやかな収穫。もう長いこと、海を見ていない。

　ディエゴは、二回マスターベーションをしても気分が晴れなかったので、いつもの売人に連絡を取った。それから二時間、窓から外を見ていたら目が痛くなってきた。売人は、悪天候のせいで遅れると言ってきた。きっと次は、週三十五時間労働制のせいにするだろう。毛布にくるまったまま、町が雪に覆われていくのを眺める。灰のようにさらさらしていて、中に埋もれてみたいと思った。ポール・ルノワールに出会う前は、海辺で季節労働をしながらぶらぶらしていた。三十年早く生まれていたら、貧民街で大型犬を連れて路上生活するような人間になっていただろう。でも犬は臭くて嫌いだ。怒りっぽいけれど、頑固で我慢強い自分に向いていることをしようと思った。だから料理人になったのだ。『ル・ギッド』のセレモニーは、ほかのスタッフと一緒にテレビ中継で観た。最初は何が起きたのかわからなかった。コントの一種かと思ったのだ。フランス人が好きなジョーク。だが、ジルとムッシュ・ヘンリーが口を開けたまま画面を凝視しているのを見て、ようやく事態が呑み込めた。あのきれいな顔をしたヤンもことばを失っていた。すべてが崩壊してしまった今、いったい自分はどうすればいいのだろう？　外はしんと静まり返っていた。あのスリマン（フランスの人気歌手）似のゲイはまだ来ない。こういう時こそ、ユミがいてくれればいいのに。ユミなら、どんなに憂鬱な時でも彼女らしいやり方で励ましてくれる。ディエゴはそう書いて本人にメールを送った。

ユミは、ベビードール姿でベッドに横たわりながら、青く点灯する携帯電話を物憂げに眺めていた。太ももの筋肉を動かす。雪を見ると、家族で長野に旅行した時のことを思い出す。日中、ユミはスキーをして、弟は硫黄（いおう）の匂いがする温泉に浸かった。夜になると、家族そろってうどんやそばを食べた。父は建築の仕事の話をして、母はハルを見守りながら、笑顔で父のことばに耳を傾けた。奇妙な光に包まれた数日間だった。大地が息をひそめているように感じる。〈レ・プロメス〉から三日間の休みをもらった。ユミはその日々を、骨ばった腕に抱かれながらベッドで過ごした。時々、うっかり「シェフ」と呼んでしまう。生まれて初めて何もせずにだらだらと日々を送ったが、自分でも驚いたことにこういうのも悪くないと思った。だが一つ気になることがあって、考えると胃が締めつけられる。自分は恋をしているのだろうか？　だとしたら、痛みを感じるべき場所は胃ではなく胸なのではないか？

「クリストフ、来てくれてありがとう。座って」

クリストフはナタリアに招かれて小さな居間に入った。ポールがアルマニャック入りコーヒーを飲みながらインタビューに答えていたのと同じ部屋だ。彼女はアイボリー色のブラウスを着て、デニムをはいていた。メイクはしていなかった。

「マリアンヌ・ド・クールヴィルは間違いを犯したわ。空白の一年によって、火に油が注がれた。これからは今まで以上に厳しい状況になる。失った特権をすべての店が取り戻せるとは限らないので、血も涙もない争いが繰り広げられるでしょう。わたしたちもすべきことをしていかないと。クリストフ、〈レ・プロメス〉を守りましょう。これからのことを話したくてあなたを呼んだのよ。今の一番の問題は、お金がなくなってしまったことなの」

クリストフは、そんなことはわかってます、と言い返した。店はずっと前から赤字だった。シェフがいた時からだ。だが、そうではないレストランがいったいどこにあるというのか？　ナタリアは資料がしまわれているファイルを開けた。一枚の領収書を取り出す。下部にクリストフのサインが入っていた。

「説明して。どうしてコーヒー豆一キロが」ナタリアが数字を判読しようとする目つきをする。

「四百ユーロもするの？　若い娘が素手で挽いてるから？」

クリストフは微笑んだ。確かに、そう言えば客も喜ぶかもしれない。

「そんな感じです。コピ・ルアクは、現地でルアクと呼ばれるインドネシアのジャコウネコの糞から採られるコーヒー豆なんです」

「冗談でしょう?」

「本当です。ルアクの腸内発酵によって、この上ない風味が生まれるんです。かすかに酸味があって、ブラックチョコレートの後味がして、苦味がなくて……」

「わかった」ナタリアが話を遮った。「覚えてる? あなたは『低コストで多くのものを与えるレストランにする』って言ってたわね。そのとおりにするわ」

その時、雪の上でタイヤがきしむ音がした。ナタリアが手早く髪をまとめる。「ほら、お出ましよ」電子タバコをくわえた男が、ポルシェから降り立った。陽光を浴びた山々には目もくれず、人気のないエントランスホールへとまっすぐに向かう。そうか、だからナタリアは自分をここに呼んだのだ。この会見の本当の理由はこれだったのだ。クリストフは、マティアス・ルノワールと握手をしながら、嫌悪の念に身震いした。

第三十一章

ぼくは、自分に残された唯一の財産である〈ラ・ガルゴット〉上階のアパルトマンに引きこもった。プラム酒のボトルを手にベッドに横になり、ヒゲが伸びる音を聞く。夜になると、店の貯蔵室にこっそり入って一、二本の酒をくすねることもあった。ところがある日、ドアに南京錠がかけられ、「あんただってわかってるんだからね」と書かれた付箋が貼られていた。だが、ベティはやさしかった。時々、カリソン（エクス＝アン＝プロヴァンス名産のアーモンド菓子）、詩集、マッシュルーム入りブランケット（ホワイトシチュー）などを差し入れてくれた。紅茶を飲みながら部屋に居座り、息子の話をしたり、日々の愚痴をこぼしたりすることもあった。年老いて頭がぼけた父親を訪ねる娘のようだった。

「外に出て、新鮮な空気を吸って、友達に会わないと」

友達というのはどこの誰だ？　そう尋ねると、ベティは迷った末に黙り込んだ。馬鹿げた夢と病的な欲望に彩(いろど)られた、薄闇の中の数か月間。だが吹き荒れる嵐は、この身を解放してくれる。何もかもが荒れ狂う中で、人間はなす術(すべ)を失い、運命に身をゆだねる以外に何もできなくなる。今回ばかりは、誰もぼくに成功しろと言わなかった。生きのびろとしか言わない。そこでぼくは、自分より深く絶望している者たちに慰めを求めた。ランボー、ヴェルレーヌ、ラマルティーヌ。『悪の華』は、ぼくの闇を照らしはしなかったが、少なくとも喧騒はもたらした。シャトーブリアン。牛肉の部位の名前を作家に与えるなんて、フランス語っていうのはどういう言語なんだ？　それなら、血のしたたる生肉をボードレールと名づけてはどうだろう？　そして、銃弾が中に残ったままのジビエ肉はヴェルレーヌだ。

　どうして誰も何も言ってくれないのか？　もう誰もいないからだ。ぼく自身さえも。近所の人たちに尋ねれば、夕方に時々階段でヒゲの老人とすれちがうよ、と教えてくれるだろう。聞こえにくい声で「こんにちは」とつぶやくんだよ。その老人が何をしているかなど、誰も興味がない。知っているのは、耳ざわりなドアベルを鳴らしても中から出てこないということだけ。隣人がわざと力まかせにドアを閉めて、脳天に響く音を立てても知らん顔だ。どこかへ行ってくれ！　放っておいてくれ！　ところがやつらはしつこくやって来る。こっちの頼みなど聞いてくれやしない。とうとうドアが壊された。兜(かぶと)を被った遊牧民たちが部屋に押し寄せてくる。ぼくを抱え上げ、ソファから引きはがし、聴診をし、触診をする。ベティの顔が見える。びっくりしたわ、ポール。どうやらぼくは、一週間飲まず食わずで、からだも洗わずにいたらしい。「もう少しでマットレスと一体化しちまうところだったぞ」病室の戸棚に酒のミニボトルを探しているぼくを見て、ジャックが苦笑する。点滴を打ち、生活を立て直すと約束をして、二日後に退院させてもらえた。アパルトマンに戻った時、今度こそ深い眠りにつく決意を固めた。戸口にひとりの男が立っている。逆光で誰だかわからない。背が高く、痩せていて、神経質そうに首を動かしている。甘くて苦い匂いが部屋に広がる。タバコと香水が混ざった香り。マティアスは、床に転がっていた空き瓶を苦々しげにブーツで退(よ)けた。タバコに火をつけ、まわりを見回す。

「こんなところに住んでたんだな。当時は貧乏だったわけだ。何も覚えてないけど」

ぼくはビールを一本差し出した。マティアスは、喉は乾いてない、時間もない、と言った。

「一緒に組んで仕事をする気はないか？　もう一つレストランを出すんだ。〈レ・クルール〉という名だ。メニューをまかせたい。ふたりの名義で発表しよう」

ぼくの返事を待たずに、マティアスはローテーブルの上に名刺を置いた。

「早めに考えてくれ。ほかに料理人ふたりに声をかけている。なあ、窓を開けろよ。ここは死臭がするぞ」

タバコ半本分で話は終わった。厚かましい！　父親に施しをしようだなんて！　このぶざまな姿を見て、さぞ嬉しかったことだろう。とうとう役割が逆転したのだ。息子が父に手を差し伸べる。しかも最後通牒まで突きつけやがった。これ以上あいつを喜ばせてたまるものか。ところが翌日、ベティに懇願された。虚勢を張ってるだけよ。はったりばかりかましてるけど、あの子にはあんたが必要なの。このチャンスを逃さないで。マティアスのためでも、あんた自身のためでもなく、あたしのためだと思って。返事をためらいながら、ぼくはある事実に気づかざるをえなかった。このままこういう生活を続けていたら、サン＝タンヌ精神科病院内のセルフサービスレストランに出入りするような人間になる。料理人としてではなく、患者としてだ。なあ、ベティ、給料はいくらくらいなんだ？

マティアスの会社、Ｍａｔ＆Ｃｏのオフィスは、トロワイヨン通り七番地にあった。ぼくはヒゲを剃り、星の刺繍入りコックコートを身につけた。自分の地位は最初にアピールしておくべきだ。だが、誰もぼくを知らなかった。スタッフの平均年齢は二十歳で、みんなタメ口をきく。熟していない果実とカフェオレの匂い。マティアスは一週間の予定で香港に出張していた。ビジネスセンスは、マティアスのほうがぼくより鋭いと認めざるをえない。どうしたら高い名声を得られるかよく知っている。一つ星レストランの〈レ・グー〉に加えて、現在準備中のセカンド店（ぼくがメニューを作らされているやつだ）、そしてブラッスリーの〈M〉を経営している。〈M〉はエッフェル塔を眺望するシックな店で、マティアスの小さな帝国のスロットマシン的存在だ。スリーズ（フランス語でサクランボの意）（そんな人名があるとは！）という若い女性に案内されて、ぼくは窓のない小部屋に入った。グラス一杯の水と〈M〉のメニューブックを渡され、指示を受ける。「マティアスは〈レ・クルール〉を海鮮料理店にしようとしています。魚を多用している〈M〉のメニューを参考にしてください」どうやら〈M〉ではサン＝トロペをイメージした料理を出しているらしい。アボカド、生のマグロ、キャビア、それから、皿のマークが透けて見えるほど薄くスライスされた魚の切り身。メニューブックの内側には、プレスリリースが挟み込まれていた。「人気沸騰中の〈M〉でブランチサービスがスタート。セーヌ川とエッフェル塔を眺める素晴らしいロケーションで、若きシェフ、マティアス・ルノワールの元気溢れるストリートフードを味わいたい。テリヤキサーモンのテンプラ、スズキのセヴィーチェ、冷製ペペスープ（西アフリカのスパイシーなスープ）など。ドリンクには日本酒やカクテルを。料理はもちろん音楽と内装にもこだわった、斬新な多国籍レストラン」空疎な形容詞を多用したこの文章は、ハーブやスパイスに埋もれたこの店の料理とそっくりだ。最終的に何が言いたいのかさっぱりわからない。

「何がわからないんですって？」

　ひとりの女性が、前かがみになってぼくの顔を覗き込んだ。こんなに魅力的で美しい顔は見たことがない。ぼくは息を呑んだ。この女性のためなら、フランス北端の地のベルク＝シュル＝メールでフライドポテトの屋台をやってもかまわない。彼女は微笑んだ。

「ディレクトゥールのナタリア・オルロフです。ポール・ルノワールさんですね。マティアスからよく話を聞いてます。すごくリスペクトしてるって」

「ぼくのほうこそ」そう言って、微笑み返した。

もし今、ナタリアに当時のことを尋ねたら、きっとぼくとはまったく別のことを言うだろう。ぼくが電子レンジなんか使いたくないと文句を言っていたとか、彼女がぼくとブリガードの信頼関係に嫉妬していたとか。ところが実際は、嫉妬していたのはぼくのほうだった。自分は彼女に釣り合わないと思った。人生に翻弄されてきたせいで疑心暗鬼になっていた。毎朝、昨日までのことはすべて冗談だったと言われるのではないかと怯えた。あいつは馬鹿だと、みんなから嘲笑われるに決まっている。映画『カジノ』で、ロバート・デ・ニーロが初めてシャロン・ストーンを見たシーンを覚えてるかい？　彼女がサイコロを振った時、映っていたのは彼女の唇だけで、聞こえていたのは彼女の笑い声だけ。あれとまったく同じだった。ナタリアが〝r〟の音を歪ませながらぼくの名前を唇にのせると、シルクのような心地よさで腰に電気が走った。今でも彼女の美しさはすべてを圧倒する。不愉快な出来事も退屈な会食も忘れさせ、夜の闇さえ照らし出す。〈レ・クルール〉のメニュー作りを一緒に行なった六日間で、ぼくはすでに恋に落ちていた。そしてある朝、マティアスがアジアから戻ってきた。出張の成果に満足しているようで、スタッフへのおみやげに日本産ピーナッツを買ってきた。

「やあ、ポール。うちのディレクトゥールと仲よくしているらしいな。よかった。ちょっと彼女を借りてもいいかな？」

マティアスはナタリアの腰に手を添えて、一緒に出ていった。その瞬間、ぼくは何がなんでも彼女を自分の妻にしてみせると心に決めた。恥知らずで理不尽な決意だ。ぼくは壊れたおもちゃにすぎず、現実はアンデルセン童話じゃない。美しい踊り子は、一本足の鉛の兵隊を醜いと思うだけだ。ぼくが彼女について知っていたのは、ロシア生まれで、首元の傷跡をスカーフで隠していることだけだった。最後に厨房に入ってから二年が経っていた。完璧に磨きぬかれたステンレスの調理台、美しい日本製包丁、ずっしりと重みのある銅鍋。そして、起こるべきことが起きた。再び料理にのめり込んだのだ。店のスペシャリテは、ホタテ貝のロースト・新ホウレンソウのムースリーヌ・タマネギとトリュフのクーリ添え、そして、天然スズキのウロコ焼き。魚の処理を担当していたのは、店で一番若いジルという青年だった。モルモン教徒のような顔立ちで、手先がとても器用だった。ある日、彼がマトウダイを捌いているところをそばで見ていた。慎重にそっと身に包丁を入れる動きに、思わず鳥肌が立った。〈レ・クルール〉はオープン早々大成功を収めた。新聞や雑誌はぼくのアスパラガスのアイスを絶賛した。一九二五年に考案されたレシピとは誰も気づかなかった。プロスペール・モンタニエとプロスペール・サルが一九二九年に刊行した『料理大事典』のとおりに作っただけだ。料理人は発明せず、うまく真似るのだ。

ぼくがマティアスの店にとどまったのは、あいつの恋人のためだった。息子とのコラボは三年間続いた。ぼくはラ・コンダミーヌ通りに小さなアパルトマンを借りた。ナタリアとは毎日数時間ほど会った。週末には、来週の予定について電話で話し合った。馬鹿げたことをしていると思ったが、彼女はぼくのそういう気持ちには気づいていなかったと思う。いずれにしても、彼女は逃げ出さなかった。〈レ・クルール〉は、オープン一年目で一つ星を獲得した。その頃、ルノワールは父親に指導してもらっている、という噂が立ちはじめた。ある料理研究家は、公共放送局に出演した時に「ポール・ルノワールを覚えている者はいるか？」と問いかけた。だが、大きな話題になったきっかけは、『ル・フィガロ・マガジン』に掲載されたジェラール・ルグラの署名記事、「あるシェフの背後にいるひとりのシェフ」だった。

「マティアスが例の噂を気にしてるの」ベティが不満を口にした。「お願い、記者の取材を受けるのはもうやめて。あんたはすでに大きな勝利を収めてきたんだから、もう息子にあとを譲ってやりなさいよ。あの子の成功を喜んであげて。恩を受けたことも忘れないでよ」

二つ目の星を獲得した時、一番驚いたのはぼくだった。『ル・ギッド』は「新鮮な海の幸を使用した優れた感性の料理」を出す店として〈レ・クルール〉を絶賛した（以前からうちの息子に甘すぎると思っていたが……）。式典に出席したマティアスは、ステージ上で母親、スタッフ、そしてナタリアに感謝のことばを述べ、彼女と婚約すると発表した。カメラはナタリアの姿を探したが、どこにも見当たらなかった。その時、本人は恋人のネクタイをすべて切り刻んで、荷物をまとめている最中だった。マティアスが外国に複数の愛人を囲っているのは黙認してきたが、それに味をしめたのか、とうとうスリーズにまで手を出していたのだ。ナタリアは、マティアスの望みが叶ったら彼のもとを去るつもりで、ずっとその機会を待っていた。とは言っても、それほど遠くへ行ったわけではない。その日の夜、彼女はたくさんのルイ・ヴィトンのバッグに囲まれて、ぼくのアパルトマンの前にいた。ヴォーグを吸いながら、階段に座っていた。ぼくがドアを開けると、すぐに中に入った。数日後、〈レ・クルール〉で二つ星獲得の祝賀パーティーが開催された。ナタリアを除いて、関係者は全員参加した。その時のマティアスのことばを、ここで繰り返すつもりはない。必要とは思えないし、彼にとっては酷すぎる。ひと口で言うなら、マティアスはこの時、父子の絆を完全に断つことに決めた。父親に復讐し、ルノワールの名を掲げる唯一の料理人になると決意したのだ。参加者たちが呆然としている中、ぼくは席を立った。ベティもぼくを引きとめなかった。

＊

「ナタリア、ぼくは今、自分の名前と評判しか持っていない。名前はきみにあげよう。評判のほうは、これまで何度も剝奪されてしまったので、もうたいしたものは残っていないと思う」

サン＝シャルル教会の祭壇前でぼくが発したことばには、図らずも未来の予言のような響きがあった。ナタリアは、グレース公妃のようにモンテ＝カルロで式を挙げたがった。ぼくたちの結婚契約書の下部には、見過ごしてしまうほどの小さな字で、妻は夫を裏切り、夫を苦しめるだろう、と書かれていたにちがいない。彼女の美しさ、若さ、そして神秘的な魅力の代償として。夢を実現させるには、多少の尊厳の犠牲はつきものなのだ。招待客が集まるオテル・ド・パリの庭園では、ほとんどの男がナタリア似の女性を伴っていた。茶、赤、黒と髪の色はさまざまながら、同じようにウエストがくびれたスズメバチが群れを成している。結婚するためというより、愛でるための生き物だ。皮肉な人間はぼくを嘲笑い、心やさしい人間は同情する。気の毒なやつだ、あの若い妻は夫から金を巻き上げて、一文無しにしてから別の男に乗り換えるだろう。だが、そういうものなのだ。ぼくが妻を愛しているのは、彼女が手の届かない存在だからだ。今でもぼくは、ナタリアを追いかけつづけている。たとえ裸で隣に寝ていても変わらない。結婚から二年後、雪の降る日に娘が生まれた。心やさしい女性になってくれるのを願って、クレマンス（寛大の意）と名づけた。クレマンス・

エフゲニアは、母親からは色気のあるまなざしを、父親からは旺盛な食欲を受け継いでいた。

「あなたはわたしの願いを叶えてくれたから、今度はわたしがあなたの願いを叶える番よ」ナタリアは囁いた。「あなたが失ったものを、百倍にして返してあげる」

ぼくには何もない、レストランはもちろん、鍋一つ持っていない。だが、ナタリアはぼくの顔を両手で包み、首に爪を立てながらキスをした。「ポール・ルノワール、あなたは世界一のシェフになるのよ」

ナタリアはレストラン開業のための資金集めに奔走した。店の権利は夫婦で半分ずつ所有する予定だった。妻はぼくの合意を取りつけるとすぐ、〝イベント〟、つまり会食パーティーに出席するようぼくに命じた。銀行役員、企業家、篤志家、病院経営者など、高級料理に目がない富裕層とお近づきになり、毛の抜けた老いぼれオオカミのようなぼくの後援をしてもらうためだ。ナタリアがひと声かけさえすれば、どんな吝嗇家(りんしょくか)でも快く財布の紐をゆるめてくれる。一方のぼくは、自らの店を持つことによって「料理業界の古い伝統に穏やかな改革をもたらす」意欲を、愛想よくアピールするという使命を負わされた。ナタリアは〝イベント〟に慣れていて、手際がよかった。そしてとうとうある夜、コート・ダジュールのある町で、ぼくはマントンの放射線技師とアルザスの外科医と同席する機会を得た。シックでヘルシーだからと、白身の肉や魚、ヴェリーヌ、セビーチェなどしか出さない店での食事会だ。若いソース担当シェフ(ソーシエ)がぼくに気づいて、そっと電話番号を差し出してきた。ディエゴという名の青年だった。だがぼくは途中でつくづくうんざりし、急用を思い出したので、と断わって中座してしまった。まだ食事が途中なのに帰られるんですか、とみんなが驚いた。お口に合いませんでしたか、と問いかける人もいた。ぼくはにっこりと微笑んで、パンはおいしかったですよ、と答えた。

この失敗を機に、ぼくはナタリアに対する罪悪感から解放された。第一、歯科医なんかに料理の何がわかるんだ？　歯の間に挟まった食べ物のことしかわからないに決まってるじゃないか。ぼくは、もっとストレートなやり方で資金を稼ぎたい。そう、自分の才能を他人のために生かせばいいのだ。料理業界では出張料理を〝家事〟と呼ぶ。俳優や作家と同じように、料理人にも〝家事〟における「ギャラ相場リスト」が存在する。本人の知名度に応じて市場価値が変動するのだ。ぼくの場合、かつて二つ星を獲得したことから、ギャラを高めに設定することもできたのだが、あえてよそより安価に抑えた。富裕層は意外とケチだと知っていたからだ。こうしてぼくは出張料理人になった。ある月曜にはモスクワへ飛び、シャネルのファッションショーのために、九十人分のアカザ海老のカルパッチョ・ベルーガキャビア添えを作った。その翌週には、モロッコ国王の弟宅で調理を手がけた。その次にはギリシャのサントリニ島へ行き、海に面した断崖を削って作った高級レストランで腕を振るった。こんなふうにして丸二年間、世界じゅうを駆け回った。妻がスケジュールの管理をし、契約条件が遵守(じゅんしゅ)されるよう目を光らせ、ぼくのシャツの折り目に娘のポラロイド写真を挟み込んだ。出発前には荷物をまとめ、帰宅後には荷物を解き、汚れた衣類を洗ってくれた。レストランの場所は決めていなかった。だがぼくが新しい店を出すことは、すでに妻がマスコミに明かしていた。

「みんな、生き残った人間のからだに残った傷跡を見たがるのよ。だったら見せてあげればいいわ！　好かれる努力をしてちょうだい。そうすれば、たとえ食事をしに来ない人でも、あなたの料理を好きになるから」

ぼくは妻のアドバイスをぼんやりと聞いていた。正直なところ、半信半疑だった。転落した過去はまだ記憶に生々しい。もしまたすべてを失ってしまったら、きっと耐えられない。もう生きてはいられないだろう。

第三十二章

「じゃあ、言わせてもらうが、あいつはいつだっておれを見下していたんだよ！」

マティアス・ルノワールは小さな居間を横切るように歩いた。これで十回目だ。荒々しいしぐさで電子タバコを吸う。

「ガキの頃から、あいつとはうまくいかなかった。あいつは愚痴ばかり言っていた。やれ早起きしなきゃならない、夜寝るのが遅くなる、時間が足りない……だけど、自分で選んだ道だろう？　確かに、おれはおれで馬鹿なことばかりしてたさ。だけど、どうしてそんなことをしてたんだと思う？　何をしても、あいつは見向きもしなかった。ようやくこっちを見たかと思えば、無言で平手打ちを食わしやがる。今さらあいつが死んだからって、涙を流せるわけがないだろう？」

ベティ・パンソンは息子の話を上の空で聞いていた。霜が降りる前に、アザレアを保護してやらないと。あら、マティアスったらブーツを履いたままじゃない。バージンウールのカーペットの上をそのまま歩いてほしくないのに。不衛生だわ。

「母さんだって、いったい何をしてくれた？　いつも父さんの言いなりだったじゃないか。そうさ、一度だっておれの味方をしてくれなかった。いつだって『父さんを煩わすのはやめなさい、仕事があるんだから』としか言わなかった」

ベティは、自分が悪い母親だとも、悪い妻だとも思ったことはなかった。いつも陰ながら、父親と息子が仲直りできるよう力を尽くしてきたつもりだった。〈レ・クルール〉のメニュー作りをポールにまかせるよう、マティアスを説得したのもベティだった。彼女の努力、忍耐、父子の和解への期待は、あの二つ星の祝賀パーティーで実を結ぶはずだった。だが、そうはならなかった。よく考えれば当たり前のことを、うっかり忘れていた。人間は変わらないのだ。あの日、食事が終わると、マティアスはみんなに静聴を促してからこう言った。

「ポール、あんたはもうすぐ五十歳になる。料理人としてのキャリアはほぼ三十五年だ。その間、あんたは三つ星を取るために汗水垂らして働いてきた。だが、実際に取ったのはあんたじゃなくておれだ！〈レ・グー〉で一つ、〈レ・クルール〉で二つ。ほら、足し算してみろよ」

その半年後、ベティはパリを離れて、姉がいるフランス南部のアルビで暮らしはじめた。母親と元妻としての責務から逃れ、庭いじりの楽しさと心の平穏を再発見した。昨年は、べと病と根頭がんしゅ病から桃の木を救った。細菌とカビとの戦いにおけるこの小さな勝利は、泣きたくなるほどの喜びをもたらしてくれた。トゥールーズ＝ロートレック美術館の裏手にある、バラ色の煉瓦(れんが)造りの小さなこの家に、毎年クリスマス前になると息子がやって来る。いつも同じプレゼント——エルメスのシルクのスカーフ一枚と、ピエール・エルメの〈アンフィニマン・カシス〉のマカロン一箱——を持ってくる。耳の穴にイヤフォンを突っ込んだまま、小さな庭で一日を過ごす。そして、まるでこれで義務は果たしたと言わんばかりに、翌日パリへ帰っていく。マティアスと少しでも話ができるのは、ディナーの時だけだった。マティアスはいつの間にかセミヴィーガンになっていて（あるいはフレキシタリアンと言うのだったか？　すぐに忘れてしまうのだが）、食べられないものをなかなか覚えられない。結局、いつもテイクアウト店で寿司を買ってきてしまう。キンキンに冷やしたリースリングの新酒を飲みながら、ふたりで食事をする。デザートは、キャラメル・ライスプディング。マティアスはあまりしゃべらない。成功話より、「日々のうんざりした出来事」の話をしたがる。ベティはそのことばに耳を傾ける。息子が結婚せず、子供も作らないのを、少しさみしく思っていた。「あの子はとっつきやすい性格じゃないからね」アンフィニマン・カシスを食べながら、友人たちに打ち明ける。

母親は太った。田舎暮らしは心身を軟弱にし、肉体をたるませる。気力も衰えたようだった。パリから離れた場所で暮らすなんて、マティアスには耐えられない。生きていくには、排気ガス、騒音、都会の活気が必要だった。びりびりするほど激しい刺激を受ける日々。初めてアヌシーを訪れた時、父親はこんなところで何をしているのかと訝しんだ。だが、たった一日で違う色のマセラッティを十台見かけてようやく理解した。このあたりでポルシェなんて乗っていたら、あまりの恥ずかしさにこそこそと暮らさなくてはならなくなる。このあたりでは、金が水の上にぷかぷかと浮かんでいる。アヌシー湖は金の池だ。〈レ・プロメス〉がヨーロッパで高く評価されているのも納得がいく。湖のほとりには、大富豪の後継者、金融トレーダー、銀行役員たちの邸宅が並んでいる。彼らは浮き桟橋の上から金の小便を垂れる。ここに店を出すと決めたのは、おそらくあの女だろう。ナタリアにはいつも驚かされる。酔っぱらった夜は、まだあの女に恋している気分になる。その本人と、三十分後に〈レ・プロメス〉で会う約束をしていた。だが、ラギオールのナイフで小袋を切り裂くくらいの時間はあるだろう。マティアスは、サイモン&ガーファンクルの『セントラルパーク・コンサート』のCDの上に粉を広げ、国道七号線のように縦に長く吸い込んだ。粒子加速機能において、ヘロインに勝るものは見たことがない。鼻の穴に入りきらなかった粉を濡らした親指の先にくっつけて、歯茎にこすりつける。その二十分後、レストランの駐車場に轟音を立てながら車を停めた。完璧に磨きぬかれた広いエントランスホールに足を踏み入れた時、マティアスは自分がここに来た理由をようやく理解した。馬鹿げたことをしようとしていた。タルデューには「素晴らしくクレイジー」だと言われた。何百年分もの借金を背負おうとしているのだ。だが、これでようやく過去の諍いの傷が癒されるだろう。父親の存命中には叶わなかったが、思い出と和解する時がとうとうやって来たのだ。

クリストフは黙って耳を傾けていた。ずっと唇を噛んでいたが、話は遮らなかった。つまり、マティアスは自分の手で〈レ・プロメス〉を救済したいのだ。父の跡を継ぎ、父と同じ夢を追い、来年には三つ星を取り返す。ナタリアはマダムでありつづける。そして、ある人物を新たに雇い入れる。国外進出計画の推進を任せるのにふさわしい女性。

「クリストフ、きみが必要なんだ。〈レ・プロメス〉は、すでにクリストフ・バロンの名と結びついている。店はきみの好きなようにしていい。約束する」

クリストフは、ボクサーの習性として相手の目を観察する癖がある。マティアスは嘘をついている。汗をかき、イライラしていた。そしてたぶん、ヤクをキメている。もしかしたら、考える時間をもらうべきなのかもしれない。直感に頼ったり、カッとして即断したりすべきではないのかもしれない。だが、もう遅すぎる。クリストフは立ち上がり、言うべきことを言った。

「幸運を祈ります。でもおれはお断わりします」

クリストフは、ヘルメットを手に駐車場に出た。外は雪が降っていた。冷たい風が枯れ葉を散らしている。ナタリアが追いかけてきた。寒さに震えている。

「しかたがなかったの。マティアスか閉店か、どちらかを選ぶしかなかった」

「あなたはヒツジ小屋にオオカミを入れておいて、扉を開けたことを謝っている。そうでしょう？」

「ヒツジの群れを守れるのはあなたしかいない。店のことを考えて。これが再スタートになるはずよ。あなたの夢を叶えるチャンスじゃない」

「マティアスはどうしようもないやつだ」

「彼を嫌いだというだけで自分の夢を諦めるの？　クリストフ、それはナイーブすぎるんじゃない？」

こんな女を信用したのが間違いだったのだ。自由にやっていいと言っていたのに、儲け主義の料理人の中でも最悪の人間のために約束を破った。マティアスの望みなどお見通しだ。あいつはオーナーになってすべてを牛耳りたいだけだ。くだらない夢。だが、しがない元野菜栽培者にすぎず、今しがた元料理人にもなってしまった自分が、世の中の愚行や惰性と戦えるはずがない。

＊

ユミは焼いたカブをフォークの先端に刺した。ふたりは、マントン＝サン＝ベルナールの〈ル・コンフィダンシエル〉にいた。クリストフは料理に手をつけていなかったが、ワインボトルはすでに空だった。外の気温はマイナス五度。クリストフの機嫌とほぼ同じ温度だ。

「マティアス・シェフがあたしに残ってほしいって」

「マティアス・シェフ？」

「考えさせてくださいって言った」

クリストフは嘲笑った。

「本気で言ってるのか？　ルノワール家に最後まで尽くすつもりか？」

「だってあなたはずっとそうだったじゃない」

クリストフはいきなり立ち上がると、ダウンジャケットをつかみ取った。外に出てバイクにまたがり、勢いよく走りだす。十五分後、ディエゴのアパルトマンに到着した。ドアベルを何度も鳴らすと、中から獣のような声と足音が聞こえてきた。ディエゴは、ミクソーマウイルスに感染したウサギのような目をしていた。大麻の濃厚な匂いが室内から漂ってくる。一分ほど不快さに耐えていると、エグゼクティブ・シェフにならないかとマティアスから打診されたと知らされた。臭い煙の中にディエゴを置き去りにして、今度はジルを訪ねる。誰と誰が自分を裏切ったのかを知りたかった。ヤン、カサンドル、ムッシュ・ヘンリーは、マティアスに提示された条件を受け入れていた。クリストフは怒りを爆発させた。結局、自分のしていたことを誰も理解してくれていなかったのだ！　ジルのアパルトマンには鍵がかかっていた。室内は闇に覆われている。留守電はメッセージを受けつけてくれない。魚担当シェフはどこかに消えてしまった。自分のアパルトマンに戻ると、玄関先の階段に誰かが座り込んでいた。雪が降りはじめ、外にはもう誰も歩いていない。街灯の明かりが細い指を照らし出した。指の間に火のついてないタバコが挟まっている。

「ここに来てるって誰かに言ってある？」

クレマンスは微笑んだ。

「まさか。不思議だよね、あたしたちがふたりきりでいて、それを誰も知らないなんて」

「お母さんが心配するぞ」

クレマンスの顔に一瞬だけ皮肉めいた笑みが浮かぶ。

「ママは出かけた。それに、あの人だってひとりじゃないし」

クリストフは一瞬ためらった。

「中に入ってあったまろう。お茶を飲んで、それから家に送るよ」

「あのカッコいいバイクで？」

「いったい何本ビールを飲んだんだ？」

クレマンスは肩をすくめた。タバコにうまく火がつかないようだった。クリストフがキッチンから居間に戻ってくると、クレマンスが全裸になっていた。

「クレマンス、何してる？」

「お風呂に入りたい」

どんどん母親に似てくる。遠ざかる後ろ姿を見ながら、クリストフは思った。ホワイトアッシュの長い巻き毛が背中に落ちている。アスリートのようながっしりした肩は父親ゆずりだ。背筋はまっすぐで引き締まり、それ以上にまっすぐな目は青く、ほとんど透明に見えた。ポールが亡くなった後、クレマンスが厨房に下りてきた時、スタッフはみな一斉に黙り込んだ。強くて暗いオーラに圧倒され、誰もが彼女のために道を開けた。亡き父の神聖な影が、彼女の足元を照らしているように見えた。二十分後、クレマンスが戻ってきた。クリストフのフードつきガウンを身につけて、シヤドーボクシングの真似をしている。頬骨の上に赤みが戻っていた。

「気分はよくなった?」

「クリス、手を出して」

クレマンスは、クリストフの手を取って自分の左胸の上にのせた。心臓が激しく鼓動している。リンゴのように引き締まり、乳児のようになめらかな肌。クリストフはそっと手を引いた。

「何よ、あたしじゃ不満なの? 若すぎるから?」

「なあ、クレマンス。今日はいろんなことがあって……」

「あんたのブリガードのいったい何人が、あたしの気を惹こうとしたと思ってるの? なのに、あんたは選り好みしようっていうの?」

「おい、なんだ、その馬鹿げた話は! きみはまだ十五歳なんだぞ!」

「いいじゃない、どうでも。ねえ、キスして」

クリストフはクレマンスに服を投げつけた。

「いい子だから早く着替えなさい」

「本当につまんない人」

十代らしいほっそりした脚を、スリムなデニムの内側に滑らせる。いずれにしても、かわいそうな子だ。

「冴えない部屋だね。給料を上げてくれってパパに頼めばよかったのに。ねえ、クリス、あたしここで寝てもいい?」

クレマンスはそう言いながら、ソファに倒れ込んだ。

「さっきまで、マティアスと会ってたの。話があるって言われて。あたしにお酒を飲ませれば、いろんなことがうまくいくと思ったみたい」

「どうやらやつは間違ってたようだな」

「パパはさ、もう子供が作れないからだだったんだって」クレマンスが続けた。「心臓の薬のせいで」

クレマンスは長いため息をついた。

「マティアスは、ママとずっと会いつづけてたの」

「どういう意味だ？」

クレマンスは、歯を食いしばって涙をこらえていた。

第三十三章

一九二〇年代に、ある厭世的な建築家によって建てられた巨大な建造物。ひっそりとして陰気な場所だった。不運をもたらすと噂された。雷を引き寄せる家。だが、ぼくは地元の迷信なんて信じなかった。レストランは〈レ・プロメス〉、併設するホテルは〈ル・シャトー〉と名づけられた。一九二〇年代には、アガサ・クリスティが滞在したと言われている。口ヒゲを生やした風変わりなベルギー人を連れていて、その人物がエルキュール・ポアロのモデルになったとされる。それが本当かどうかなど、誰が調べるだろうか？　少なくともうちの客は調べない。それに、「と言われている」や「とされる」と言えば、たいていのことは許される。客室の装飾は、著名な私立探偵たちを彷彿とさせるものにした。タータンチェックの壁紙を貼ったシャーロック・ホームズ・スイートでは、パイプの喫煙が許されている。ガストン・ルルーの登場人物にちなんだ、チキンのグレービーソースのようなマスタードイエローの部屋、ルールタビーユ・スイートは、イギリス人ゲストからの評判がよい。背景が出来上がったら、あとはもうやるしかない。

今いるスタッフは、クリストフを除いて、全員が初めから働いていた。ディエゴほどの優秀なソーシエにはそれまで会ったことがなかった。まさに錬金術師だ。ありふれた鶏ガラから美しい琥珀（こはく）色のジュを生み出す。彼の手にかかると、オマール海老の殻は深紅のルイユ（ブイヤベースのソース）に変身を遂げる。ジビエを解体し、内臓を取り出し、火入れの時間を決めるために生肉の味見をするその姿には、誰もが見惚れてしまう。そう、ディエゴは、生温かいはらわたに手を突っ込んでいる時が一番冷静なのだ。ジルは一風変わっている。自由に生きたいのを我慢して働いている。本当は、コルシカ島でクロマグロを釣ったり、シチリア島でメカジキを捕獲したりしたいのだ。「きみに海を与えてあげられない」と、ぼくは彼に言った。「でも強風が吹く日は、アヌシー湖がそれなりの夢を与えてくれるだろう」だがいつか、彼は海に戻っていくだろう。それまでは一緒に歩んでいきたいと思う。ヤン・メルシエの場合は、事情がまったく異なる。彼のことは信用していなかった。おそらく、ナタリアの紹介だったから、そして以前はマティアスと働いていたからだろう。美しすぎて誠実には見えなかった。どうしてこれほどの美形が料理の世界に入ったのか。すっと通った鼻筋、高い頬骨、自分の美しさをよく知る冷徹な人間の頭の形。厨房のやんちゃな連中から好かれるには、もっとでこぼこしていたり、多少絶壁だったりする頭のほうがいい。荒くれ雄ドリは若ドリを嫌うのだ。彼を採用したのは、妻の機嫌を損ねないためだった。だがここで長く働くにつれて、彼もこの店を支える柱の一つになった。ユミ、カサンドル、クリストフ、そして第一プロンジュールのアロンゾのように。ブリガードは家族だ。スタッフ一人ひとりに、親のような愛情を抱いている。そしてぼくははじめ、ジルとディエゴをスーシェフに就けるつもりだった。

ところが、ある青年が店に現れて、その決意に迷いが生まれた。「あなたと一緒に仕事がしたい」と彼は言った。青臭くて、向こう見ずで、自分の言っていることをまったくわかっていなかった。ぼくもスタッフたちも笑った。馬鹿にしたわけじゃない。だが三十三歳で、鍋一つ扱ったこともないのに料理人になるなんて……六十七歳で独裁者のキャリアをスタートするようなものだ。ぼくは言った。なあ、きみは何か思い違いをしている。料理人は錠前屋や金具屋と変わらない。職人なんだ。リスキーな仕事だ。仕事によって花開くか、あるいは落ちぶれるか、二つに一つだ。いや、冗談じゃない。本当だ。だが青年は諦めなかったので、ぼくは試しに雇ってみることにした。クリストフの直感の鋭さは、時折エヴァを思い出させる。そして彼も、ぼくと同じようにある事情を抱えていた。クリストフとぼくには特別な絆がある。ぼくたちは前世ですでに会っていたのだ。

　彼が初めて作ったパテ・アン・クルートを今も覚えている。パイ生地はこんがりきつね色で、歯触りはサクッとしている。パテとフォワグラのメダイヨン（輪切り）は、フルール・ド・セル（塩の結晶）を振った風味高いジュレできれいにつながっていた。いや、笑わないでほしい。どんなグランシェフでも、これほどおいしいパテはなかなか作れない。口に入れるとほろほろして、ビロードのようになめらかだった。まるで金銀細工師や専門技師の仕事のように、すべてのバランスが整っていた。クリストフは、ぼくの祖母がしていたように、肉をあらかじめアルマニャックに浸すというひと手間をかけていた。夜、自宅に帰ってから、肉に傷をつけずに解体できるよう、鴨の構造を研究したという。クリストフは、料理人になってわずか半年で彼にしかできない作品を生み出した。いずれ彼は、ぼくの名前や店を背負う立場になるだろう。

　そのあとは、皆さんも知ってのとおりだ。開業五年で、三つ星獲得。料理史上初の快挙だった。ナタリアのマスコミ対策が実を結んだのだ。ぼくは流行に従って、地産食材を保護し、旬のものを使い、生産者を尊重した。そんな当たり前のことに、記者たちは熱狂した。「華やかで、モダンで、最先端の料理」を熱心に推奨した。もちろん誰も異を唱えなかった。ぼくが一番気にかけたのは（当然のことだが）若者たちだった。この素晴らしい職業における友愛的な価値を、次世代に伝え

いただろう。

本来なら、ぼくの料理人人生でもっとも輝かしい時期がスタートしたと言うべきだろう。ボタンホールの上で輝く星は、ぼくに超人的なオーラをもたらした。ぼくは現実的な制約から解放され、職人からアーティストへと生まれ変わった。ポール・ルノワールは、サン・ローラン、ルノートル、フェラーリと同等のブランドになったのだ。シンガポールで眠りにつき、アテネで目覚め、マドリッドで昼食を摂る日々。東京へ行けば、男性たちは帽子を取り、女性たちはお辞儀をして挨拶してくれる。ぼくが通る道には、バルコニーから花吹雪が降ってくる。日常に退屈して料理人に憧れを抱いた女性から、愛の告白をされることもあった。あれほど広かったはずの世界が、急に狭苦しく感じられた。そして、どこにいても同じだと悟った。高度や緯度がいくら変わろうと、世界じゅうの料理はどれも似通っている。中国国家主席がフランス大統領官邸に招かれた時は、中国へなど一度も行ったことがないのに、晩餐会の調理を任された。マスコミに大きく取り上げられようとして、名の知られる料理人に白羽の矢を立てたのだろう。ところが、表舞台から下がると、暗い影が広がっていた。ナタリアとはしょっちゅう言い争いをした。彼女がぼくに断わりなく食品ＰＲの契約を交わしたために、ハムのパッケージに写真を掲載される羽目に陥ったこともある。これじゃまるでロブションじゃないか！　あなたが無駄づかいしなければ、こんなことをしなくて済むのよ！　彼女はそう怒鳴ると、大きな音を立ててドアを閉めた。クレマンスが泣きだす。ぼくは厨房に下りると、たまたま出くわしたコミに苛立ちをぶつけないよう、設定温度二度の冷蔵庫に数分ほど入って頭を冷やした。

みんながぼくを見張り、失敗するのを待っていた。ジェイミー・オリヴァー（世界的人気のイギリス人シェフ。インスタグラムフォロワー数一千万人）のインスタグラムのフォロワーたちが、いっぱしの料理人気取りで店を訪れる。記者たちは陰謀を企む顔をしてやって来る。へりくだった挨拶をし、媚（こび）を売ったり機嫌を取ったりし、小声でよその店の悪口を言う。そしてトリュフをはじめとする高級食材の料理を堪能したあとは、汚い手でメモ帳を握りしめ、同業者たちが見逃したであろうディテールを書きとめる。焼き加減がどうだの、アミューズグールがよそに比べていま一つだの、コーヒーがぬるいだの……。まあ、粗探しすれば何かしら見つかるものだ。オート・ガストロノミーは精密科学ではない。料理の評価は人によって基準が異なり、完全に主観的であるにもかかわらず、そのまま受け入れられている。ぼくのブロッコリーのピューレは味がなく、ヤリイカとアワビの料理はバランスが悪いらしいが、そんなのはスカーレット・ヨハンソンの尻の左側が丸すぎると指摘するのと同じことだ。

ぼくを守ってくれるのはブリガードだけだった。ブリガードは生きた甲冑（かっちゅう）で、ぼくはその鼓動する心臓だ。この甲冑を身につけている時だけは、誰にも手出しができない。ところが、昼休みや営業終了後など、気持ちがゆるんだ途端に恐怖が舞い戻ってくる。「世界は早起きした人たちのものだ」ということわざがあるが、それは間違っている。正解は「世界は早起きするのが好きな人たちのものだ」だ。ぼくには、起きあがる気力が湧かない朝や、薬なしでは眠れない夜がある。翌日を恐れるのと同時に、前日も恐れている。みんなは自分のことをなんと言っているのだろう？　昨日の自分はうまくやれただろうか？　明日はうまくやれるのか？　明後日はどうだ？　考えてみてほしい。ウサイン・ボルトは、一日に二回もチャンピオンの座を賭けて戦うだろうか？　この三つ星は呪われた星だ。三つ星獲得から一年、ぼくはかつてのぼくではなくなっていた。体重が十キロ減り、目の下に真っ黒な隈ができた。ピエロみたいに滑稽な姿にならないよう、コックコートのサイズ直しをしてもらわなくてはならなかった。外見の変化はゴシップ誌の格好のネタになった。病気、鬱、がん……。カメラのシャッター音が聞こえるたびに飛び上がった。挨拶のために調理後にホールに出る習慣は、嫌々ながら続けていた。だが、ぼくのくすんだ顔色と痩せたからだは、ゲストたちの食欲を減退させただろう。シェフたるもの、新鮮な肉のように艶やかなバラ色の顔をしていなくてはならない。ところがぼくの顔は、まるで長期熟成肉だった。

　結婚十周年を記念して、妻と仲直りしようと思った。錫婚式のパーティーに、妻の友人たちをサプライズで招待した（嫌いな連中も呼んだ。つまり、招待客の大半だ）。そして彼女のために、柔らかくて軽い口当たりのパテ・アン・クルートを焼いた。有名な伝統料理、《美しきオーロラの枕（オレイエ・ド・ラ・ベル・オロール）》にちなんで、《美しきナタリアのアンコウの枕（オレイエ・ド・ロット・ベル・ナタリア）》と名づけた。オーブンから出したパテを、ゲストの目の前で切り分ける（デクパージュ）ためにサービスワゴンにのせる。外側のパイ生地は、ふんだんにバターを塗ってからそのまま天板にのせて焼いており、表面がパリッとしている。内側には、アンコウの輪切り、スイスチャード、薄切りや角切りや賽の目にカットしたセップ茸が、モザイク状の層になって重ねられている。ぼくはそれに、出汁を効かせて軽く苦味をつけたクリームソース、そしてオレンジとカラスミのチャツネ（この組み合わせの味わい深さには前から注目していた）を添えた。少しワインを飲んだが、まったく不安はなかった。ところがその夜、ぼくは自宅の廊下で倒れた。自覚はあった。心臓の不調だ。アヌシーで専門医の診察を受けると、星などどうでもいいという口調でこう言われた。「この心拍数で、このまま仕事を続けていたら死にますよ」

ちょうどその頃、世界じゅうの料理人の投票によって決まる世界最優秀シェフ賞に選出された。料理界のオスカーと呼ばれるこの賞は、ぼくの料理人としての全キャリアに対して捧げられた。トロフィーの上に「出口はこちら」という文字が点滅して見える。授賞式が行なわれたミラノの会場で、ナタリアが書いた原稿を読もうとステージに上がった時（彼女はぼくに原稿を暗記させようとしたが無理だった）、抗精神病薬とβ遮断薬のせいでろれつが回らなくなり、床マットの縁に足を取られて転びそうになった。だが、そんなことはどうでもいい。妻は大喜びだったのだから。「ポール、『タイム』誌のトップ記事にあなたのことが書かれてるわ！　あなたの人生はハッピーエンドの小説そのものよ！」ナタリア、あれは本当に〝ハッピーエンド〟だったのかい？　ぼくは、家族水入らずで静かに過ごしたいと思ってアヌシーに帰ってきた。ところが、町じゅうでみんなに声をかけられ、祝福され、肩をつかまれ、賞賛された。パン屋や野菜栽培者たちに、ぼくは気さくで、やさしくて、感じがいい人と思われている。彼らは何もわかっていない。ぼくがみんなに微笑みかけるのは、そうしていれば話をしなくて済むからだ。大統領は、ぼくにレジオン・ドヌール勲章を授与しようとした。ぼくが候補に挙がるよう、ナタリアが働きかけたのだ。だが、ぼくは丁重に辞退した。ナタリアは怒り狂った。あなた、わたしのために王国を築くって言ってたじゃない！　あの頃のあなたはどこに行ったのよ！　かわいそうなナタリア。ぼくはすでに勲章をもらいすぎている。このままだと、重くてアームチェアから立ち上がれなくなるだろう。もしかしたら、みんなはそれを望んでいるのかもしれない。ぼくが倒れて、二度と起き上がれなくなることを。麓の町では、

ていた。

王位継承を狙う者たちがナイフの刃を研いでいた。ぼくは、刃がどういう音を立てて鳴るかを知っていた。

外に出なくなって一年になる。ずっと上階の部屋に閉じ込もっている。肉や野菜の生産者、ワイン用ブドウ栽培者、チーズ職人たちと会うのは、店のスタッフに任せていた。菜園のハーブさえ取りに行かせている。ぼくがいなくても厨房は問題なく回る。鳩胸肉の若ソラマメ添え、イシビラメのレモンバーム風味、オマールブルーのオリーブオイル風味、マトウダイ・白レバーのガトー添え……こうした定番料理は、うちのスタッフなら指示がなくても作れる。問題が起きれば、クリストフが部屋まで上ってくる。ぼくは、この地域でもっとも有名な隠者になった。「ポール、気をつけろ。きみが厨房にいないことで、不満を感じている人間がたくさんいる」ルグラは、星を失うリスクをぼくに説いた。だが、星を失うリスクはほかにもいくらだってある。そんなことよりうんざりするのは、ひっきりなしの噂話、風評被害、繁忙期の退職、裏切り、卑怯な猿真似のほうだ。この仕事はぼくの命を奪う。だから、安全な場所に身を隠す。ところがそれだけでは済まなくなっている。少し前から、過去のつらい記憶がふとした瞬間に脳裏によみがえり、不穏な音に悩まされるようになった。もしかしたら老人の耳が遠くなるのは、こういう音を聞きたくないからかもしれない。

六十二歳の誕生日に、ナタリアが猟銃をくれた。銃床にぼくのイニシャルが刻まれている。かわいそうに、妻はぼくを厄介ばらいする方法をほかに思いつかなかったのだ。ねえ、あなた、森を歩いてきなさいよ。ひとりで新鮮な空気を吸ってくるといいわ。猟銃に触れるのは好きだ。肩の上に銃床を固定した時の、冷たい金属の感触。銃は、慰めと、自信と、触れることのできる確かなものを与えてくれる。銃は確かに存在し、その使途も明らかだが、それ自体に意志があるわけではない。

ただ、携行者に従うだけだ。父はヤマシギやモリバトをよく撃ち、ぼくはノロジカやイノシシを好んで撃った。だが、メジカはどうしても撃てなかった。あえて神に背く必要はないからだ。雇っている勢子から、ブルゴーニュの森に君臨する七歳のオジカの話を聞いた。神話に出てくるシカのように巨大で、首のつけ根までの高さが百五十センチ、枝角は三メートルあるという。黒い王だ。ぼくは決意した。勢子による狩り立てなどいらない。よだれを垂らしながら吠える猟犬の群れも不要だ。ぼくはひとりでそのオジカに立ち向かう。そいつの目をまっすぐ見ながら引き金を引く。すでに銃は手に入れたのだから、いつだって使うことができる。

第三十四章

マティアス・ルノワールがアヌシーのル・パロン家領地を奪取してから、半年が経った。店のホールは全面改装された。派手でこれ見よがしな装飾はすべて撤去され、スタイリッシュな高級感がもたらされた。後ろ足で立つ木彫りの熊はがらくた扱いされ、近所の宿屋に譲られた。ムラーノガラス製シャンデリアは、パリのドゥルオー・オークションに出品された。マティアスはパリ、サヴォワ地方、アジアを行き来した。オーナーの留守中はナタリアが代理を務めた。国外加盟店責任者に抜擢されたマリアンヌ・ド・クールヴィルもその補佐についた。『ル・ギッド』の編集長を解任された彼女が〈レ・プロメス〉のスタッフになったニュースは、フランス料理界に衝撃を与えた。諸手を挙げて賞賛したのはジェラール・ルグラだけだった。なんと素晴らしい人選！　広報担当として目覚ましい活躍が期待できるだろう！　クリストフが行なっていた実験的な試みは、マティアスによって無期延期とされた。カナダ産オマール海老や人気沸騰中の中国産キャビアを使って、エグゼクティブ・シェフのディエゴが新しいメニューを構築した。ディエゴとマティアスは、サッカー好きと、小さくて形のよい尻好きという共通点から仲よくなった。マティアスはあらゆる功績を自分のものにしたがる癖があり、肉食獣のように何にでも食らいついた。ネットフリックスのドキュメンタリー番組『シェフ』のラッシュ映像を見てからは、父親の幻影を追いはじめた。あちこちにポールの肖像を掲げ、店名も〈レ・プロメス　ポール&マティアス・ルノワール〉と改名した。ナタリアとクレマンスはアヌシー＝ル＝ヴュー町に転居し、彼女たちが住んでいたレストラン上階のアパルトマンはホテルのプレジデンシャルスイートに改装された。このスイートルームの中央には、まるで霊廟のようにポールの肉用冷凍・冷蔵庫が置かれている。ホールでは、〈センサツィオーニ〉に移ったヤンの代わりに、カサンドルがディレクトゥールを務めた。マティアスは、ヤングセレブ気取りのヤンにすでにうんざりしていたし、ナタリアと通じているらしいのも気に入らなかった。マティアスは大っぴらにカサンドルを口説きはじめた。カサンドルはマティアスからの食事の誘いを、給料を上げてくれることを条件に承諾した。いわゆる〝第四波フェミニズム〟だ。ユミは日本へ帰った。弟のハルの病状が悪化したのだ。ハルは今、ポケモンのシールが貼られた携帯用酸素ボンベを引きずって歩いている。ジルは失踪し、クリストフは辞職した。誰もふたりのその後を知らない。尋ねる者もいなかった。料理業界は前進しつづけ、忘れるのも早い。

「道の突き当たりにある家だけど、たぶん会えないと思うよ。エンリケはいきなり訪ねられるのを嫌うから」

小型車のゴルフが「ロシュコロンブ」と書かれた地名標識を通りすぎる。アルデーシュ県の小さな村だ。砂利で車輪をスリップさせながら、坂道を上る。オリーブの木々、小さなブドウ畑、地平線まで続く石ころだらけの大地。クリストフは道の突き当たりに車を停めた。すぐに三頭のジャーマンシェパードが近づいてきて、車のまわりで鼻をくんくんいわせる。家の戸口に背の高い男が立ってこちらを見ていた。七十歳を超えるくらいだろうか。肩の部分がキルト生地になったウールのセーターを着て、ラギッドソールの靴を履き、白いものが交じった髪を小さなポニーテールにしている。見覚えのある姿だったが、山男はだいたいこういう風体かもしれない。男は手を振って犬たちを追い払った。犬たちは突然の闖入者から目を離さないまま、数メートルほど後ずさる。

「上がってくれ。あんたを待っていた」

石づくりの二つのアーチの上に設けられたテラスからは、はるか遠く百キロ四方まで見渡せた。この山を登ってくる者がいたら、たとえどんなに小さなバイクでも見逃さないだろう。家の中は薄暗く、ダイニングキッチンは簡素だった。流しが一つ、火口が四つ、フォーマイカのテーブルが一台、背の低い食器棚が一台。とても狭く、スツールに座ってテーブルにつくと、そのままで流しにも暖炉にも手が届きそうだ。壁にはたくさんの猟銃が掛けられている。いずれも銃床はぴかぴかに磨かれていた。エンリケは火口の上に鍋を置いた。湿った羊皮紙を天日で乾かしたような皮膚。今ではあまり見かけない、このあたりの風景以上にごつごつした顔立ちだった。エンリケはクリストフに着席するよう促した。

「よくこんなに遠くまで」

紙やすりのようにざらついた声だった。

「時間はたっぷりあるので」

エンリケはクリストフにコーヒーカップを差し出した。レバノン風コーヒーだそうだが、ひどい飲み物だった。

「わたしが電話をした時、驚いてらっしゃらなかったようですが」と、クリストフが言う。

エンリケは流しのシンクに寄りかかりながら、熱いコーヒーに唇をつけた。

「おれは何があっても驚かないよ。じゃなけりゃ、もうとっくのむかしに死んでいる」

　自分は何しにここまで来たのだろう。クリストフは、ふと思った。亡くなったシェフと、大型の番犬と猟銃に守られたこの隠者との間に、いったいどういう関係があるというのか？　ふたりが近しい関係だったとはとても信じられない。ポールはめったにこの男の話をしなかった。狩りから戻ってきた時にごくまれに言及する程度だ。クリストフは話しはじめた。

「ポールにある時言われたんです。もし自分がいなくなったら、そして何か聞きたいことがあれば、エンリケに連絡するといい、と。彼が自殺したのはその三週間後でした。だから、こうして今日ここに来たんです」

　エンリケは何かをつぶやいた。スツールを引き寄せてクリストフの正面に座る。

「シェフがいったい何を考えていたのか、あれからずっと考えていたんです。どうして何も言わずに逝ってしまったのか」

　クリストフは返事を待った。だがエンリケは黙ったまま小さな缶を開けて、嚙みタバコを舌の裏側に入れた。

「あなたは、最後の日にポールと一緒にいましたね」

　エンリケはしかめ面をし、タバコを嚙みながら窓の外を見た。

「カメムシ。あいつは、冬が来るとカメムシが大量発生するのをずっと気にしていた。その話ばかりしていた」

　沈黙。壁かけ時計の秒針が、擦り傷のついたガラスの内側でカチカチと音を立てている。

「おれの淹れたコーヒーは口に合わないようだな」

時間の無駄だ。クリストフは思った。この男は、何も知らないか、あるいは知っていても話さないかのどちらかだ。すると突然、部屋の中に声が響いた。瞑想しているかのように、目を半分閉じながらエンリケが話しはじめた。

「皇帝は、自らが治める国を岬の上から眺めた。遠くまで見渡す限り、すべてが彼のものになった。あらゆるものを手に入れた。それからすぐ、病を患った。腕の立つ祈禱師や治療師たちが集められた。だが、どうすることもできなかった。皇帝は苦しみながら死んでいった。彼にとって、手に入れたいものなどもう何一つ残っていなかった」

クリストフはため息をついた。

「シェフは、夢を叶えたから死んだっていうんですか？　そんなの信じられない」

「アミーゴ、あんたに何がわかる？　あんたは自分の夢を叶えたのか？」

クリストフは立ち上がった。謎めいた話にうんざりしていた。エンリケも立ち上がった。

「あの日の朝、おれはポールの部屋にはいなかったが、たとえいたとしても、今以上のことはわからなかっただろう。人間に一つの側面しかなければ物事はもっと単純なんだろうが、そうはいかない。人間ってのは奇妙な生きものだよ」

それから、エンリケは口調をやわらげた。

「もっといろんな話をしてもいいんだが、あんたのお気に召すとは思えないからな」

エンリケは棚の上から分厚い封筒を取り出した。

「ほら、これはあんた宛だ。ポールからだよ」

クリストフは、紐がかけられた封筒の上に手のひらをのせた。すぐにでも開けたくてしかたがなかったが、この男の前でそうするのははばかられた。そうしてはいけない気がした。クリストフは礼を述べ、エンリケは見送りのために一緒に外に出た。太陽が真上から容赦なく照りつけている。思わず日陰を探してしまうほどの強い光だった。

「あんた、バイクはどうしたんだ？」

思いがけない問いかけに、クリストフは動揺しながら振り返った。

「バイクですか？　売りました。二日後に日本に発つので」

「ああ、そうか。あのパティシエールの子か」

クリストフは固まった。

「ポールはあなたにそんなにいろいろ話してたんですか？」

クリストフは絞り出すような声で、静かにつけ加えた。

「あなたは知ってるんでしょう？　ポールがどうして死んだのか。あなたは何も言わないけれど、すべて知っている」

エンリケは、言われたことについて考えるような顔をし、かぶりを振った。それからかすれ声でこう言った。風のせいで少し聞こえにくかった。

「あんたもおれも、ポールをポール自身から守ることは、どう頑張ってもできなかったんだよ」

クリストフの心臓はゆっくりと鼓動していた。タイムの匂いが鼻腔をくすぐる。足元で地面がかすかに揺れているように感じた。

「もうすぐ雨が降る」エンリケはクリストフに車に乗るよう促した。

前庭に、いばらの茂みが二つ並んでいる。ゴルフの運転席は燃えるように暑かった。フロントガラスに、突風がひと握りほどの砂をまき散らす。エンリケは窓から車内を覗き込んだ。

「あんたの兄さんのことは気の毒だった。生きていたら、きっと素晴らしいコシネロ（スペイン語でシェフ）になっていただろう。あんたみたいに」

エンリケは手のひらでボンネットを叩いた。するとその途端、空模様が変わって、赤い岩肌を叩きつけるように雨が降り出した。傾斜に沿って、みるみるうちに無数の小さな川が作り出される。クリストフが気を取り直した時には、エンリケはすでにいなくなっていた。降りしきる雨の中、一頭のジャーマンシェパードが、訪問者が本当に帰るかどうかを耳を立てたまま見張っていた。

*

それは、ぼろぼろの革の手帳だった。いろいろなものがあちこちからはみ出して、今にも爆発しそうなのをゴムバンドでかろうじて押さえている。クリストフは胸を高鳴らせながらバンドをはずした。レシピ、スケッチ、個人的なメモ、魔法使いの植物標本のような薬草リスト、そして「料理実験」――ポールが自宅のキッチンで試作し、結局は日の目を見なかった創作料理の記録だ。日記のように、ページには日付が記載されている。筆跡は時間が経つにつれて変化した。初めは丁寧で力強かったのが、最後にはほとんど読めなくなっている。惰性で書いているようだった。途中の何年かがブランクになっている。ポール・ルノワールは、レシピを文字に書き起こさない唯一のシェフとして知られていた。だが、すべてがこの手帳に記録され、まとめられている。

ポールはクリストフに、この上なく貴重なものを残してくれた。遺産以上の、ポールの人生の集大成を。

亡くなる直前、ポールは秋をテーマにした料理の創作に取り組んでいた。夜中の電話で、ラマルティーヌの詩を聞かされた。あれは、今思えば悲劇の前兆だった。かぼそい声をよく覚えている。故郷のジェール県からの電話で、撮影で疲れたと言っていた。静かで心地よいその夜、八百キロメートル離れたところにいたふたりは、一緒に《秋の散歩(プロムナード・ドートンヌ)》と名づけた料理の構想を練った(セップ茸、アミガサ茸、ヒラ茸、わら焼きした栗、フォワグラのラヴィオリ、ラルド・ディ・コロンナータ(背脂の生ハム)、海苔(のり)のテンプラ、泥のような色をしたタマリンドの果汁)。

「料理を味わいながら、下草の生えた森を歩いている気分になってもらいたいんだ。そしてその後も、ふとした時にその味を思い出してほしい。スキーをしたあとに飲んだホットチョコレートのように。ぼくはスキーをしたことはないけれど、スキー後のホットチョコレートがどういう味かは想像できる。温かくて、やさしくて、テーブルを囲む家族団欒の味だ。ぼく自身はそういう機会に恵まれなかったけどね」

しかしポールは、この料理をメニューに載せることはできなかった。

クリストフはエンリケに電話をかけたが、一向につながらなかった。どうしてポールは、あの男に兄の話をしたのだろう？　その時、手帳から一枚の紙が滑り落ちた。古い新聞の切り抜き。三面記事の左上に写真が掲載されている。正面を向いたその青年の顔を、クリストフはよく知っていた。震える手で、その記事が挟まっていたページを探る。火事の前日。ポールはこう書いていた。

「カステーニュが売るのを拒否した。やるしかない」

第三十五章

ぼくは仕事に人生のすべてを捧げてきた。だが、今となってはこの仕事のことがよくわからなくなっている。料理はずっと、荒くれ者が紳士淑女のために作るものだった。料理人は、身なりなどかまわず、偏食で、喧嘩っ早く、髪をジェルで固めて、ひっきりなしにタバコを吸っていた。そうした連中が、味覚の基準を作り出し、世界最高峰の洗練された料理を生み出していた。その矛盾にこそフランス的な何かがあったのだ。しかし、それもすべて終わった。今どきの料理人は、俳優やポピュラー歌手のようにこぎれいで、礼儀正しく、責任感があり、愛想がいい。医療従事者のためにボランティアで食事を作り、ハラスメントを告発する。控えめだけど、テレビには出る。なまりはあっても、それほどひどくない。お伽噺のプリンセスのような美しい妻をめとり、ふたりの可愛い子供をもうける。子供には安全・安心なものを食べさせて、二週間に一度は子供が通う幼稚園のために無償で料理を作り、その模様をインスタグラムでライブ配信する。ぼくたちはマスコミの人形だ。使い古された人形の末路がどうなるか知っているかい？　以前は、ローストチキンをおいしく作る方法を尋ねられたら、鶏の尻にニンニクを一片突っ込むよう答えたものだった。ほら、こうすれば味がよくなるよ、と。かつての料理とは、シンプルなものをそのまま素直に作る技術のことだった。ところが今は、衛生管理マニュアルを遵守し、グルテン過敏症、甲殻類アレルギーに気を配らなくてはならない。レストランの食事は、真剣で重大で複雑なものになり、厚生省の監視下に置かれるようになった。まじめさが料理を殺した。タキシードを着た骸骨。それが今の高級フランス料理だ。空疎な夢、嘘の塊。ぼくはメール・ブラジエの時代が好きだった。洗練された誇り高い料理。夜はキャンドルを囲み、昼は陽の光の下で集う。笑い声、おふくろの味、アルマニャック入りコーヒー。年寄りのむかし話で退屈だろう？　でも安心してほしい。もうすぐ終わるから。

三日前、母が死んだ。ぼくは花輪を送った。葬儀に出るのは好きじゃない。少なくとも、自分のには出ない。だが、おいしいものを食べられるようにしておくよ。夏なら良質なロワールワイン、冬なら骨格がしっかりしたポイヤックを準備しよう。そう、きみたちも絶対に来るべきだ。アメリカ人はまわりの空気をやわらげる。おかげで、物事がシリアスになりすぎなくなる。

あんなに小さかったクレマンスが、もうずいぶんと大きくなった。今、娘といるとどことなく気づまりを感じる。友人からティーンエイジャーの子を預かったみたいに、どうしたらいいかわからなくなる。幼い頃は、店の前の並木道を全速力で駆けてきて、ぼくのトラックに飛び乗っていた。一緒にチーズ職人の工房を訪ねたり、放牧地に出かけたりした。だが、何を話したらいいかはよくわからなかった。自分の小学生時代なんて遠いむかしのことだし、娘が何年生なのかいつまで経っても覚えられない。向こうはそれをおもしろがっていたようだ。娘はぼくと車で出かけるのが好きだった。いつかディズニーランドに行こうと約束をした。ハンバーガーを食べて、デイヴィー・クロケット・ランチに宿を取って、ログハウスで寝泊まりするのだ。ところが、その約束からもう何年も経ってしまった。ちっとも時間が作れない。幼い娘を抱っこしたり、眠る時にベッドの端に座って見守ったりしたかった。父親とは不器用な生き物だ。それはしかたがないことだと思う。だがぼくの場合は違う。ぼくは不器用じゃなくて臆病だ。愛する人たちに言わなくてはならなかったことがたくさんある。秘密にしておくべきではなかったことが山ほどある。だが、ポール・ルノワールがどういう人間だったか、いずれわかる日が来るかもしれない。

さあ、終わりにしようか。もうひとりになりたい。

シェフは腰をさすりながら立ち上がった。画面外で咳をする声。ドアの音。ラストシーン。両脇にイトスギが立ち並ぶ砂利道を、遠ざかっていくポール・ルノワール。エンドロールで撮影協力者たちへの謝辞が流れる間、シーンは続く。遠方に墓地のエントランス。今にも雨が降りそうな雲行き。犬の吠え声。ポール・ルノワールが、不穏な空に向かって歩いていく。

訳者あとがき

本書は、フランスでグラッセ社より二〇二二年に刊行された"*Chef*"の全訳である。

著者のゴーティエ・バティステッラは、一九七六年、フランス南西部トゥールーズ生まれの小説家。本作は三作目で初邦訳。ブラッスリー・リップが主催するカゼス文学賞、サーブル・ドロンヌ市とフィガロ・マガジン誌が主催する海辺の文学賞などを受賞している。

六十二歳の天才料理人、ポール・ルノワール。美しい妻をめとり、五年連続三つ星を獲得した一流レストランのオーナー・シェフで、近年は世界最優秀シェフ賞を受賞。広いアパルトマンに暮らし、ポルシェを二台所有。世界的に有名で、誰からも慕われている……そんな世界有数の成功者が、ネットフリックスのドキュメンタリー番組取材中に猟銃自殺を遂げた。いったいどうしてか？

本書は全三十五章で構成され、奇数章では取材のラッシュ映像によるポールの独白が一人称で、偶数章ではポールの死後の出来事が複数の人たちの視点による三人称で、それぞれ語られる。読み進めるうちに、華やかで煌（きら）びやかなオート・ガストロノミー（最高級料理）業界の舞台裏が明らかになり、ポールが抱えていた苦悩、孤独、重圧、後悔、失望が見えてくる。

実在の人物や事実がフィクションに織り交ぜられた、赤裸々でリアルな筆致は、著者が『ミシュランガイド』編集部で十五年間働いていた経験に由来する（調査員ではなく、調査員の報告をもとに記事を作成していたという）。ポール・ボキューズ、アラン・デュカス、トロワグロ兄弟、マルク・ヴェイラら、フランス料理界の重鎮たちが脇役として登場するが、著者が個人的に知り合いだった人物も少なくない。

本書は、ひとりの料理人の物語であると同時に、フランス料理界へのオマージュでもある。メディチ家の影響を受けて宮廷で開花したフランス・ガストロノミーは、十八世紀末のフランス革命とともに市井(しせい)に流出し、レストランが誕生した。さらに十九世紀から二十世紀前半にかけて、ブルジョワ家庭の雇われ料理人が独立して店を構えるようになり、洗練されて手の込んだ料理を大衆が味わえるようになった。ちょうどその頃（一九〇〇年）、自動車産業の発展のために、タイヤ・メーカーがレストランガイドの配布を開始。『ミシュランガイド』は食のバイブルとしてドライバーたちに重宝された。一九二六年に「星」が登場し、一九三一年に「星の三段階評価」がスタート。一九三三年、女性シェフとして初めて三つ星に輝いたのが、本書にも登場するメール・ブラジエだ。当時、フランス中部のリヨン周辺では女性料理人が多く活躍し、「リヨンの母たち(メール・リヨネーズ)」と呼ばれていた。とくにメール・ブラジエは、ポール・ボキューズやベルナール・パコー（四十年近く、三つ星を維持する〈ランブロワジー〉のオーナー・シェフ）を育てたことで知られる。そして一九七〇年代、ヌーヴェル・キュイジーヌの時代が到来する。中心となったのは、ボキューズのほか、トロワグロ兄弟、アラン・シャペル、ミシェル・ゲラールら。厨房から飛び出し、メディアに出たり世界各国を訪れたりして、名前と顔が広く知られるようになった初の世代だ。フランス・ガストロノミーは、女性が築き、男性が有名にしたのだ。八〇年代になると、ロブションやデュカスといったスター・シェフたちが登場（本書のポール・ルノワールも同世代）。九〇年代にはビストロとガストロノミーを融合させたビストロノミーが流行し、二〇〇〇年代には〈エル・ブジ〉のフェラン・アドリアを親善大使とする分子ガストロノミーが世界を席巻し、二〇一〇年代には原点回帰・自然派ブームが訪れる……本書には、こうしたフランス・ガストロノミーの近代史が書かれている。では、フランス・ガストロノミーの最高峰、ポール・ルノワールが身を置いたオート・ガストロノミー業界とはどういうところなのか。

最高級料理業界(オート・ガストロノミー)は円形競技場だ。料理人たちは剣闘士(グラディエーター)で、彼らによる「死にゆく者より敬礼を(モリトゥリ・テ・サルタント)」は、「命をかける気がないならピッツァ職人になれ」という意味だ。(八一ページ)

小さくて狭い世界に、自我が強くて大きな野望を抱く人たちが大勢いる。(中略)慎み深さよりアピール力。誰かが転落すると、その〝友人〟は自分の成功を確信する。(中略)信頼できる存在はひとりもいないのだ。(六四ページ)

オート・ガストロノミー業界は非常に厳しい世界だ。料理人たちは、頂点に上りつめるために、そしてその地位を維持するために、絶えず熾烈な争いを強(し)いられる。家庭を顧(かえり)みず、誰も信じず、まわりを蹴落とし、すべてを犠牲にし、時には自らの命さえ捧げる。

フランス料理界を知る人は、きっとポール・ルノワールの姿にベルナール・ロワゾーを重ねただろう。実力・評判ともに最盛期にいた三つ星シェフが、自宅で猟銃自殺を遂げた。次の『ミシュランガイド』で二つ星に降格されるという噂を苦にしたため、と囁かれた。本書でもポール・ルノワールの自殺について、フードライターが「『ル・ギッド』のせいだ」と述べている（『ル・ギッド』＝『ミシュランガイド』）。だが、どうやら真相はそれほど単純ではないようだ。

（……）ブコウスキーは言っている。この世の中の大きな問題は、知的な人間が疑念ばかり感じているのに対し、愚かな人間は確信に満ちている点にある、と。ロワゾーは知的で、疑念に苛まれ、孤独だった。彼に引き金を引かせたのは、『ル・ギッド』でもなければ、デリカシーのない記者が書いた記事でもない。孤独だった。（二五七ページ）

一流レストランで出される一皿には、十年近い年月が費やされていることがある。レシピを試行錯誤し、食材を吟味し、バランスや温度や食感や香りを調整し、つけ合わせを工夫し、プレゼンテーションの仕方を考え、毎回最高の状態でゲストに提供できるよう苦心する。とくに、三つ星シェフが背負う重圧は大きい。わずかなミスが転落につながりかねない。三つ星からの降格は、名声、収入、顧客、銀行の信用など、さまざまな喪失を意味している。

ウサイン・ボルトは、一日に二回もチャンピオンの座を賭けて戦うだろうか？　この三つ星は呪われた星だ。（二九六ページ）

本書の偶数章では、残された者たち――店のブリガード（スーシェフ、部門シェフ、パティシエール）、若い寡婦、前妻との息子――が、現状を憂え、未来に不安を抱き、問題に立ち向かい、やがて新しい道を歩きだす。その視点や考え方の違いが興味深い。だが全員がそれぞれに苦悩し、孤独に苛まれ、重圧に耐え、後悔に胸を痛めている。

> 幸せな料理人などいるはずがない。いや、もし自分は幸せだと言う者がいたら、そいつは偽善者だ。料理人は、世界じゅうを敵に回して戦っている。（一七八ページ）

暴力的で、権威主義的で、ブラック労働で、嫉妬と裏切りに満ち、セックスとドラッグが蔓延する世界。だが本書には、努力を惜しまない料理人の姿、ブリガードの強い団結、創造することの素晴らしさも描かれている。それぞれの道を選んだ登場人物たちがこの先どうなっていくのか、読後にあれこれ想像するのも楽しい。

本書の筋書きはフィクションだが、レストランや料理人にまつわるエピソードは、すべて著者自身が見聞きした事実だ。また、ポール・ルノワールは複数の料理人から着想を得た架空の人物だが、息子のマティアスには明確なモデルがいる。ベルナール・パコーの息子、マチュー・パコー。父親に対する挑戦的な態度、過激な発言、ビジネスセンスの高さ、名声へのこだわりなどが、現地の書評で「瓜二つ」と評されている。

訳者は、地方の町で小さなフランス料理店を切り盛りしているが、全編にちりばめられた「料理業界あるある」に、頷(うなず)きっぱなしで首がもげそうだった。料理の描写も実においしそうで、涎(よだれ)を垂らしながらキーボードを叩いていた。かつてミシュラン調査員にもお会いしたが、そういえばあの人も営業終了間際に予約もせずにふらっとやってきたっけ……と、ふと思い出した。

現在、フランスでは料理長（シェフ）の八〇パーセント以上を男性が占めている。男女平等が進んだフランス社会でも、料理業界はいまだ男性優位だ。軍隊編制を参考にして構築されたブリガード制のトップには、やはり男性のほうが向いているのだろうか？　しかし近年、アンヌ＝ソフィ・ピックを筆頭に、エレーヌ・ダローズ、ステファニー・ル・ケレック、コリーヌ・フォルキエなど、女性シェフの活躍が目覚ましい。メール・リヨネーズの時代のように、女性のさらなる活躍によって未来の料理業界は大きく変化するかもしれない。

末筆になるが、本書の刊行のために尽力され、訳者を励まし支えてくださった、東京創元社の編集部と校正者の皆様に心から感謝の意を表します。

CHEF
by Gautier Battistella
© Editions Grasset & Fasquelle, 2022
This book is published in Japan
by TOKYO SOGENSHA Co., Ltd.
by arrangement with Editions Grasset & Fasquelle
through le Bureau des Copyrights Français, Tokyo.

シェフ

二〇二三年十一月三十日　初版

著者　ゴーティエ・バティステッラ
訳者　田中裕子（たなか・ゆうこ）
装画　上杉忠弘
装丁者　岡本洋平（岡本デザイン室）
発行者　渋谷健太郎
発行所　（株）東京創元社
〒一六二－〇八一四
東京都新宿区新小川町一番五号
電話　〇三－三二六八－八二三一（代）
URL　http://www.tsogen.co.jp
DTP　キャップス
印刷　萩原印刷
製本　加藤製本

Printed in Japan © Yuko Tanaka, 2023
ISBN978-4-488-01133-8 C0097
乱丁、落丁本はご面倒ですが小社までご送付ください。
送料小社負担にてお取替えいたします。